Ajuscha und die Gaukler

Ajuscha und die Gaukler

Roman

ROLAND SCHREYER

Bibliografische Information der Deutschen Nationalbibliothek
Die Deutsche Nationalbibliothek verzeichnet diese Publikation
in der Deutschen Nationalbibliografie; detaillierte bibliografische
Daten sind im Internet über http://dnb.d-nb.de abrufbar.

© Autorenkollektiv Lüerstraße, Hannover 2015
(A.R. Leroschy, R.-L. Rechder, M. Regand, N. Ryder-Lesch, R.
Schreyer, R. Stoeberlin, H. Voss)
Fortsetzung von *Im Takt von Babylon, Akte St. Nikolai, Es war Bathseba,
Robin vom Sallplatz, Chawa kommt zur rechten Zeit*
Umschlaggestaltung Vorderseite: Günter Ludwig (Jael Hoffmann)
BoD - Books on Demand
ISBN 978-3-7386-7891-8

Wer nicht mehr liebt und nicht mehr irrt,
der lasse sich begraben.
(Goethe)

Am Morgen ließ ein kräftiger Nordwestwind Groß- und Focksegel anschwellen und trieb die *Dakota Liberty* vor sich her, dass sie auf endlos langen Wellen ritt und sie beide nicht aus dem Ölzeug kamen. Gut 40 Seemeilen würden sie so am Tag schaffen, prophezeite Bella. Und wie halsbrecherisch es da war, nie würde Chawa das vergessen, sich über Bord zu hängen und zu erleichtern, doppelt angeleint und pitschnass den Wellengüssen ausgeliefert!

Und erst recht, als sie an der Südspitze Schwedens ein unberechenbarer Südwestwind anfiel. Das Meer grollte, wuchtige Wellenberge rollten heran, Sturzseen brachen über sie herein. Sie kreuzten. Das Vorsegel blähte sich zum Zerreißen. Das Schiff ächzte und jammerte. Sie schipperten in unsicherem Zickzackkurs dahin. Mal fegte er von links, mal von rechts ins Gesicht, der harte Wind, und peitschte die Wellen. Bella schrie. Der Wind riss ihr den Schrei vom Mund.

„Die kriegt uns Seebärinnen nicht unter!" Sie lachte wild. Ihr Haar stand vom Kopf ab. „Soll sie brüllen, die Windsbraut! Dra åt fanders! Du machst nicht die Richtung", schrie sie ins Brausen, „die Segel und das Ruder und ich, wir machen das!" Sie ballte die Faust. Chawa war mulmig zumute in all dem dramatischen Getöse, aber sie vertraute Bella.

Und schon war die Großschot zum nächsten Wendemanöver zu trimmen und nach Luv zu ziehen und festzuzurren.

„Wir haben jede Menge Zeit", hatte Bella versichert. Schon seit Gotland sagte sie das. Dann würden sie eben erst am Freitag eintreffen. Und sie steuerte das Schiff an die Leeküste Bornholms und ging im Hafen von Svaneke vor Anker. Zänkische Möwen begrüßten die Erschöpften.

***

Harry Voss, um den es ging, hatte er wirklich keine Ahnung von alledem, was sich anbahnte? Esther, seine Frau, hielt die Fäden in der Hand. Ihm, dem bescheidenen Denker und Aktivisten, der sich offiziell aufs Altenteil zurückgezogen hatte und der betonte, wie sakrosankt ihm seine Ruhe sei, wollte sie einen ehrenden 70sten Geburtstag bereiten. Auch ihre Freundin Linh war augenblicks Feuer und Flamme gewesen.

Dass das große Symposium über *Lebenswerte Perspektiven des Miteinanders in der Zeit globaler Bevölkerungsexplosion* ihm zuliebe angesetzt worden war, das wusste er. Linh, die Kulturbeauftragte der Republik, kniete sich seit Längerem in die Organisation. Der Umbau des großen Saales im Kulturhaus war zum Glück abgeschlossen.

Aber dass das neueste Schauspiel von Harrys Lieblingsautor, das seit einem Monat im Theater der Republik geprobt wurde, was Harry gern verfolgte, dass das genau am Tag seines Geburtstages Premiere haben würde, anders als im Probenplan vorgesehen, um viele Tage vorverlegt also, davon wusste er nichts.

Und schon gar nicht ahnte er, dass auch viele seiner wichtigsten Wegbegleiter eingeladen worden waren. Da hatte man André R. Leroschys detektivische Fähigkeit bemühen müssen, um lang Verschollene aufzuspüren. Am schwierigsten war das mit El Lobo. Von dessen Existenz hatte Esther nur durch Zufall erfahren. Sie hatte ein weggeworfenes Schreiben Harrys entziffert und hatte in einem halb dokumentarischen Kinderbuch etwas über einen El Lobo und seine Enkelin Chawa und über deren Mutter Bella gefunden. El Lobo hieß eigentlich Wolfgang Tronki, hatte André entdeckt, und El Lobo war ein Freund Harrys aus dessen Zeit auf Kreta.

***

Unter lichtem und rasch wieder wolkenverhangenem Himmel verschmolz ihr Boot mit dem weißen Schaum auf den Kämmen der blaugrünen Wellen. Manchmal, in Landnähe, wenn der Seegang moderater war, färbte das Wasser sich bräunlich. Sie rätselten. Auf der Seekarte entdeckte Bella keine Untiefen. Es waren Unmengen von Quallen, stellte sich heraus. Sie durchfurchten die Tierschwärme.

Regenschauer schleppte der Wind urplötzlich an. Und weil Chawa einmal nicht das Schott geschlossen hatte, drohte Bella die Fassung zu verlieren. Dabei kamen sie glimpflich davon. Das bisschen eingedrungene Wasser ließ sich aufwischen.

Sie waren den neunten Tag unterwegs. Alles lief nach Plan. Kurs auf den Hafen von Saßnitz.

***

„Stell dir vor, Esther, unser Rodewald, der eigenwillige Zausel, ist auch als vortragender Teilnehmer fürs Symposium eingeladen. Sagt André ganz beiläufig. Glaube ja nicht, dass der kommt. So ein Widerspenstiger macht doch einen weiten Bogen um jedes schwatzhafte Symposium."

Esther packte Akten in die Tasche. Die Schule forderte nach wie vor vollen Einsatz. Ihre kupfergoldenen Haare leuchteten in der Morgensonne.

„Was André so daherschwadroniert", wiegelte sie ab. Sie stand in der Tür und hätte ihm sagen können, dass Rodewald aus anderem Anlass komme, aber sie würde nichts ausplaudern.

„Was hast du vor heute, Harry?"

„Theater. Nachsehen. Auch wegen der Drohung. Aber ich denke, da ist nichts dran. Sagt auch der RES, die neue Chefin, diese Ulmens. Sie arbeitet effizient, wenn du mich fragst. Hat schon eine Spur, heißt es."

„Hübsche Person, die Drees Gawener-Nachfolgerin."

„Nee, dass ein Rodewald Stoeberlin zu so einem Symposium kommt, glaub ich nicht. Der bleibt lebendig begraben in seiner Wohnung in Hannover und liest und schreibt und liest und schreibt und fühlt sich pudelwohl dabei."

Man sah es ihm nicht an, doch Harry war argwöhnisch. Esther fragte sonst nie, was er vorhatte.

***

Warum keine Laudatio! lautete die Headline des Artikels in den *Greifswalder Nachrichten*. *Warum keine Würdigung des Visionärs Harry Voss, keine Hervorhebung seines jahrzehntelangen Einsatzes für eine gerechte Gesellschaft?* ging es weiter. Heribert Osswald zeichnete als Verfasser.
Wir verteilen keine Ansteckbonbons und anderes Lametta in unserer Republik. Auch gibt es keine Privilegien, wie wir sie aus muffigen SED-Zeiten in Erinnerung haben, vom Jagdschein bis zu feinen Urlauben auf Hiddensee. Doch wir können Danke sagen. Und Harry Voss, ganz ernsthaft, ist einer, dem wir vieles zu verdanken haben. Hört man sich um, so wird Harry, wie er kurz genannt wird, häufig als republikanisches Vorbild bezeichnet. Schwillt ihm deshalb der Kamm? Nein, der Mann, der auch außerorts als typischer FRGler betrachtet wird, erhebt sich nicht über andere. Er tue, was zu tun sei, sagt er ...
So ging es weiter. Nichts Abschätziges. Echt beliebt, mein Harry, dachte Stoeberlin und legte die Freitagsausgabe der *Greifswalder Nachrichten* wieder auf den Sitz zurück, auf dem sie gelegen hatte. Die Strecke Stralsund-Greifswald dürfte halb geschafft sein. Er schwitzte. Er war erschöpft. Die Sonne heizte das Waggoninnere auf.
Gestern Abend hatte Bella im Hafen von Saßnitz angelegt, dachte er schläfrig. Und dachte auch daran, wie er sich vor einer Woche aus seinem Refugium in Hannover gewagt hatte und nach Bayern aufgebrochen war. Er, der es vermied, vor Publikum aufzutreten, aus seinem Werk zu lesen und darüber zu debattieren. Und dann erst diese Auftritte am bevorstehenden Wochenende! In der FRG hatte er einen Namen zu verlieren. Ganz anders als im Süden. Welcher Teufel hatte

ihn geritten, die Einladung in diese bayerische Kloster-Hochschule anzunehmen! War es wirklich nur, weil er es für eine ideale Aufwärmübung im unbeobachteten Abseits gehalten hatte? Oder ... nein, es war das üppige Honorar der Kirchens, das winkte. Er musste sich selbst doch nichts vormachen.

Erst nach der Zusage hatte er an seine Bronchitis gedacht. Der nur beizukommen war, wenn er sich aufbaute, zum Beispiel durch starken Ingwertee. Ohne den in ein gruftkaltes Kloster einziehen?

Doch hatte er Bayern überlebt. Die Studenten des Faches Kirchliche Bildungsarbeit und die Seminaristen des Jugendpastoralinstitutes hätten seinen Essay *GroßeMutterMariaHeiligerGeist* ausgegraben und ihre Schnäbel daran gewetzt, hatte die taffe Professorin erklärt, die alles eingefädelt hatte. Gedachte sie ihn den glaubensseligen Jungdenkern als leichte, weil halbtote Beute vorzuwerfen? Er war misstrauisch geworden.

Wartet nur!, hatte er sich dann grimmig entschlossen, als er kurz vor der Veranstaltung im eisigen Badezimmer seiner Klosterklause auf dem Klo saß, an mir beißt ihr euch die Zähne aus. Sein Blick verfing sich im Muster des Bodenbelags und der Wandfliesen. Namen antiker Keramikformen stolperten durch seinen Kopf, wie vielleicht vor Zeiten dem für die Innenausstattung zuständigen Mönch. Böotischer Askos, korinthische Kalpis, attischer Aryballos ... Am Boden fäkalbräunlich, an den Wänden sandfarben waren das für ihn Janusköpfe, Herr Müller-Lüdenscheid-Köpfe mit Knollennase und eckiger Oberlippe und eckigen Brauenknochen, lächerliche Häupter im alten Weihegemäuer, Häupter, die sich ausbreiteten und die Wände hochkrochen und ihn umzingelten. Lächerlich wie sein Auftritt, hatte er gedacht. Er erinnerte sich gut. Da würden bestenfalls wohlgesonnenes Erwägen und notgedrungenes Verwerfen seiner Thesen stattfinden. Im Glauben an Maria setze sich der Glauben an eine antike Große Mutter – Cybele, Astarte, Ischtar, Aschera etc. – fort, lautete die eine seiner Setzungen. Und den Heiligen Geist habe man dem Gottvater und Gottsohn hinzugemogelt, weil man, wie alle Großreligionen damals, dreigöttlich sein, aber keine Frau dabei haben wollte. Das war die andere These. Aufblühender Patriarchalismus allenthalben.

Na ja, würde dann die Professorin händereibend und zufrieden mit der stürmisch empörten Studentenjugend denken, er könne es als Gottloser eben nicht besser wissen, ihm fehle die Gnade der Erkenntnis. So stellte er sich das vor.

Er hatte gespült und hatte dabei an einen tiefgrünen und kalten Bergsee gedacht, aus dem das Wasser stammen könnte, und hatte die Müller-Lüdenscheids sich selbst überlassen.

Und war dann gerührt, wie man ihn, den nervös Hustenden, ungefragt mit Säften und Hustenbonbons versorgt und ihm nach einer Weile sogar einen eigens gebrauten Tee mit geheimer Klostergartenkräutermischung serviert hatte. Und was waren die jungen Frauen und Männer voll Ehrerbietung seinen Worten gegenüber gewesen. Niemand hatte geeifert. Und eigentlich teile man seine Ansicht, hatte es unisono geheißen. Wie auf einer Wolke war er dahingeschwebt.

Dessen erinnerte sich Stoeberlin, als die Bahn im Schneckentempo die Strecke bis Greifswald zurücklegte. Dessen und dann wieder Bellas. Kurz flog ihn auch die Furcht an, diese Frau bemächtige sich seiner Gefühle. Später befiel ihn eine Hustenattacke.

***

Ehe sie wieder hinausfuhr nach Wackerow, wo Hans und das Kind und die Umzugskartons und die Planung des Wochenendes im gerade gemieteten Bauernhaus warteten, erledigte sie den Museumstermin. Dr. Tana Ulmens, die neue Chefin des Republikschutzes RES, hatte noch etliche solcher Antrittstermine. Alle öffentlichen Einrichtungen wollte sie in Augenschein nehmen.

Als sie das Büro des Museumsbevollmächtigten betrat, blickte der Mann verdutzt auf. Sie war das gewohnt, wirkte sie doch jugendlich und hübsch und legte immer einen tadellosen Auftritt hin. Das wusste sie. Und zugegeben, sie wollte für sich einnehmen. Gelungen, auch diesmal, dachte sie.

Anselm Wertmann hieß der Bevollmächtigte. Nachdem er sich gefangen hatte, bat er sie, Platz zu nehmen. Sie versank in einem pompösen Sessel. Ihr Blick fiel auf ein überdimensioniertes und farbekstatisches Wandbild hinter dem Mann am Schreibtisch. Das Motiv kam ihr bekannt vor.

„Der Teufelsrachen, Foz do Iguazú oder die Saltos del Moconá, die Fälle des Rio Uruguay? Bin unentschieden", sagte sie nachdenklich und aus der Tiefe ihres Sessels heraus, auf das Bild deutend.

„Was Sie nicht sagen!"

„Ist schwierig, viel Farbphantasie ..."

„Mit einem Schuss Fauvismus, ja, aus dem Atelier des Pedro Figari, wurde mir versichert, einer Größe unter den Uruguayer Malern. Also ... sagen Sie bloß: Ihnen ist das bekannt?", fragte er mit Hochachtung in der Stimme.

„Wäre zu viel gesagt. Mit Freunden bin ich mal auf einem Boot ... Stellen Sie sich ein unendliches Getöse vor, 40 Grad hatte es, ich erinnere mich, und gleich war man patschnass von der Gischt, die in der heißen Luft hing."

Sie sprach schnell, immer schneller, als glaube sie, sich die Auszeit in Sachen Kunst nicht gönnen zu dürfen, schneller und sehr klar artikuliert dennoch, was der Museumsästhet bewunderte, wie auch ihre Beine, ihre Schenkel, die auf der Sesselkante auflagen und sich dadurch zu sinnlicher Üppigkeit verformten.

Viel zu früh sprang sie auf, hatte vielleicht seine Blicke richtig gedeutet. Angeregt führte er sie durchs helle, doch lichtgedämmte Haus, zeigte ihr das Sehenswerte und erklärte die Sicherheitsvorkehrungen.

Im Eingangsbereich legte man letzte Hand an.

„Hier! Was wir auftreiben konnten zum Thema *Aura*", erläuterte er. „Sehen Sie, die Statuen und Bilder, das reicht von der Sonnensymbolik, über die Gloriole zum Siegerkranz und zur Krone. Zur Säkularisierung des Gottnahen. Die Ausstellung eröffnet am Sonntag Rodewald Stoeberlin, ein Kenner der Materie. Selbst viele Geistliche von außerhalb haben sich angemeldet."

Sie stiegen die Treppen hinauf, und er kam auf das dauerhaft Einmalige des Hauses: das Private im Öffentlichen. Man habe nämlich – und er durchschritt mit ihr die obere Etage – die Lösung gefunden, die Bürger einzubinden. Indem sie selbst im Museum vertreten seien. Jeder könne zwei seiner heimischen Lieblingsbilder vorbeibringen. Stadtteil für Stadtteil. Daher das Stildurcheinander. Völlig wertfrei. Anlass zu Wühlarbeit im Kunstlexikon. Lustige Erkenntnisse und viel Diskussion und Klönschnack. Lebendiges Museum nenne er das.

„Und dabei bleibt auf der Strecke … Was meinen Sie?", fragte er sie überfallartig. Vielleicht hatte sie alles zu stumm aufgenommen.

„Sagen Sie es mir!"

„Wenn ein Kunstwerk sein Eigenleben gewonnen hat, in den Wohn- und Schlafzimmern der Menschen, dann wird die Suche nach seiner politischen Bedeutung zum Beispiel unwichtiger. Wissen Sie, wenn Sie mich fragen: Dieses Auseinanderdröseln von Kunst – das schwächt sie. Bedeutungssuche und Interpretation – damit rächen sich die Intellektuellen an der geschaffenen Kunst. Ohne mich. Nichts soll zwischen Kunst und Betrachter stehen."

„Also bleibt nichts auf der Strecke, wenn ich Sie richtig verstehe."

Das missfiel dem Museumsmann. Überhaupt gefiel sie ihm immer weniger, hatte sie das Gefühl. Sie teilte seine Begeisterung nicht überschwänglich genug, das war es. Und doch überlegte sie beim Verlassen des imposanten Gebäudes, dass sie zu gegebener Zeit eine Vogeler-Radierung beisteuern würde. Vielleicht auch Imhoffs Bild der ekstatischen Flamencotänzer. Wenn ihre Habseligkeiten denn erst mal ausgepackt wären …

Wackerow. Sie betrat ihr neues Zuhause. Hans, ihr Mann, lag auf dem Boden. Martin krabbelte auf ihm herum. Klaffende Kartons daneben. Spielsachen waren verstreut.

„Endlich!", sagte Hans schläfrig.

„Geht es dir gut?", war ihre bissige Antwort. Denn sie sah mit einem Blick, nicht das Mindeste hatte sich verändert. Nichts war vorbereitet.

„Hast du Essen gemacht?", fragte sie dennoch und fühlte sich wie eine defekte Schallplatte, die alles immer wieder von Neuem wiedergab. Er antwortete etwas, das in Martins Begeisterungsschrei unterging, als er hochgehoben wurde.

„Dann gibt es Brot", legte Tana fest. Und dachte, dass sie vielleicht später noch Eierkuchen backen könnte. Als Köchin war sie eine Null. Nur Hackus und Knieste, ja, und Huhn, das bereitete sie mit Begeisterung zu. Es kam für zwei Stunden in den Ofen, und sie las, wenn sie gerade durchhing, eines ihrer früheren Kinderbücher. Alle halbe Stunde beträufelte sie das Huhn mit seinem eigenen Fett. So machte Kochen Spaß. Aber das ging heute schon gar nicht. Sie nahm den Kleinen an sich. Er roch streng.

„Meinst du, du bewältigst das", fragte sie, „die Brote zu streichen?"

„Ich wuppe alles, wenn du so nett fragst", sagte er und tat, als hätte er ihre Ironie nicht mitgekriegt. „Ich hab sogar deinen Garten nach Schnecken abgesucht."

„*Meinen?*"

„Du! Du wolltest doch ..."

„Und?"

„Hab sie mit heißem Wasser ..."

„Will ich gar nicht so genau ... wir brauchen neue Windeln. Zum letzten Mal hoffentlich."

***

Als hätten sie nichts Wichtigeres zu besprechen. Viel zu lang hatten sie sich gestern Abend, dachte Stoeberlin, und von fern schon waren die charakteristischen Kirchtürme Greifswalds zu sehen, über Zehen und Füße unterhalten. Zehen und Füße waren für ihn peripher, schwer erreichbar, unter der Bildfläche. Dabei war er schuld. Er hatte gesagt, er habe auf der Teilnehmerliste eines Uni-Seminars am Wochenende den Namen Zeh entdeckt. Fast habe er lauthals gelacht, sagte er: Zeh! Dr. Waldemar Zeh. Die Fußnote!

Bella hatte darauf bestanden zu erfahren, was da lachhaft sei an diesem Zeh. Wenn es wenigstens ihre Zehen gewesen wären, um die es ging, dachte er. Doch fügte er sich drein. Er bekomme ja nur wenig mit von dem Tratsch in den Kreisen der Wissenschaftler. Das aber schon. Ein gewisser Dr. Zeh hatte sich einen Namen gemacht als Spürhund. Viele Dissertationen, die seit Neuestem auf ihre Korrektheit hin überprüft wurden, seien auch in punkto Fußnoten im Visier. Da würden offenbar phantasievoll Namen und Titel ersonnen, die profundes Lesewissen signalisierten, die aber nichts seien als Schall und Rauch. Und Dr. Zeh hatte den Riecher dafür. Man berief ihn gern in entsprechende Prüfungskommissionen.

Das hatte ihm den Spitznamen „Fußnote" eingebracht. Doch der Tratsch wäre nahrungslos, halte man nicht, hinter vorgehaltener Hand, das Sahnehäubchen bereit. Dieser Dr. Zeh sei realiter ein ausgewiesener Fußfetischist. Sammler sei er und Bewerter weiblicher Fuß-Bildnisse. Da gewinne der Begriff „Fußnote" doch eine verblüffende Privatheit: Er benote tatsächlich die Füße und fertige Notizen, die er säuberlich im Internet abspeichere. In einem eigenen Blogg. Unter Pseudonym natürlich. Jedoch ... man habe ihn aufgespürt ...

Abgründig, was da Findige, die ansonsten der Klauerei ihrer „Doktoren"-Klientel auf der Spur waren, zutage förderten, meinte Stoeberlin. Und die Kommissionsmitglieder amüsierten sich jedes Mal über die Vorträge des Kollegen Dr. Zeh.

Da sagte Bella, die gestern schon früh den Hafen angelaufen war und nach dem üblichen Anlegerdrink und ausgiebiger Dusche sich für neugeboren erklärte und dass ihre Sehnsucht nach ihm und ihre Antwort darauf gerade einen Höhepunkt erklimme, sie habe auf Facebook gerade die Füße einer Frau vor sich, als Titelbild eingestellt: „Hässlich!" Ob er sie ansehen wolle? Nein? Wieso nicht? Aus ästhetischen Gründen nicht?

Stoeberlin war der Gesprächsverlauf peinlich geworden, und er hatte doch nebenbei betrachtet, was sie vor Augen hatte. Höcker sehe er, gab er wieder, Höcker am Beginn des Spanns. Das wirke nicht vorteilhaft.

Da war in Bellas Chat das Bild ihrer eigenen Füße aufgetaucht. Im Moment fotografiert. Auch ein Stück der Beine. Hatte sie nichts an?

Er hatte ihre Füße schön gefunden. Glatt und unverformt. Sie konnten entzücken. Oder verrückt machen. Hatte sie doch dazu auch noch geschrieben, jetzt wolle sie bei ihm sein. Nicht nur die Füße würde sie ihm überlassen. Willenlos würde sie sein. Sie würde denken, was er denke.

Stoeberlin hatte die Augen geschlossen und sich die Umarmung Bellas vorgestellt. Aber die Vorstellung trübte sich. Ihre Wildheit machte ihm Angst.

Dem Wollüstigen fehle die Zeit zu denken, hatte er sodann getippt, ihr Spiel ansatzweise mitspielend, und hatte seines nervösen Hustens wegen kurz unterbrochen. „Du weißt doch: Wein und Weib betören den Weisen. Du bist ..."

„Was?"

„... mein Garten Eden. Nichts ist schöner als dieser Garten, Blühen und Duften begleiten unsere Schritte."

„Schlendern wir nackt dahin?", wollte sie wissen.

„Wir sind uns dessen nicht bewusst", schrieb er verschlüsselt und in seltenem Übermut, den er sofort bereute. „Ich will dieses Traumgesicht nicht verlassen. Deshalb ..."

„Deshalb?"

„ ... dürfen wir, darf ich dich, will ich dich nicht in Wirklichkeit sehen. Nichts davon darf sich im Gewöhnlichen verlieren."
„Du bist irre", hatte sie geschrieben, „irre! Ich will dich spüren, dich einsaugen. Mit Haut und Haar."
„Ich möchte mit dir im Garten Eden sein. Im unschuldigen Urzustand."
„Ich hab dich überrumpelt. Du bist geschockt ..."
Ja, hätte er sagen wollen. Doch entsann er sich der eigenen zügellosen Wunschträume, als er in ihrem Alter war. Sie riss ihn auch jetzt mit. Obwohl – jedes Wort zerrte an ihm.
„Dann schick wenigstens ein Foto", schlug sie vor. „Ich muss dich sehen. Nackt, ganz und gar nackt! Ohne Feigenblatt. Darf ich nicht wissen, mit wem ich durchs Paradies streife und wer mich himmelwärts trägt?"
„Hab nur alte Fotos."
„Geht zur Not. Da stell ich mir vor, wie wir zusammenliegen, und wie ich dich verwöhne."
Er seufzte. Der Zug fuhr in den Greifswalder Bahnhof ein.

***

Diese Ankündigung eines Anschlags, bald nach Übernahme des Amtes, störte Tanas Illusionen vom guten Leben in der FRG nicht nachhaltig. Doch die Maßnahmen dagegen verschlangen Zeit. Die Umzugskisten waren noch nicht ausgepackt – und sie saß fast nur noch im Büro. Auf den ersten Blick war dieser Posten als RES-Chefin der friedlichen FRG ja ein Hauptgewinn. Überdies hatte Hans die Leitung der Landwirtschaftskooperative Nord übernommen, und sie hatten das alte Gehöft in Wackerow beziehen können. Schafe, Ziegen und Hühner für den großen Bauerngarten sollten folgen. Alles ideal auch für den zweijährigen Martin, hatte sie sich von Hans' Schwärmen anstecken lassen.
Jetzt dieser Bohei um ein Theaterstück.

Geheim wurde beratschlagt. Diskussionen fanden querbeet hinter verschlossenen Türen statt. Sie hatte in den Proben gesessen. In der Tat, das war starker Tobak. Durchaus konnten Russenfreunde vieles missverstehen an dem Stück. Und der Autor? Der hielt sich heraus. Und Dr. Dilhan Sönmez, die Dramaturgin? Sie war unausgesetzt am Erklären: nicht die Russen, sondern die Stalinisten stünden am Pranger.

Diese Drohung ... Gut, dass bald ein Hinweis aus der Bevölkerung gekommen war. Nach verdeckter Ermittlung und Verwanzung der Wohnung des verdächtigten Russlanddeutschen schlug man nach zwei Tagen zu. Der Verhaftete leugnete. Zweifel kamen auf. Man hatte vorschnell gehandelt. Die Spannung blieb erhalten. Und es wurde andererseits Zeit, zwischen der Auswertung der Berichte, auch über die Kleidung zur Premiere übermorgen nachzudenken. In Klammern sozusagen. Sie hatte da was in Hamburg gekauft. Nie getragen. Sollte sie es wagen?

Wenn sie in Gedanken war, hatte Tana manchmal die Körperhaltung einer Marienfigur, in sich ruhend, anschmiegsam und mit geneigtem Kopf. Sie hatte ein ebenmäßiges Gesicht und die frische Hautfarbe einer von jeher im Norden Lebenden. Die dunklen Haare trug sie hochgesteckt. Wem sie gegenübersaß, den blickte sie aufmerksam an. Sie sah aus, als sei sie frisch verliebt, so glänzten die Augen. Das fand Dr. Mattison, der Erste Bürgerbeauftragte. Auch, als ob unter ihrer Haut eine Sonne brenne.

***

Im Theaterraum war es dunkel. Harry fühlte sich immer etwas aus der Zeit fallen, wenn er ihn betrat. André war mit Dilhan Sönmez und Erendira Hidalgo und dem Regisseur Ben Arsing im Gespräch. Der Autor saß im Dunkeln. Er war nicht selten im Raum, der Autor, bräsig und argusäugig, dem Regisseur im Nacken, stumm, um willkürliche Kürzungen oder Umstellungen allein durch seine Anwesenheit abzuwehren. Der Mann logierte in seltsamer Selbstquälerei in einer schon in der Vorwendezeit zur Ferienabsteige umgebauten modrigen Garage in Eldena, wie man wusste, weil er dort vor Jahren mal den Grundstein für einen seiner im öffentlichen Abseits schlummernden Romane hatte legen können. Wie eine Spinne saß er jetzt am Rand seines ausgeklügelten Netzes und beobachtete.

So kam er der Dramaturgin vor. Dieser Sonderling, der alle narrte, den man sah, ohne dass man sich sicher sein konnte, wer der war, den man sah. Er war ein Komödiant. Er liebte es, sich zu verkleiden und zu maskieren. Diverse Perücken, Bärte und Brillen dienten der Maskerade. Manchmal drängte sich der Eindruck auf, der Autor, das seien mehrere, die sich abwechselten, die mal in der Maske des Hercule Poirot erschienen, mal als Oliver Hardy oder Orson Welles oder Bud Spencer oder sogar Helmut Kohl. Was ihn dazu trieb, blieb unklar. Er sah sich vielleicht als Kunstfigur und wähnte sich auch von Kunstfiguren umgeben.

„Wir tanzen meist nach der Pfeife anderer. Jetzt könntet ihr es eben mal nach meiner tun", sagte dennoch der Regisseur in Verständnis heischendem Tonfall, „es würde unserer Sache dienen."

Der Autor hielt sich raus. Auch jetzt, als in letzter Sekunde der nervöse Ben Arsing alles umstülpen wollte. Zum wiederholten Mal. Dass ihn das aufregte, den Autor, merkte man daran, dass das gewisse Geräusch öfter zu hören war, ein Knacken und ein Knetern, wenn der Kopf seines PEZ-Spenders und die Kopffeder angespannt wurden, um ein Pfefferminzbonbon herauszudrücken. Danach ein kurzes Knirschen, wenn er das Bonbon zerbiss.

„Verehrteste Frau Sönmez", nahm der Regisseur Fahrt auf, „Sie sehen doch selbst: Wir machen entsetzlich banalen Realismus, statt Denktheater. Ich sage Ihnen, was ich tun werde: Ich fege die Bühne leer, was meinen Sie, genau das tu ich, und ich setz das Ensemble in die erste Reihe, wenn die Honks schon mal da sind. Die können als Chor das Bühnengeschehen kommentieren. Drei bleiben, nur drei, und die übernehmen alle Rollen. Symbolisch."

„Im Ernst? Der Gefangene auch die Rolle des Folterers?"

„Sublimes Denktheater!"

„Sie haben sich aber doch von Anfang an auf die Widerspiegelung der Realität eingelassen. Und damit auf Gefühlstheater!"

„Das war und ist falsch. Zum Kotzen trivial! Wir müssen den Zuschauer beanspruchen. Er muss leiden."

„Die Vielzahl der Figuren ist historisch bedingt. Und sie sollen eine Form-Masse bilden. Die grauen Halbtoten sind ein verklumpter kloakiger und verfaulender Haufen und erweisen sich damit dem von der Partei propagierten Neuen Edelmenschen gegenüber als massenhaftes und unrussisches Ungeziefer. Realsozialistisches Elend gegenüber dem halluzinierten Lügengebilde. Das muss man sehen."

„Obsolet! Nicht bühnengemäß!", wand sich der Regisseur angewidert. André und Erendira, die solchen Austausch zuletzt fast täglich hörten, schwiegen. „Der Spuk hier beschädigt meinen Ruf. Ich kann mich in keinem deutschen Theater mehr sehen lassen", verzweifelte Ben Arsing und stieg auf die Bühne.

Begleitet vom anhaltenden Schweigen des Autors. Und eigentlich sah man von ihm, dem Autor, der sich stets in die dunkelste Ecke verzog, nicht viel mehr als seine alten und ausgetretenen Camel-Boots. Denn er streckte die Beine immer weit von sich, als habe ihn alle Spannung verlassen. Diese alten Lederschuhe waren verfleckt, und die Kreppsohle hatte Löcher.

Harry beobachtete, wie André dem brauseköpfigen Regisseur hinterherblickte und dann mit Erendira flüsterte. Vielleicht wunderte er sich, wie hartnäckig der junge Mann jetzt gegen die Vorgaben anstürmte. André war anders. Harry erinnerte sich, wie erstaunt André das erste Mal in die Republik gekommen war, sich aber überraschend schnell eingewöhnte – oder sollte man sagen: verliebte, denn Linh, seine jetzige Frau,

21

spielte ja keine geringe Rolle bei diesem Eingewöhnen. Und wie er jetzt nicht nur im Wissenschaftsbetrieb sich als Koryphäe erwies, sondern mehrmals schon in heiklen Momenten hinzugezogen worden war, um an Problemlösungen mitzuarbeiten. So auch jetzt, als die Brisanz des Stückes allen klar wurde. In solchen Situationen behielt André einen klaren Kopf.

So wie in der Geschichte um die Übergabe des Domes. Oder bei der Abfassung seines Riesenromans *Im Takt von Babylon*, wie er da mit den Figuren lavierte, Johan Lavendel und Phili ...

Harry genoss die Zeit im dunklen Theater. Hier geschah Außergewöhnliches. Es reihte sich ein fernes Bild ans andere.

***

Phili war auf Rügen, der Insel ihrer Kindheit und Jugend, war Gast bei Finja, der Freundin aus ihren Studententagen in Hannover. Dabei ihr Sohn Robin. Und Till Seeberger, den Robin für sich immer noch den Marathonläufer nannte, obwohl Till alles andere tat, als sich im Pulk mit anderen Laufsüchtigen über Asphaltpisten zu quälen, er, der Reiseschriftsteller und Kenner von Sulawesi, war neuerdings auf Lavongai im Bismarck-Archipel unterwegs. Wenn er aber in seiner Heimatstadt Hannover war, machte er Phili den Hof und tat ihr zu Gefallen Überraschendes, wie zum Beispiel mit nach Rügen zu kommen, um beim 70sten Geburtstag des ihm völlig unbekannten Harry Voss dabeizusein, in der FRG, für die er sich plötzlich auch interessierte, als sei sie eine seiner melanesischen Inseln im Pazifik. Er schmökerte sogar in einem Buch, *Das Hohelied des Harry Voss* betitelt, um etwas über den Jubilar zu erfahren.

Robin war das recht. Denn Mama war in der Gegenwart des Marathonläufers so herrlich durcheinander, verliebt eben, soweit er das beurteilen konnte. Oder wusste sie nur nicht, wie sie die Nettigkeiten abwehren sollte? Konnte ja auch sein. Er hatte keine Ahnung. Genauso zappelig und geistesabwesend wie Henny, Finjas Tochter, war sie. Henny, die er vor Jahren kennengelernt hatte und mit der er ab und an telefonierte und über deren jetziges Aussehen er sich wunderte, war sie doch aufgeschossen und dünn und herausgeputzt, als sei sie Teil einer Modenschau. Dabei kam sie vom Reiten. Auf ihren Arm war ein Jungennamen gemalt und rings darum Blumen. Gut, dass sie nicht fragte, wie er das finde.

Vielleicht war Mama auch nur so hibbelig, weil sie wieder auf Rügen war. Sie lachte viel öfter ihr tiefes, schmelzendes Lachen, das alle gefangennahm. Nicht nur den in sie vernarrten Marathonläufer. Man merkte das an den Augen der anderen, wie sie sich weiteten, und an dem Lachen teilnahmen.

Morgen, am Freitag, würden sie in die FRG fahren. Gemäß dem Plan von Esther, dass alle Auswärtigen sich erst mal in der kleinen Republik umsahen und umhörten. Denn für einige sei die Republik ja Neuland. Für Mama allerdings nicht, sie nahm an einer dieser endlosen Konferenzen teil, wie öfter schon. Dazu war sie extra von Harrys Voss' Frau Esther eingeladen worden, diesmal als Überraschungsgast. Er auch. Mama hatte sich geschmeichelt gefühlt. Und alles war top secret.

Timo und Henny saßen über den Hausaufgaben. Till staunte sich im Wohnzimmer durch einen Bildband über die slawischen Siedlungen auf Rügen. Robin stand in der Küche. Die Tür zum Garten war aufgeschoben, auf der Terrasse redeten Finja und Phili. Man saß da im Schatten eines riesigen Birnbaumes. Robin hörte den Namen Lavendel. Eigentlich wusste Robin gar nichts über diesen Johan Lavendel, der sein Vater war. Er überlegte, ob er sich draußen dazusetzen sollte. Doch bestimmt wichen die beiden dann auf ein anderes Thema aus.

„Und trotzdem bist du gekommen", sagte Finja gerade.

„Trotzdem? Eher deshalb ..."

„Hast du keinen Bammel mehr vor einer Begegnung mit ihm? Du hast jahrelang gekniffen."

„Stimmt. Aber jetzt ... Ich bin aufgeregt, sag ich dir. Das ist, als hätte es keine Zeit dazwischen gegeben. Ich denk an ihn und bin verrückt nach ihm. Das ist ganz anders als mit Till. Viel gewaltiger."

„Oh!"

Schritte kamen die Treppe herab. Henny war fertig. Robin ging ihr entgegen. Sie wollten nach Bergen radeln, Timo, Henny und er. Und danach werde Till, der bekanntlich alles wusste, Robin, der bekanntlich bei Weitem nicht so viel wusste, alles Wissenswerte über die Freie Republik erzählen. Das war so vereinbart worden. Und das versprach er von neuem.

„Lass den rumspacken. Wir bleiben einfach länger weg", flüsterte Henny Robin zu, um ihn zu trösten, „bis dahin hat Till vergessen, was er wollte."

Das war Robin recht. Denn wie sollte er jetzt Till in die Augen blicken. Phili liebte Johan Lavendel, und ihn viel weniger. Davon wusste Till bestimmt nichts – und sollte es auch nicht wissen? Robin hatte ein schlechtes Gewissen. Auch weil er es eigentlich normal fand, dass Phili seinen Vater mochte. Oder war das nicht normal?

***

Vierzig Kilometer davon entfernt, in der Greifswalder Fleischervorstadt, Steinstraße 14, begrüßte Vittoria Kaunda ihre Pariser Gäste. Zuerst ihre Cousine Hendrikje Kaunda, die Galeristin, dann Johan Lavendel, den sie lang nicht mehr gesehen hatte. Dass er noch immer bei Associated Press arbeitete, wusste sie aber. Und dann die 15-jährige Lucette, die inzwischen zu einer schicken Mademoiselle geworden war.

Wie die meisten Greifswalder lebten die Kaundas beengt. Doch der Sohn studierte in Rostock. Sein Zimmer stand den dreien also zur Verfügung. Lucette konnte es nicht fassen, mit den Eltern in einem Raum schlafen zu müssen.

Die Kaundas arbeiteten im Universitätsklinikum. Sie als Ärztin, er als Energiebeauftragter. Erstaunlich, wie schnell die wortgewandte Galeristin und die bodenständige Ärztin wieder zueinanderfanden. Sie sprachen über ihre Männer, als gebe es nichts Grenzübergreifenderes. Und währenddessen kürzte Hendrikje ihrer Tochter das widerspenstige Haar, nur wenig, zumindest den Spliss, wie sie sagte, und sah von Zeit zu Zeit zu Johan, der im Liegestuhl lag und im Himmel über sich dem Wolkenlauf folgte. Er schien nach etwas zu suchen. Etwas beunruhigte ihn. Sie stellte sich vor, dass er an die lange zurückliegenden Tage auf Hiddensee dachte, als sie sich nähergekommen waren. Das wäre ihr am liebsten.

**

Harry hörte nicht, worum es ging bei der Regiebesprechung der vier. Er lauschte dem Vorgang auf der Bühne. Als André sich neben ihn setzte und meinte, es werde, das Stück, es werde, da nickte Harry im Dunklen. Das Schicksal dieser Frauen, sagte er, nicht nur das der Kukuli-Carola, das schnüre einem die Kehle zu. Und wie sie sich verhielten, wie der Autor das nachgestellt habe, das sei erschreckend gut. Aber auch rätselhaft. Wie übrigens auch das Verhalten seiner Esther in den letzten Tagen. Als ob sie was im Schilde führe.

„Bist du informiert?", fragte er geradeheraus.

„Ich weiß", sagte André, „dass die Freundinnen mit der Vorbereitung des Symposiums bis über die Ohren beschäftigt sind."

„Hm", machte Harry und verfolgte wieder das Geschehen auf der Bühne.

**

Doch, sie hatte gewusst, worauf sie sich einließ, als sie Ben Arsings Ruf an die Greifswalder Bühne annahm, die Kulisse für *Kukuli verbrennt* herzustellen. Ein düsteres Bild solle es werden, ein Vorhof der Hölle. Überhaupt nicht ihrer Neigung entsprechend. Sie war für ihre lebensfrohen und farbstrotzenden und volksnahen Motive bekannt. Doch merkwürdigerweise hatte Ben Arsing gerade deshalb auf ihrer Mitwirkung bestanden.

Natürlich wusste sie auch, dass sie auf Harry stoßen würde. Jahrelang war diese Vorstellung beängstigend. Sie hatte ihn damals im Stich gelassen. So musste er das empfunden haben. Es war ja auch so. Inzwischen war das eine abgeschlossene Vergangenheit, die ihr als erforderlicher Schritt in ihrer Entwicklung erschien.

So wie sie von Harry und seinem erstaunlichen Wirken wusste, musste er auch von ihrer Arbeit und dem Echo darauf wissen. Erendira Hidalgo war ein Namen, der weltweit wog. Sie bildete sich nichts darauf ein. Vielleicht verstand er sie.

Als sie ihm vor einem Monat gegenübergestanden hatte, hatte er ihre Hand ergriffen und lange nicht mehr losgelassen. Jede Sekunde davon tat ihr gut. „E-ren-di-ra" hatte er ihren Namen langsam ausgesprochen und „Was für ein heiterer Klang!" hinzugefügt und: "Wer ihn hört, dem bleibt er für immer."

Er hatte also nicht vergessen, was ihr Name bedeutete: die Heitere. Das hatte ihm damals gefallen. Das und noch mehr, sie hatte das immer gehofft.

Doch war sein Verhalten ihr erst gönnerhaft erschienen, dann anbiedernd. Schließlich aber empfand sie es doch als zurückhaltenden Versuch, ihr etwas Persönliches zu sagen, das die Jahre überbrückte, und zu zeigen, dass sie ihm noch etwas bedeute.

Er hatte sie von oben bis unten gemustert, auf seine Art, mit schnellem Blick. Und es hatte sie bedrückt, dass sie dieses weiße Baumwoll-Shirt trug, das vorn mit unzähligen perlmutternen Knöpfen versehen war, von oben bis unten. Was lag näher, als dass er sie für zugeknöpft hielt!

Zugeknöpft? Sie? Für ihn? Er machte sie unsicher, sie, die weltgewandte Erendira Hidalgo.

Dann erst hatte er ihre Hand losgelassen. Lang spürte sie noch den Druck seiner Finger. Sie musste zusehen, sagte sie sich, dass sie sich ihm vorsichtig näherte. Zumal sie entschlossen war, dem Westen den Rücken zu kehren und sich hier niederzulassen – wenn man sie akzeptierte. Nichts würde sie vermissen, nur gewinnen. Die Diktatur der hochgejazzten Verschwendung ... Das war nie ihre Welt. Die Tage hier waren leichter. Es gab das andere Denken. Es gab Licht und Farbe.

Und ... Harry. Hatten die Deutschen nicht die merkwürdige Redensart: Je oller, je doller? Sie hatte Zeit.

***

„Die Schwalbe fliegt über den Eriesee, Gischt schäumt um den Bug wie Flocken von Schnee ..."

Die Wellen klackten an die Bootswand.

„Was meinst du mit der Schwalbe?"

Der Maat Chawa döste auf dem Vorderdeck. Der Skipper Bella stand am Steuerrad und erklärte ihr, was sie aus ihrer Schulzeit von der Ballade wusste. Sie lagen gut im Wind, wie am Anfang ihres Turns, als sie in Visby ablegten. Bella sah entschlossen aus wie Captain Jack Sparrow.

„Wind aus Nordwest und Meeresströmung Südwest", freute sie sich. „Besser gehts nicht, wir heben ab."

Morgens war der Himmel hellgrau bezogen. Bald jedoch brach die Sonne durch. Die See war ein Flammenmeer. Chawa mochte das leichte Schaukeln und Kippeln des Bootes. Es wiegte ein, sie geriet in einen Dämmerzustand.

Sie konnte auf dem sonnenwarmen Deck liegen, ganz vorn, bäuchlings, und sehen, wie der Bugsteven das Wasser durchschnitt. Dann drehte sie sich auf den Rücken. Das Masttop trieb durch die zerfaserten Wolken. Am Flaggenstock flatterte die Schwedenfahne.

Je länger diese Fahrt dauerte, desto später käme sie zu El Lobo. Auf seine Bitte hin vertraten sie ihn in Greifswald. Sein altes Leiden, der Hüftschmerz, setze ihm zu, hatte er sein Fernbleiben begründet. So alt war das Leiden aber nicht, dachte Chawa, war Opa doch gerade erst vor fünf Jahren vom Gerüst gestürzt, als er sein Häuschen streichen wollte. Sie erinnerte sich oft an diese Ferien.

Dass sie gar nichts von ihrem Ziel wusste, beunruhigte sie wenig. Im Atlas war noch nicht mal diese FRG verzeichnet. Und im Internet stand manches, was ihr dann Lasse und Björnarne zu erklären versuchten. Bis sie aufgaben. Sie reise nach Utopia, ließen sie wichtigtuerisch verlauten, und all die offiziellen Informationen verbargen weitgehend die erstaunliche Wirklichkeit der Republik. Sie berücksichtigten nicht das, was für die Menschheit wirklich wichtig und dort realisiert sei.

„Was denn?", hatte sie nachgefragt, „was ist wirklich wichtig?"

Die beiden hatten sich verdutzt angesehen. Bis Björnarne auf einmal begann, über Cyrus II. zu reden.

„Da gab es vor zweieinhalbtausend Jahren den Perserkönig Cyrus II.", sagte Björnarne bedeutungsvoll, „der hat angeordnet, dass in seinen vielen eroberten Ländern alle Kulturen und Religionen toleriert würden, und für jeden gelte das gleiche Recht, keiner dürfe anderen was wegnehmen oder sie zur Arbeit zwingen. Für Arbeit gebe es gerechten Lohn, für den man sich kaufen könne, was man wolle. Jeder sei für sich verantwortlich. Keine Sklaverei gebe es. Freie Berufswahl und so weiter."

„Na ja, das findet sich keilschriftlich oder so verzeichnet, wer weiß aber, ob ...", ließ Lasse sich hören.

„Hauptsache", unterbrach ihn Björnarne, „da waren sie aufgeschrieben, die Menschenrechte, kann man sagen. Und in der FRG, da ist genau so eine verantwortungsbewusste Freiheit Programm."

Das hatte feierlich und respektvoll geklungen. So kannte sie die beiden gar nicht. Für Chawa hatte diese merkwürdige Stadt, die eine Republik war, immer mehr Geheimnisvolles gewonnen. Und Harry Voss erst recht. Auch dass dieser nichts von ihrem Kommen wissen sollte.
Ganz vage war die Nordspitze Rügens bereits erkennbar.

***

André staunte nicht schlecht, als bei seiner Heimkehr Linh mit Heide Hattorf beim Tee saß, aufsprang und ihn umarmte. Ihm schwante Übles.
„Heide, du hast doch nicht wieder eine deiner langwierigen Missionen für mich?", fragte er beunruhigt.
„Du hast Glück: nein", feixte Heide, „ich trete als Überraschungsgast beim Symposium auf und berichte über die Arbeit der Akademie."
„Da musst du ja nicht bescheiden sein! Weiß doch hier jeder, was deine Akademie für Konfliktforschung und Verständigung leistet."
„Hier ja ...", bestätigte Linh und gab ihm einen ihrer sanften Küsse, der die Lippen streifte und Begehren weckte. Er tat aber, als sei ihm das Wenige schon zu viel.
„Immer diese Erotik von den Weibern", brummte er und wusste, dass sie wusste: Er zitierte den knorrigen Karl Valentin, den sie beide mochten. Sie lächelte.
„... und die zugereisten Gäste sollen es auch wissen, fanden wir vom Kulturkomitee", sagte Linh. „Nur, André, mein Lieber", sie sah ihn beschwörend an, „bitte kein Wort zu Harry, bevor es losgeht. Wir wollen das unter der Decke halten. Auch dass noch andere Gäste unvermittelt auftauchen."
„Oh, da ist mir ein Malheur unterlaufen, ich habe ihm von Rodewald ..."
„Ich weiß. Deshalb ..."
„Ständig klopft er auf den Busch."

„Deshalb ab jetzt ...", sie legte den Zeigefinger an den Mund. „Und Will kommt übrigens heute von Rostock herüber und hilft beim Organisieren."

„Warum wundert mich das nicht", grinste André, „du brauchst den Jungen nur anzusehen, schon holt er dir die Kohlen aus dem Feuer. Wie machst du das bloß?"

Linh zuckte mit den Schultern.

„Ich mache gar nichts", sagte sie unschuldig und blickte ihn so an, dass auch er alles für sie gemacht hätte.

„Heide ist so nett und bleibt die nächsten Tage bei uns", freute sie sich sichtlich. André ging in sein Arbeitszimmer und dachte daran, wie Heide ihn vor Jahren in die FRG geschickt hatte. Ihr verdankte er im Grunde, dass er hier im Glück lebte.

„In einer Stunde gibt es Abendbrot. In Ordnung?", rief Linh. Fast gleichzeitig tauchte Heide im Arbeitszimmer auf. Sie wollte telefonieren. Sich vergewissern, ob ihre Freundin Betty schon eingetroffen war.

***

Das Mobiltelefon klingelte. Die FRG war neuerdings flächendeckend mit Zugangsnetzen ausgestattet. Außerdem hatte im Gästehaus jedes Zimmer einen eigenen Festnetzanschluss. Betty Roesch, die auf lange Sicht ausgebuchte Jazzsängerin, war ihrer Freundin Heide zuliebe angereist und hatte für das Theaterevent zu Ehren eines wichtigen Bürgers der Republik – sie wusste wenig von diesem eigenwilligen und autonomen Kleinstaat – für ein kurzes Gastspiel zugesagt. Betty war eine schillernd gekleidete und selbstbewusst auftretende Frau. Sie und Heide verstanden sich in jeder Beziehung bestens.

Das Telefon klingelte weiter. Betty drückte ihre Zigarette aus und verließ den schmalen Balkon, von dem aus sie das Panorama der kirchenreichen Stadt vor sich hatte, und beruhigte Heide: Sie habe es gut getroffen hier. Und sie sah auf die über und über mit Gedichttexten tapezierte Wand ihres Zimmer und fügte hinzu, ganz lyrisch werde einer hier zumute. Dann stellten sie beide fest, sie hätten sich viel zu lange schon nicht mehr gesehen, und vereinbarten ein Treffen.

Wenn es gongte, gebe es Abendbrot, war Betty beim Empfang mitgeteilt worden. Als jetzt der Gong blechern schallte, begab sie sich in den Speiseraum des Gästehauses, gleich nebenan. Erst schien ihr die Tradition lachhaft, doch fand sie schnell Gefallen an der anachronistischen, liebevollen Art, wie die eintreffenden Gäste, die um einen Tisch gruppiert saßen, einander vorgestellt wurden. Das sei von jeher so gewesen, in diesem Haus, sagte die Leiterin, Frau Nele Blumbach, und begann mit sich selbst.

Einerseits, sagte die blonde und große und freundliche Frau, sei sie Vorschullehrerin, andererseits habe sie das Vergnügen, diesem Gästehaus vorzustehen. Vor wenigen Jahren sei sie selbst Gast hier am Karl-Marx-Platz gewesen, zusammen mit ihrem geliebten Mann Raul. Nach dessen viel zu frühem Tod habe sie in der Republik eine neue Heimat gefunden. Eine wunderbare Heimat. Sie sei glücklich.

Auf Anhieb glaube er ihr das, sagte schneidig ein großer, ergrauter Endsechziger, halblang lockenhaarig, mit sehr rotem Gesicht, rot vom reichlichen Weingenuss oder Herzleiden. Und mit Fingernägeln, langen und in der Mitte zugespitzten. Er sei Parsifal Brugge, Feuilletonredakteur aus Hannover, und er sei aus reiner Neugierde hier und nutze diesen seinen Kurzaufenthalt, einem gewissen Heribert Osswald von den *Greifswalder Nachrichten* ein wenig über die Schulter zu sehen, wenn der ihn nicht gleich aus der Redaktionsstube hinauskomplimentiere. Abschließend lachte er, wechselnd die Laute ausstoßend, dann wieder einsaugend. Das hörte sich ungesund an und auch so, als reue ihn das Lachen und als nehme er es wieder zurück. Aber immerhin, wer lacht, der beißt nicht, dachte Betty, als er sie inspizierte, mit fahlblauen Augen, als scanne er ihr Gesicht.

Sie stellte sich vor: Früher Punk-, jetzt Jazzsängerin. Sängerin aus Leidenschaft, auch schon mal Balladeninterpretin, immer als freie Künstlerin zugange, und daher lebe sie von der Hand in den Mund. Von der Hand auch insofern, als sie gern auch Pianistin sei. Hier in Greifswald sei sie, weil sie im *Kukuli*-Theaterstück auftreten werde, in der Rolle der Kisha Plisezkaja. Sie habe da ein wunderschönes Schlaflied zu singen, auf Russisch. Sie schauspielere das erste Mal. Man habe sie darum gebeten.

„Also unfreiwillig hier?", fragte Brugge merkwürdig scharf.

„Nein. Sie haben mir nicht zugehört", beschied sie ihn.

Dr. Mania Wakowiak tat ihre Vorstellung schnell ab: Dauergast, Dozentin am Filminstitut hierselbst und Dokumentarfilmerin. Der redselige Redakteur musterte auch die hübsche Filmfrau.

„Was für Filme machen Sie? So im Stil von *Der schwarze Kanal* des Sudel-Ede genannt Schni, Karl-Eduard von Schnitzler? Des Psalmodisten eines verstaubten *Die-Partei-hat-immer-recht*?"

Mania sah ihn erstaunt an. Ihre Oberlippe zog sich kurz nach oben, als sei sie angeekelt.

„Genau das!", gab sie ungehalten zurück, „Cosi fan tutte. Schni war, ist und bleibt unser Vorbild. Unsere Truppen marschieren auf, Panzer rollen, unsere Jagdflugzeuge kreisen über der Republik, die Schulkinder singen für die Parteispitze Jubellieder und überreichen Nelkensträuße, und Werktätige, die den Plan übererfüllen, erhalten Orden und eine Tüte Gemüse, je nach Ernteergebnis. All das wird gefilmt und von morgens bis abends gesendet."

„Ich denke, Sie haben kein Militär", fragte Betty ungläubig.

„Haben wir auch nicht", stellte Nele Blumbach klar, „auch keine Planwirtschaft. Die Kooperativen arbeiten völlig selbstständig, und der meist nicht geringe Profit geht zu gleichen Teilen an die Belegschaft wie an die Bürgerschaft. Frau Wakowiak hat sich einen Scherz erlaubt, als Antwort auf die eigenartige Frage des Herrn Brugge."

„Sie können die Programme unserer zwei Sender übrigens problemfrei selbst in Ihrem Plutokratendeutschland empfangen, Herr Brugge", raunzte Mania. „Wenn Sie das bisher noch nicht getan haben, heucheln Sie doch jetzt nur Interesse, oder?"

„Zwei sagen Sie", warf Samir Dange ein, „zwei? Ich kenne nur Ihren Filmsender und sein Archiv. Feine Streifen, einer wie der andere."

„Danke! Auch das ist mein Ressort."

„Und der andere Sender?", fragte Samir Dange.

„... ist das Propagandaorgan", versuchte der Redakteur noch einmal seine Witzigkeit unter Beweis zu stellen.

„Regional- und Weltreporte", erklärte Mania, „Nachrichten, Reportagen, Übertragungen der Ratssitzungen. Die Ausschüsse der Republik und die Kooperativen und die Uni benutzen ihn als Plattform. Dazu Konzerte, Sportereignisse ... Ein bunter Marktplatz."

Mit dieser Auskunft zufrieden, wandte man sich dem nächsten Gast zu.

„Gert Fermann", brummte der kräftige Mann mit kurzem Stoppelhaar, „Bergbauingenieur. Die Republik hat mich eingeladen. Zu einem Informationsgespräch. Worum es geht, weiß ich nicht."

„Wissen Sie nicht?", lachte der Zeitungsmann, „ist ja kafkaesk!" Keiner reagierte auf den Einwurf.

„Woher kommen Sie? Fermann? Fermann? Ich kenne da jemanden auf Spiekeroog", sagte Dirk Landor, der auffallend modisch gekleidet war mit einem sehr schmal geschnittenen Sakko und Seidenschal.

„Der bin ich definitiv nicht", beschied ihn der Ingenieur. „War nie da. Ich komme gerade aus Uganda. Brunnenbau. Aktion des UN World Food Programme."

Man nickte bedeutsam, als ob alle von der Schwierigkeit seiner Arbeit wüssten und Respekt ausdrücken wollten.

Es schloss sich Samir Dange an, den Betty von ihren Akademiebesuchen her gut kannte. Der attraktive indischstämmige Mann bezeichnete sich als Mitarbeiter der Akademie und als Dozenten am Soziologielehrstuhl der Uni Hannover. Er sei ein ausgemachter Deutscher mit dem

Kopf und ein beharrlicher Inder mit dem Herzen. Manchmal beides auch umgekehrt. Und die FRG liebe er, weil er, wie die europäischen Aufklärer, an die Erziehung des Menschengeschlechts glaube. Denn der Mensch sei von Natur aus gut. Sage Rousseau. Und glaube auch er.

„Oder, wie es Nestroy abgefahren ausdrückte: *Der Mensch is guat, nur die Leut san a Gsindl*", musste sich der allseitig belesene Redakteur erneut ins Spiel bringen, ohne zu bedenken, dass ihn seines unbescheidenen Auftretens wegen Mania für Letzteres halten könnte.

„Desgleichen!", hob der modisch Gekleidete, jung Wirkende an, Samir Dange im Blick, auf dessen Lobrede er sich augenscheinlich bezog. Wie sein Freund Samir, fügte er hinzu, sei er öfter hier und arbeite in seiner Funktion als persönlicher Referent von Frau Hattorf, der Leiterin der Akademie, auch mit wissenschaftlichen und gemeinnützigen Einrichtungen der FRG zusammen.

Betty kannte Dirk natürlich bestens. Und eigentlich, dachte sie, war man hier fast unter sich. Kamen noch der etwas bösartige Kreislaufgeschädigte, der wortkarge Afrikaner, die betörende Filmemacherin und die Lehrerin wie auch Leiterin dazu. Und sie begann, wie die anderen, dem vegetarischen Gericht zuzusprechen, einem Auflauf aus heimischem Gemüse, wie sie vernahm, Rote Beete, Möhren, Kartoffeln, Schwarzwurzeln, Meerrettich und Pastinake. Dazu Tomatensalat. Alles Erzeugnisse der Landkooperative Nord, gleich vor den Toren der Stadt.

Nele Blumbach mochte wohl beim Anblick der stumm Tafelnden an andere, frühere Mahlzeiten in diesem Raum denken, bei denen es hoch hergegangen war. Diese Gäste hier schienen mit ihren Gedanken alle woanders zu sein.

Die Stirn Dirk Landors war gefurcht.

„Schmeckt es nicht?", fragte Nele Blumbach besorgt.

„Nein ... also ... doch."

„Wenn Sie etwas bedrückt, sagen Sie, worum es geht. Vielleicht können wir helfen."

Dirk Landor räusperte sich und fing tatsächlich an, seine Überlegungen laut fortzusetzen. Er denke gerade an die Hilflosen, die durch Äußerung ihrer Hilflosigkeit andere in Anspruch nahmen. Säuglinge zum Beispiel, die durch klägliches Geschrei ein Bedürfnis anzeigten. Solches Schreien zwinge andere, aktiv zu werden. Missachtung werde als unmenschlich geahndet. Jeder wisse um die Signale, die vonnöten seien, andere zu bitten oder zu verpflichten. Je deutlicher und lauter das Signal, desto massiver der Druck auf andere. Garantiere Lautstärke also Herrschaft? Das frage er sich.

Als alle schwiegen, wand Nele Blumbach ein, solche Fragen könne man sich wohl stellen, aber doch auch selbst beantworten. Denn es sei ein grundsätzlicher Akt der Menschlichkeit, Bedürftigen zu helfen, sich also sozial zu verhalten.

Dirk Landor nickte heftig, obwohl damit seine Frage nicht beantwortet war. Aber unsozial wollte er auf keinen Fall erscheinen.

„Ach, hörns amal", polterte der Redakteur los und seine Gerhart-Hauptmann-Mähne bewegte sich empört mit, „denkens an die vielen Kindsmorde! Da gibts nicht generell ein immanentes Gen der Mütterlichkeit oder Fürsorge."

„Hilfsbereitschaft ist also nicht per se menschengemäß, meinen Sie?", vergewisserte sich Samir Dange. „Und sie kann somit nur gefordert werden, wenn ich arterhaltende, religiöse oder generell moralische Maßstäbe, also diejenigen des Humanismus, bindend unterstelle."

„Humanität ohne Divinität führt zur Bestialität", behauptete Dirk Landor leise.

Erneut schwiegen alle. Wahrscheinlich weil das Gespräch unnötig kontrovers zu werden drohte. Nur Samir Dange ließ etwas keine Ruhe. „Auch religiöse Maßstäbe, sagen Sie, Herr Brugge. Doch denke ich, für menschenverursachtes Leid gibt es vor allem zwei Gründe, nämlich das sklavische Festhalten am Kapitalismus sowie den zelotischen Glauben an einen Gott. Statt zu fragen, was benötigt der Mensch wirklich zum

Leben, lassen wir uns ein aberwitziges Überflussdenken einreden und machen uns alles untertan, beuten Menschen aus und Natur, zeugen Kinder wie besessen und verschwenden Rohstoffe aller Art. Ein Horror! Mit *wir* meine ich nicht die FRG."

„Wissen Sie, woran das liegt?", blieb ihm der Redakteur nicht die Antwort schuldig, „daran, dass das neoliberale System die Natur des Menschen am besten abbildet, seine Stärke und Schwäche, seine Grausamkeit und seine Barmherzigkeit."

„Auf den ersten Blick haben Sie recht, Herr Brugge", gab Nele Blumenthal zu, „aber genau das ist ja der Knackpunkt: Es muss der positive Wille die rohe Natur überwinden ... und den Egoismus. Den muss die verantwortungsbewusste Individualität entmachten. Daran arbeiten wir hier."

„Rodewald Stoeberlin, sag ich nur, auf dessen Grundsätze beruft man sich hier, stimmts?", warf Dirk Landor ein.

„Unter anderem", nickte Nele Blumbach. „Oder auf Konfuzius. Auf seine Erziehungsziele. Der spricht doch auch vom moralischen Aufbau des Individuums und davon, dass es Verantwortung für die Gesellschaft übernimmt."

„Stoeberlin und Konfuzius? Das neue Zweiergestirn am Erziehungsfirmament ...", amüsierte sich der Redakteur.

Dirk Landor, wie er sagte, wollte weder des Konfuzius' edle Absichten noch Samir Danges Horrorszenario weiter verfolgen, sondern doch etwas zur Bemutterung ergänzen, denn vorhin, beim Gang durch die Stadt, habe er ein Kind im Kinderwagen schreien gehört – und quälend lange habe sich keiner darum gekümmert. Und er selbst?, wurde gefragt. Er habe Hemmungen gehabt, was hätte er auch tun können!

„Wie ist denn die Fertilitätsquote pro Frau in der FRG?", fragte der Redakteur Brugge, „oder gilt hier die 1-Kind-Regel wie in China?"

Nach kurzer Auskunft, die keinen Anlass für weitere Sticheleien gab, versandete das Gespräch. Nele Blumbach war auf einmal froh, dass nicht immer die Geister aneinandergerieten. Zumal wenn einer wie dieser Meckerkopf Brugge darunter war. Sie müsste immer die Wogen glätten.

***

Die Einzelappartements, doppelstöckig in den großen Lesesaal der früheren Uni-Bibliothek an der Rubenowstraße hineingebaut, waren schlauchartig angelegt und in der oberen Etage beidseitig von einer schmalen Galerie aus erreichbar. In Gefängnissen gab es solche Anlagen, wusste Stoeberlin, und Netze von Galerie zu Galerie, um das Hinunterspringen von Häftlingen zu verhindern. Netze fehlten hier. Er öffnete das Fenster im Wohnschlafzimmer, und mit dem Licht setzte sich auch der Ventilator im Sanitärbereich in Gang.

Nicht nur dass sie mit dem gleichen Zug eingetroffen waren, sie hatten auch die gleiche Unterkunft zugewiesen bekommen. Stoeberlin war mit Dr. Zeh gemeinsam die Treppe hochgestiegen und hatte sich bedankt, als der ihm die Tür aufhielt. Als er mit „Da nicht für!" geantwortet hatte, bestärkte das den Wortklauber Stoeberlin in seiner Abneigung. Er verabscheute diesen Spruch, der vorwurfsvoll andeutete, man sei anderweitig undankbar gewesen.

Stoeberlin gefiel sein Quartier. Bei Esther und Harry zu wohnen hatte er ausgeschlagen. Er wollte seine Ruhe und verabscheute Smalltalk. Irgendwann wäre es dazu gekommen. Und er hätte seine Worte mit Bedacht wählen müssen, jedes und immer. Das verlangte er sich stets ab. Und das war anstrengend.

Dabei hätte es eine Fülle von Gesprächsstoff gegeben, etwa das Gemunkel über einen Neuansatz in der Energiefrage. Das hätte ihn interessiert. Von Anfang an hatte er die Entwicklung der Republik verfolgt und sogar durch Vermittlung der Haddorfschen Akademie Einfluss nehmen können. Er wusste von dort, dass die politische Struktur und die Kooperativen weiterhin prinzipiell auf gutem Weg waren.

Daher verzieh er sich auch, dass seine Aufmerksamkeit gegenwärtig nicht selten auf anderes gerichtet war. Auf Bella. Seit einem Jahr hing er in Gedanken dieser fernen Traumfigur nach. Es gab bislang noch kein Aufeinandertreffen. Die Abende verbrachte er meist online.

Um ehrlich zu sein, war also der eigentliche Grund der Ablehnung von Esthers und Harrys Gastfreundschaft: Er wollte erreichbar sein am Notebook. Für den Fall, dass wider Erwarten doch eine Nachricht eintraf. Wider Erwarten, weil Bella auf hoher See war und ohne Internet. Er bangte um sie. Seit sie sich gemeldet hatte, nach vielen Jahren, ja, nach Jahrzehnten, seitdem war seine stoische Ruhe dahin, und er horchte und sah in ihr Leben hinein, soweit sie das gestattete. Umgekehrt geschah das Gleiche.

Immer von Neuem erstaunte ihn das. Er empfand es als Geschenk. Als sie sich einst begegnet waren, in einem Kurs der Volkshochschule, in dem er eine Einführung in die schwedische Sprache bot. Als da die blutjunge Bella saß, zu seiner Verwunderung, verfiel er ihr. Er hatte es sich nicht anmerken lassen. Oder doch? Denn sie hatte seine Nähe gesucht. Sie trafen sich außerhalb der Kurse. Als er begann, ungestüm, wie es ihm fast erschien, ihr Andeutungen zu machen, wie wichtig sie ihm sei, hörte sie mit regloser Miene zu. Dann war sie verschwunden.

Dann sandte sie ihm einen Gruß per Internet. Ein Wort gab das andere. Und der verbitterte, weltscheue Stoeberlin blühte auf. Sie offenbarten einander, sie seien verliebt gewesen, ja, sie auch, sie erst recht, sie mehr als er, nein, kann nicht sein, sie war es sehr, er noch mehr, unmöglich: ich, nein, ich ... Ein Wettstreit ohne Ende. Unerfüllte Wünsche.

Und es halte an, das Gefühl, sagte sie, es sei nicht verlorengegangen in all den Jahren, im Gegenteil. Und doch: sich zu sehen gab es keine Gelegenheit. Seltsam, hatte er erst gedacht. Und Bellas Gründe fand er unsinnig: Sie entspreche nicht mehr dem damaligen Bild, und da seien ja auch

Björnarne und Lasse, ihre Partner – irgendwie. Letztlich jedoch lehnte Stoeberlin aus gleichen Gründen ab. Aber auch, weil er nicht wusste, was geschehen sollte, und weil er sowieso nichts zerstören wollte in ihrem Leben. Auch in seinem, wenn er ehrlich war. Als er gehört hatte, sie komme als Überraschungsgast nach Greifswald, wenn die Wetter es zuließen, sagte er nicht, dass er aus gleichem Anlass angesprochen worden sei. Er wusste nur: Für eine Absage dort war es zu spät, eine Begegnung jedoch wollte er vermeiden – und er sehnte sich doch danach. Mit einer solchen Zerrissenheit blieb er lieber für sich. Deshalb hatte er die Einladung Esthers ausgeschlagen. Das ließ ihm mehr Zeit. Aber war er nicht kopflos, auf die Botschaften einer Frau zu warten, die nur ein Bild für ihn war?

***

Harry hatte umdenken müssen. Seine kärgliche Klause vis-a-vis der Marienkirche war einer geräumigen Wohnung in der Käthe-Kollwitzstraße gewichen, der Wohnung, aus der Esther ihren einstigen Mann Paul verscheucht hatte. Aus gutem Grund. Hatte er doch der Stasi zugearbeitet, auch über deren offizielles Ende hinaus.

Nun lag Harry in einem luxuriösen Bett aus FRG-Fertigung und blickte auf eine Einrichtung, nein, Interieur musste man das nennen, das an Farbharmonie und Gediegenheit seinesgleichen suchte. Esthers Handschrift. Sie war schöngeistig durch und durch.

Er wartete, dass sie aus dem Bad kam. Immerhin schafften sie es mitunter, zur gleichen Zeit schlafenzugehen. Bei den vielen Verpflichtungen der beiden ein Wunder. Esther hatte noch an Aufsatzkorrekturen gesessen, als er von einer längeren Unterhaltung mit Dilhan Sönmez zurückkam.

Dilhan und er hatten zusammen das Theater verlassen und waren noch eingekehrt und hatten gegrübelt, welches Profil der potentielle Attentäter hatte. Die Vermutung, er sei Stalinist, hatte sich durchgesetzt gegen die

Ansicht, ein Verehrer der berühmten und hier im Mittelpunkt stehenden Schauspielerin Carola Neher habe sie als besudelt empfunden. Sicher, das Stück war antistalinistisch. Es stellte aufrechte, hochmoralische Sozialisten den diktatorenabhängigen Gefolgsleuten gegenüber. Und Carola, die deutsche Gefangene, stand zwischen den Fronten. Sie war keiner Gruppe zugehörig. Sie lebte in ihrer Erinnerung und träumte von ihrer Glanzzeit als Theaterstar, da man ihr den Hof machte. Jetzt zerbrach sie. Schönheit und Charme hatten sich verflüchtigt. Sie fühlte sich nicht mehr.

Auch darüber hatten sie gesprochen und inwiefern heute eine solche Abrechnung berechtigt sei, dieser Abgesang auf die diktatorische, vorgeblich aber sozialistische Herrschaft Stalins, dem heute in Russland wieder viele zujubelten. Posthum. Ihn sogar reinkarniert im jetzigen Machthaber entdeckten.

Nur, hatte die Dramaturgin gefragt, habe das Stück etwas mit ihrer Republik zu tun, helfe es ihnen weiter? In punkto Standhaftigkeit: ja.

„Die Gefangenen lassen sich nicht zerbrechen!", hatte Harry gesagt, „selbst im größten Elend glauben sie an ihre Widerstandskraft und an Menschenwürde. Das ist ein Vorbild für uns alle."

„Ja, an die Würde glauben sie und an Menschlichkeit", hatte Dilhan Sönmez bestätigt. Denn sie alle in der Republik, das müsse man einräumen, seien doch noch immer auf der Suche nach einer vollkommenen Welt.

„Die es geben muss, sonst droht der Untergang", hatte Harry mirakelt und dabei an die anwachsende Erdbevölkerung und an schwindende Ressourcen gedacht. „Deshalb glauben wir ...", hatte er dennoch angefangen und bestürzt innegehalten, erinnerte er sich, „... glauben wir an humanistischen Fortschritt", hatte er vollenden wollen und: „... an den moralischen Kompass in uns, an die Macht der Vernunft, an den Geist der Aufklärung." Aber plötzlich waren ihm die Begriffe wie gedroschenes Stroh erschienen. Doch, sein Glauben daran war unerschütterlich. Und auch derjenige der Dramaturgin. Er kannte sie lang genug. Aber was wussten sie vom Geist der Millionen Flüchtlinge aus dem Süden, die in die Sicherheit Europas flohen und auch hier eintreffen würden.

Gleich kam Esther. Aus dem Bad drang der gleichförmige Geräuschablauf wie immer. Da die Dichtung der Klospülung defekt war, floss permanent mit leisem Plätschern Wasser aus dem Vorratskasten ab. Und alle 46 Sekunden lief brausend Wasser nach, um den Kasten aufzufüllen. 2 Sekunden dauerte das. Esther hatte die Zeit gestoppt. 2 Sekunden, dann wieder Plätschern. Sie hatten sich daran gewöhnt. Eine neue Dichtung war nirgends aufzutreiben. Waren sie auf Reisen, forschten sie danach. Esther verdrehte manchmal die Augen in gespielter Verzweiflung. Er begehrte sie dann besonders und sowieso, auch wenn der Ausdruck seines Begehrens etwas zu wünschen übrig ließ. Esther jedoch verstand sich darauf, das zu beheben.

Sie trug das neue T-Shirt, rot mit schwarzer Schrift: *Nieder mit dem Krieg!*, das sie für das Symposium hatte anfertigen lassen. Ihre Brustwarzen hoben das *i* in *Nie* und in *Krieg* hervor. Als sie vor dem Schrank stand, auf Zehenspitzen, und sich streckte, um etwas aus einem oberen Fach zu nehmen, und der Ansatz ihres runden Pos sichtbar wurde, freute sich Harry, wie sehr ihm dieser Anblick wohltat. Und erst recht ihr Lächeln, mit dem sie danach seinen Blick beantwortete, und mit dem sie, über ihn gebeugt, schwor: *Und so lang die Pulse beben, bis zum letzten Atemzug, weih der Liebe ich dies Leben, ihrem Segen, ihrem Fluch*, inspiriert von ihrer Louise Aston, wie er wusste.

***

Wenn Will zu Hause war, in der neuen Wohnung in der Seitenstraße An-den-Wurthen, neben dem Alten Friedhof, hielt es ihn da nicht lang, obwohl er sie lieber mochte als die baufällige am Karl-Marx-Platz. Er griff sich das Rad und fuhr kreuz und quer durch die Altstadt und umrundete sie, wie um zu prüfen, ob alles noch am richtigen Platz stehe. Und im Sommer trieb es ihn nach Lubmin. Er fuhr durch die Heide. Eine knappe Stunde benötigte er.

Früh war er in dem Seebad. Der weiße Sandstrand lag menschenleer. Auf kleinen Dünen regte sich Strandhafer. Ihm war warm geworden. Abseits der langen Seebrücke ließ er sich nieder und hörte auf das vertraute Geräusch des Wassers und der klagenden Möwen und roch die salzige Luft.

Später lief er nackt ins Wasser und schwamm hinaus, soweit es strömungssicher war, er kannte sich aus. Er ließ sich an der Küste entlangtreiben und genoss die Sonne im Gesicht und auf den Armen. Er würde einen ordentlichen Marsch zurücklegen müssen zu seinem Lagerplatz, wurde ihm bewusst. Doch auch darauf freute er sich und fühlte sich eins mit dem Wasser, das in dieser Bucht nicht blau wie in Warnemünde war, wo er jetzt notgedrungen öfter schwamm. Er mochte den Blick über die schwankenden, aufsteigenden und absinkenden Wellen, glasgrün und unzählige Male anders. Mit ihm darin als Fremdkörper. Mikroskopisch winzig.

Jemand schwamm auf ihn zu, geblendet von der Sonne, angestrengt gegen die Strömung ankämpfend, von den Wellen verhöhnt. Eine Frau, die Haare hochgebunden, sah er. Sie schwamm kraftvoll. Behielte sie die Richtung bei, würden sie einander in geringem Abstand passieren, schätzte er. Sie konnte ihn noch nicht ausgemacht haben. Die Sonne zwang sie, die Augen zuzukneifen.

Plötzlich verzerrte sich ihr Gesicht. Sie schrie. Sie griff unter Wasser und tauchte unter und kam wieder hoch und paddelte und tauchte wieder unter. Immer näher. Verzweifelt. Sie kam wieder hoch, Wasser spuckend und stöhnend.

„Ich komme!", schrie er. Sie riss die Augen auf.

„Ich hab einen Krampf!", schrie sie, Panik in der Stimme. Da war er schon bei ihr und schlang seinen Arm um ihren Brustkorb und schwamm in Rückenlage in Richtung Ufer. Sie begriff wohl, was er vorhatte, sie im

Brust-Schulter-Schleppgriff, vor Jahren gelernt, in Sicherheit zu bringen und wehrte sich nicht. Stöhnte aber und griff nach ihrem Oberschenkel. Es war keine kurze Strecke. Er legte sich ins Zeug. Beide Arme schmerzten schnell. Er durfte nicht schlappmachen. Trotz der Umstände begann ihm bewusst zu werden, dass er eine nackte Frau im Arm hielt. Er spürte sie. Leg an mein Herz dein Köpfchen und fürchte dich nicht zu sehr, ermutigte er sie in Gedanken mit einem seiner Heinegedichte. Ihre Hinterbacken auf seinem Bauch. Bei der Ausbildung zum Rettungsschwimmer war nie von den Begleiterscheinungen die Rede gewesen, die die kalte und feste Haut und der Körper der hilfsbedürftigen Person hervorrufen könnten. Einen Gefühlsaufruhr, wie im Flug. Der aber von der Anstrengung ablenkte, die es kostete, sie zu transportieren.

Es erschien ihm wie eine Ewigkeit, bis er festen Grund unter den Füßen spürte. Er drehte sie und nahm sie Huckepack. So schaffte er die letzten Schritte. Währenddessen überlegte er, was er über Krämpfe gelernt hatte. Verdammt wenig, stellte er frustriert fest.

So lagen beide am Wasserrand. Er rang nach Luft.

„Das Schlimmste ist vorbei", sagte sie, „eine Weile schon, um ehrlich zu sein, aber ..."

Er war zu erschöpft, um dem *aber* nachzufragen. Und sie hätte auch nichts davon gesagt, dass sie seinen Arm wie einen warmen Strom, der um sie floss, empfunden hatte, und dass sie sich bestürzend hemmungslos über das freute, was sie nachdrücklich an ihm hatte wachsen spüren. Welcher Dämon war in sie gefahren, fragte sie sich verwirrt.

„Ich bin vorhin zu erhitzt ins Wasser gerannt und hab mir zu viel vorgenommen. Wollte bis zur Seebrücke."

„Gegen die Strömung", keuchte er.

„Hab ich nicht gewusst. Kenn das Wasser noch nicht."

„War der Krampf vorn oder hinten?", fragte er. Ihm war etwas aus seinem Kurs eingefallen.

„Hinten. Linkes Bein."

„Gut. Dann strecken Sie das Bein aus und versuchen die Zehen mit der linken Hand zu umfassen. Der Krampf ist zwar vorbei ... Für alle Fälle. Fünf Minuten lang."

Ohne Nachfrage befolgte sie seine Anweisung. Sie war gelenkig. Überhaupt war sie sehr hübsch. Den Brüsten sah man nicht an, ob sie schon gestillt hatte. Bestimmt war es sehr lustvoll, sie zu berühren. Und sie hatte ein rundliches, ebenmäßiges Gesicht. Wenn sie ihn ansah, hatte sie ein unbefangenes Lächeln. Dann zeigten sich schneeweiße Bögen Zähne. Unterhalb vom linken Mundwinkel hatte sie einen kleinen Leberfleck.

„Sie haben mir das Leben gerettet", stellte sie fest.

„Wär schade darum gewesen", bemühte er sich um nonchalante Galanterie.

Ihr Lachen daraufhin war gepresst, weil sie noch ihre Zehen hielt. Er half ihr aufzustehen. Sie machte Gehversuche.

„Darf ich dich umarmen?", fragte sie und tat es einfach und flüsterte ihm *Danke!* ins Ohr.

Das war zuviel. Ihr Bauch fühlte sich weich an und ihre Brüste fest, wie Orangen, fiel ihm sonderbarerweise ein. Vielleicht dufteten sie so. Jedenfalls geriet er wieder außer Kontrolle.

„Ups", sagte sie und sah an ihm hinab und trennte sich und lächelte ihm wieder zu, „ich geh dann besser." Sie wandte sich noch mal um.

„Das nächste Mal schwimmen wir gleich zusammen, was meinst du? Ich heiße Tana. Ich will hier ab jetzt jeden Morgen vor dem Dienst laufen und schwimmen."

Er hatte sich verschämt halb abgewandt. „Würde ich gern", sagte er.

Sie nickte und ging. Er sah ihr nach. Das diente keineswegs der Entspannung. Sie war eine sehr reizvolle Frau. Anfang dreißig vielleicht. Wie sie ging, mit fließenden Bewegungen, war sie sich ihrer Schönheit bewusst, glaubte er, und sie freute sich seines Blicks. Je weiter sie sich entfernte, jetzt rannte sie, desto tiefer setzte sie sich in ihm fest. Mein

Herz gleicht dem aufgewühlten Meere, hat Sturm und Ebb' und Flut, fasste ihm sein Freund Heinrich das in Worte.

***

Die Bedingungen seien ideal für einen Mädelsvormittag, hatte Finja festgestellt und vorgeschlagen, Phili solle mit ihr Roswitha in ihrer Töpferei besuchen, in Gingst. Und es gebe so viel zu klönen. Als Till aufmuckte, wurde ihm nahegelegt, er könne doch mit Robin schon mal vorausfahren und Greifswald auskundschaften. Timo und Henny waren in der Schule, also fügte sich Robin darein. Und so fuhren sie los. Mama wollte am Nachmittag, rechtzeitig zum Beginn des Symposiums, mit Finja nachkommen.

Till gestand unterwegs, dass er nur bruchstückhafte Kenntnisse von der Besonderheit der kleinen Republik gehabt habe. Sozusagen hülle sie sich in Schweigen und wolle ganz für sich bleiben. Aber aus dem Roman, dem Kriminalbericht über die St. Nikolai-Abtretung an die katholische Kirche, habe er einiges gelernt. Ob ihn das interessiere?

Was sollte er sagen? Robin hatte verwundert beobachtet, wie nett Phili trotzdem zu Till war. Man sah ihr nicht an, dass ganz andere Gedanken sich in ihr breitmachten. Er wusste nicht, wie er sich Till gegenüber verhalten sollte. Der Kriminalbericht kam gerade recht, das lenkte ab. So dämpfte er auch nicht die Begeisterung des Marathonläufers. Damit verstellte er sich nicht, er war generell wissbegierig. Und schon begann Till zu referieren. Er konnte tatsächlich beides, das Auto die schlängelige, enge und von riesigen Bäumen beschattete Straße runter nach Bergen steuern und von da aus weiter nach Stralsund sowie das Auto mit einem Haufen von Fremdwörtern anfüllen. Die Republik basiere auf kollektiver Selbstorganisation und autonomem Selbstmanagement. Man habe sich eine fluktuierende Hierarchie gegeben und einen Einheitslohn, bargeldlos. Liegenschaften und Produktionsmittel befänden sich im Kollektiveigentum, und diese Produktionsmittel würden kooperativ betrieben, basisdemokratisch. Soziale Gerechtigkeit sei oberstes Gebot.

„Ehrlich, Till, ich versteh nicht mal die Hälfte", unterbrach Robin diesen Redefluss und sagte, das mit der wirtschaftlichen Unabhängigkeit, das gefalle ihm. Till wäre nicht Till, hätte er sich nicht reumütig entschuldigt und den basisdemokratischen Aufbau in verständlicher Form wiederholt. An dieser sozialen Gerechtigkeit hatte er wohl einen Narren gefressen, sie erklärte er vor und zurück. Ruhe gab er erst, als sie in Stralsund am Bahnhof parkten und den Zug bestiegen. Finja hatte abgeraten, mit dem Auto zur FRG zu fahren, wegen der Umständlichkeiten mit den Parkgaragen am Rand der Republik, die in ihrem Stadtkern nur republikeigene Elektroautos akzeptiere. So saßen sie in einem uralten Triebwagen, aber auf Solarbetrieb umgerüstet, und glitten lautlos durch die küstennahe Landschaft. Der welterfahrene Marathonläufer schlug vor, sie sollten gleich das neue Terrain aus der Vogelperspektive erkunden, vom hohen Turm der Nikolaikirche aus.

„264 Stufen geht es hoch. Sechzig Meter. Der Turm selbst hat 100 Meter. Ausblick bis Rügen."

Robin sagte nichts dazu. In Begleitung des Marathonläufers einen Turm zu besteigen würde vermutlich kein Glanzlicht dieser Fahrt ans Meer sein, zu der Mama ihn überredet hatte. Lieber nämlich wäre er am Wochenende mit seinem Freund Orhan zelten gefahren ans Steinhuder Meer. Doch er wäre nicht Robin, würde er nicht aus allem das Beste machen.

Außerdem war ihm schleierhaft, wie eine Republik, also ein Staat, sagen konnte, man wolle unbedingt Gerechtigkeit. Sagten das nicht alle? Und dann geschah so oft das Gegenteil.

„Glaubst du, dass es hier wirklich Gerechtigkeit gibt, überall, meine ich?", fragte er Till, als sie nach der Ankunft in Greifswald auf einem Wall liefen, unter majestätischen Bäumen, am Rand der Altstadt entlang, um einen Eingang in die Stadt zu finden.

"Wenn sie sich das auf ihre Fahnen schreiben ... Was ich gehört habe, stimmt das auch", sagte Till.

"Wäre super", schloss Robin für sich das Kapitel.

Durch die Altstadt zu laufen war etwas Besonderes. Es war eigenartig ruhig. Kein Autolärm eben. Nur Fahrradgeklapper und -geschepper. Und es roch gut, in der Stadt, nach Seeluft. Auf dem Platz vor der Kirche hörten sie einem Akkordeonspieler zu, der wehmütig *Otschi tschornyje* spielte und sang.

"Die Melodie stammt von einem Deutschen", belehrte ihn Till. Robin war das nicht wichtig. Er gab dem Schnurranten, wie Till ihn nannte, vielleicht hatte er Schnorrer gemeint, 20 Cent und überlegte, ob der Mann auch ein Musikprofessor aus St. Petersburg war, der nach seiner Auswanderung keine Stelle fand. In Hannover spielten solche ehemaligen Professoren am Kröpcke. Es musste viele Musikprofessoren in St. Petersburg gegeben haben.

Den Turm zu besteigen war doch spannender als gedacht. Die Sandsteinstufen waren in der Mitte ausgetreten. Und es gab Gegenverkehr. Meist quetschten sich die Leute, die herabstiegen, an die Mauer, wo die Stufen breiter waren, und Robin musste dann auf dem verbliebenen winzigen Stufeneck und ohne Halt an der Seite hochsteigen. Kein Problem, sagte er sich. Von der Angst der Leute wollte er sich nicht anstecken lassen. Sie schienen sich an den Wänden wie Geckos festklammern zu wollen, was natürlich nicht ging. Ganz glitschig kam ihm die Mauer vor, wo Millionen Hände voll Angstschweiß hingefasst hatten.

Aber dann, oben, da war das schon die Klettertour wert. Es blies ein ruppiger Wind. Die Haare zerrten an der Kopfhaut. Schwer atmend hatte auch der Marathonläufer die 264 Stufen geschafft. Man sah über die Stadt hinweg, nach allen Seiten. Fenster und Photovoltaikanlagen spiegelten die Sonne wider. Und im Osten der Greifswalder Bodden.

In die Richtung, auf die Küste und ausgreifende Gebäude deutete auch ein kahlköpfiger Stämmiger.

„Das ist es, unser KKW Bruno Leuschner. Wird ratzekahl rückgebaut."

„Schade drum", sagte die kleinere der zwei Frauen, denen er das mitteilte. Sie hatte blonde Löckchen, die sich verhedderten. Ihre kurzen Wimpern waren schwarz verkrustet.

„Du sagst es. Verdammt schade. Gab jede Menge Arbeit. 1500 Leute haben da malocht. Überhaupt schade um jedes Kernkraftwerk, das sie abschalten."

„Finde isch nischt. Ist gut so", mischte sich ein Mädchen ungefragt ein, das daneben stand. Man konnte sie gut verstehen, obwohl sie eine Art Sprachfehler hatte.

„Was?" Der Kahlköpfige drehte sich ihr zu. „Hast du auch schon eine Meinung zu haben?"

„Die ist ja frech! Rotzfrech!", hetzte die größere der Frauen.

„Atomkraftwerke sind ein Verbreschen. Der Abfall ist ein Risiko für Jahrtausende", ließ sich das Mädchen nicht beirren. Robin bewunderte sie, wie sie den dreien die Stirn bot. Sie war so alt wie er, schätzte er, und hatte lange bernsteinfarbene Haare, die sie aus dem Gesicht strich, obwohl der Wind sie gleich zurückverfrachtete.

„So was bläuen die den Gören in dieser Bananenrepublik ein", sagte die Kleinere.

„Ein paar Schläge auf den Hinterkopf würden Wunder wirken", sagte der Kahlköpfige aufgebracht, „die Flausen austreiben ..."

Der Marathonläufer war filmend um die Ecke verschwunden. Robin hatte das Gefühl, dem Mädchen beispringen zu müssen.

„Arbeitsplätze sind das Eine", sagte er sachlich und trat näher und war um konzentrierte Sätze bemüht, weil er dachte, dass er dann überzeugender wirkte, „auf der anderen Seite aber zeigen Unfälle wie in Harrisburg 1979 oder in Tschernobyl 1986 oder in Fukushima 2011, dass die atomaren Kräfte nicht völlig beherrschbar sind. Es gibt zum Glück regenerative Alternativen. Die bringen auch Arbeitsplätze. Jede Menge."

Das hörte sich schrecklich altklug an, merkte er. Und er musste hier ja nicht sagen, dass er die Killersprüche aus seinem Referat nachgesprochen hatte, das er kürzlich in Geographie gehalten hatte. Tatsächlich zeigte seine geschwollene Rede Wirkung. Der Hinterbliebene des stillgelegten Werkes ging mit seinen Frauen kommentarlos weiter um den Turm herum. Das Mädchen sah zu Robin und zuckte mit den Schultern. Sie hatte ein Lächeln, dem er standhalten konnte. Dann ging sie auf die Luke zu. Offenbar hatte sie genug von dem Turm und wollte wieder runter. Robin fiel nichts ein, was er schnell sagen könnte, damit sie noch bliebe. Zumindest bis der Marathonläufer wieder aufgetaucht wäre. Sie sah noch einmal nach ihm und verschwand.

***

„Möchten Sie ...? Frisch aufgebrüht ... Nektar ... Irgendwo findet sich noch eine Tasse."
"Was? Nein. Kein Schnickschnack. Wie geht's weiter? Direktemang rin in den Orkus?"
„Mit Feingefühl ... Und übrigens, weil Sie eine Zigarette ... Bitte: Rauchen verboten, PEZen erlaubt. Sie könnten statt dessen ein Tässchen ...? Quelle der Lethe. Irdische Leiden lassen sich vergessen."
„Wenn es Sie beruhigt."
Vor dem Geschirrregal hing ein schmutziger Vorhang. Das Regal war das untere Brett eines Gestells, auf dem wenige Teller, Tassen, Töpfe und eine Plastikschale für Besteck untergebracht waren. Oben auf dem sogenannten Regal drängten sich ein Zweiplattenkocher und ein Wasserkocher und einige Tüten. Im Wasserkocher brodelte es. Mit einem Klack sprang der Bedienungshebel nach oben. In der Spüle fand sich eine Tasse. In dem winzigen Raum, der alles war, Küche, Wohnzimmer, Schlafzimmer, war kaum Bewegungsmöglichkeit. Für Gäste gab es einen

Sessel aus den 70ern des vorigen Jahrhunderts. Er war eidechsengrün und verschlissen und für füllige Personen zu schmal.

„Das ist ein düsteres Loch, in dem Sie hausen", sagte der Besucher und schlürfte vorsichtig.

„Nebensache."

„Und die Hauptsache?"

„Wir kommen und gehn wie der Wind Staub mit sich führt und unsichtbar durch die Stadt jagt. Jeder hat seine März-Iden. Wir kommen, und die in sich Ruhenden nehmen uns Jenseitige auf für die Dauer unseres Verweilens. Vielleicht klammert sich einer fest. Vielleicht wurzeln wir in der Tiefe, ohne es zu ahnen. Ach, unerheblich! Es bleibt bei der verabredeten Stunde."

„Die unwiderrufliche Lösung also." Der Besucher stellte die Tasse ab. Er hatte nicht mehr als einen Schluck getrunken.

„Ob es gut ist, letztlich ..."

„Ich hab keine Meinung dazu." Der Besucher schüttelte den Kopf. „Ist nicht meine Aufgabe."

„Machen Sie die Sache klar."

„Sie haben das Sagen."

***

„Sind Sie zufrieden mit Ihrer Unterkunft?", fragte um 10 Uhr 30 die Dame im naturfarbenen Kostüm hinter dem Tresen in der Eingangshalle des Rathauses, als seien sie sich bekannt. Das Schild *Information* hing darüber. „Wie kann ich Ihnen helfen?"

Als Gert Fermann seinen Namen nannte, verstärkte sich ihr Lächeln. „Ich weiß. Man erwartet Sie. Raum 124, erste Etage."

„Schön, dass Sie unserer Einladung folgen konnten", wurde er im besagten Raum von einem jungen Mann begrüßt und in ein Konferenzzimmer, in dem einige am Tisch saßen, geführt. Der junge Mann zog sich zurück.

Die gegenseitige Vorstellung ergab, dass hier als Vertreter des Baurats eine Frau Judith Walla, die einen malaiisch-gelben Teint hatte, und ein Energiespezialist von den Versuchslaboren der Insel Oie, Herr Chris Reichert, sowie der zweite Bürgerbeauftragte, Herr Volker Völksen, saßen. Und jetzt gesellte sich also der Ingenieur Gert Fermann dazu, der in Uganda Brunnen gebaut hatte.

„... und riesige Kavernen für die Stromspeicherung mit Hilfe von sich entladenden Elektrolyten", ergänzte der Energiespezialist von der Oie kenntnisreich, „womit die Solarenergie zu jeder Zeit den Bedarf deckt. Davon hab ich gelesen. Fand ich gut."

Gert Fermann nickte bestätigend.

„Die Republik wäre hochinteressiert daran, wenn Sie, Herr Fermann, und Sie, Herr Reichert, sich bereitfänden, in das Projekt einzusteigen, das der Bürgerrat vorschlägt", begann Volker Völksen. „Ich setze Sie in Kenntnis: Es geht um die Energiestufe II, die wir anstreben. Immer getreu unserer Auffassung, die Natur zu schützen. Unsere bisherigen Anlagen sind gut, aber störanfällig und wetterabhängig. Beispielsweise unsere Armada der Winddrachen, die über dem Bodden in 400 Metern Höhe Wind ernten und damit Generatoren auf den Steuerungsinseln antreiben. Der Stromtransport ist aufwendig und wartungsintensiv.

Wir haben nun ein zukunftweisendes Unternehmen vor Augen. Sie werden von den Fallwindkraftwerken gehört haben, diesen monströsen Anlagen, die mittels Luft, Sonne und Wasser eine Energiemenge wie ein Kernkraftwerk erzeugen und damit nicht nur den Bedarf der Republik völlig abdecken würden."

Volker Völksen knipste einen Beamer an. Die Skizze eines gigantischen Turmes erschien an der Wand.

„Die Ideen für eine solche Anlage", erklärte er, „sind jahrzehntealt. Nirgends ist eine realisiert. Eine sehr rentierliche Ausführung sähe einen Turm von 1200 Metern Höhe und 400 Metern Durchmesser vor."

Er ließ seine Worte wirken. Doch schienen sie keinen der Anwesenden zu überraschen.

„Ich habe den Eindruck, Sie sind informiert. Umso besser. Ohne Frage, die bisherigen Konstruktionen sind unrealisierbar. Herr Reichert hat sich mit der Materie beschäftigt und hat eine völlig neue Konzeption entwickelt, die es durchzurechnen gälte. Daher die Vorstellung, Sie mit heranzuziehen, Sie als Tiefbauingenieur, Herr Fermann, wie auch als Sprengmeister."

Nun trat der Insulaner Chris Reichert, ein braungebrannter, drahtiger Mann, vor das Bild und begann seine Alternative zu erläutern.

„Sehen Sie, das Carlson-Modell soll so funktionieren: Sonnenerwärmte Luft wird oben am Turm mittels Wasser abgekühlt. Die unterschiedlichen Dichten warmer und kalter Luft führen zu natürlicher Konvektion, ein Luftzug entsteht, der im Kamin hinabfällt und unten Turbinen antreibt. Das war es schon. Doch wird niemand jemals ein 1200-Meter-Monstrum errichten. Der Bau der Pyramiden war ein Klacks dagegen. Das Konstrukt wäre extremer Belastung ausgesetzt. Davon abgesehen, dass die Hälfte der gewonnenen Energie dafür benötigt würde, Wasser ständig in die Höhe zu pumpen. Auch ein ergebnisreduziertes Modell von 800 Metern Höhe und 250 Metern Durchmesser wäre problematisch. Und außerdem: Die Stromspeicherung ist ungeklärt. Daher mein Vorschlag: Wir bauen den Kamin in die Tiefe. Wir bauen ihn in die Ostsee im Greifswalder Bodden. Mehrere Vorteile sehe ich. Erstens: Das Wassertransportproblem entfiele. Ostseewasser läuft auf natürliche Weise zu. Zweitens: Nachdem das Wasser entsalzt werden muss, würde in Zweitnutzung reichlich Wasser für die ortsansässige Industrie bereitgestellt. Drittens: Der Bau wäre nicht sichtbar und einigermaßen sabotagegefeit. Es gibt allerdings auch Probleme zu bewältigen. Erstens: Ein so extremer Kaminbau in diese Tiefe fand noch nie statt. Zweitens: Die Kaminwände müssten gewissermaßen flexibel gefertigt sein. Es gibt da zwar keinen Wasserdruck, weil in Geschiebemergel usw. gebohrt wird.

Aber etwaige Erdbewegungen müssen ausgeglichen werden. Drittens: Die Stromenergie der Turbinen muss sozusagen abysisch gehoben und dann gespeichert werden. In kleinem Maßstab haben Sie das ja praktiziert, Herr Fermann."

Chris Reichert setzte sich wieder.

„Das ist die Idee", fasste Volker Völksen zusammen, „zugegeben: unausgegoren. Zugegeben: fantastisch. Bauzeit und Bauaufwand sind nicht errechnet. Die Kosten dürften astronomisch sein. Die Vereinten Nationen haben signalisiert, dieses für die Menschheit einmalige Projekt in großem Umfang zu unterstützen. Das FWK wird Strom exportieren und damit Kosten wieder einfahren. Und den gigantischen Aushub bieten wir zur Verfüllung der schrecklichen Braunkohlegruben der BRD an. Null Kosten für uns. Was halten Sie davon?"

Erst schwieg man, dann wurden Details erfragt, dann wurde erwähnt, dass die *Uran-Wismut* in Aue einen Schacht weit über tausend Meter in die Erde getrieben habe, nur sechs Meter breit allerdings, dann musste Gert Fermann von seinen afrikanischen Bohrungen berichten. Schließlich wurde beschlossen, dass das geologische Institut der Uni mit herangezogen werde und dass Chris Reichert und Gert Fermann eine erste Konzeption erstellen sollten – wenn Letzterer mit von der Partie sei. Wenn …

Gert Fermann bedingte sich Bedenkzeit aus. Judith Walla nickt ihm ermunternd zu. Man treffe sich am Montag um neun hier erneut, schloss Volker Völksen die Sitzung.

Als Gert Fermann langsam durch die Stadt ging, konnte er nicht glauben, was er gehört hatte. Er spürte eine Aufregung, wie lange nicht. Bei solchem Pionierwerk dabeizusein, ließ alles als Gefrickle erscheinen, was er je getan hatte. Eine ungeheure Herausforderung. Sein Entschluss stand längst fest: Er war dabei.

***

Zum Mittagessen gingen die Herren gemeinsam. Es hatte im Treppenhaus ein zufälliges Treffen stattgefunden, dem Stoeberlin nicht mehr entrinnen konnte. Man hatte das gleiche Ziel, wie Dr. Zeh feststellte: den Markt. Also glich man das Tempo an. Dann unterbrach Dr. Zehs Frage, ob etwa ein Speiselokal Herrn Stoebins Endziel sei, das Schweigen, worauf dieser es sowohl für unter seiner Würde hielt, den böswilliger- oder dämlicherweise verhunzten Namen zu berichten, als auch sein Ziel zu verleugnen. So saßen sie schließlich und unglücklicherweise gemeinsam im *La Gioconda*, dem einzigen italienischen Restaurant am Platz, und beide hätten gern woanders gesessen, jeder für sich.

Dazu kam, dass Stoeberlin generell die Gesellschaft von Frauen der von Männern vorzog. Frauen waren eher sie selbst, Männer führten nach seiner Erfahrung etwas im Schilde, sie hofierten ihn, weil sie ihn zu etwas bewegen wollten, oder sie verurteilten den oder jenen oder sie brüsteten sich und rechneten mit Zustimmung. Ganz schnell langweilte das. Es langweilte ihn oft sogar entsetzlich, und es war ihm um jede verlorene Minute schade.

Der in die Breite gehende Dr. Zeh hob aus unerfindlichen Gründen überstürzt zu reden an. Er redete, als sei eine Feuerzunge vom Himmel gefallen, die ihn entflammte, über die Napola. Unter anderen Umständen hätte das Stoeberlin interessiert, aber nun betrachtete er die über den Hosenbund quellende Bauchmasse Waldemar Zehs, abschätzend, welche inneren Organe durch den Gürtel stranguliert waren.

Und Dr. Zeh mochte die Leidensmiene des zufälligen Mitbewohners nicht mehr sehen. Er argwöhnte, schwiege er selbst, würde Stoebin aus seinem Leben berichten und Anklagen gegen irgendjemanden erheben oder generell über das erbarmungslose Schicksal oder die Missachtung der Wissenschaft lamentieren. Immer heulten die Graupen über irgendwas. Das zog ihn unnötigerweise runter. Also redete er selbst, wenngleich sein Wissen über die Napola gering war und er lieber über sein Generalthema gesprochen hätte, die Nymphen. Danach war ihm. Hier in der Sonne. Umgeben von vielen jungen Menschen.

Man gabelte Spaghetti Bolognese. Ohne Hackfleisch. Dafür Soja. Und man schlürfte alkoholfreies Bier. Stoeberlin war mit sich unzufrieden, dass er etwas Hahnenmäßiges verspürte, wollte er sich doch gleichfalls zur Geltung bringen. Beschämt präsentierte er sich daher fortan als deutlich aufmerksamerer Zuhörer.

Was nicht hieß, dass er am Nebentisch sowohl den sportlichen, gebräunten Globetrotter als auch den ihn begleitenden hochaufgeschossenen schwarzlockigen Jüngling übersehen hätte, der ein großes Glas Coca Cola fast auf einen Zug leerte. Kein Wunder, dass die Burschen heute so ins Kraut schießen, dachte er, bei so viel Zuckerkram.

Als das Gespräch der beiden auf Kirchenbauten kam, teilte Stoeberlin seine Aufmerksamkeit. Er hatte Wortauswürfe von der Zuckerstange erwartet, verstümmeltes, apathisches Genuschel. Doch da wechselten ganze Sätze zwischen dem Jungen und dem Erwachsenen.

„Brillenträgerin? Keine Chance! Die käme nicht rein!", sagte Dr. Zeh und sah den bebrillten Stoeberlin triumphierend an.

„Mich wundert es", sagte der Junge mit frischem Männerbass, „dass so ein kleines Städtchen, zur Bauzeit der Kirchen war es ja richtig klein, so viele davon und auf engstem Raum haben wollte. Ist doch die totale Verschwendung."

Der andere: „Lag am Reichtum der Bürger. Die ließen sich nicht lumpen. Da ging es ums Prestige. Stralsund und Rostock und Stettin und Wolgast waren nicht weit. Konkurrenz!"

„Damals, ja, versteh ich, aber wieso halten die heute daran fest? Sind doch Atheisten laut Verfassung, hast du gesagt. Was wollen die mit so viel leeren Kirchen?"

„Leer? Wie kommst du darauf? War doch gut frequentiert vorhin, oder?"

„Von Touristen."

„Na und? Sind eben Kulturdenkmäler einer christlich geprägten Zeit. Einerseits. Und andererseits ... Was hattest du denn für ein Gefühl, als du den riesigen Dom betreten hast?"

„Ich?" Der Junge sann ernsthaft nach. „Es war alles riesengroß, und ich hab mich winzig gefühlt."

„Das war die Absicht. Man sollte erschauern, sollte die Größe und Allmacht Gottes spüren."

„Ich hab gedacht, dass man da super meditieren kann", sagte der Junge, „ich tu das ja nicht, aber die Atmosphäre wäre geeignet dafür."

„... dass man sich selbst meditativ näherkommt. Früher dem unfassbaren Gott, heute dem Göttlichen und Einzigartigen in sich selbst. Das wollen Atheisten genauso, wenn nicht mehr."

„Merk ich mir schon mal vor, wenn ich das nächste Mal meinen Blues kriege", sagte der Junge.

„Sommersonnenwendkampfspiele gab es, auch für die Mädchen in den NPEA", sagte Dr. Zeh gerade. „Wissen Sie, wie man die Charakterstärke der Mädchen geprüft hat, bei den Aufnahmeprüfungen? Die Nichtschwimmerinnen mussten von einem Sprungturm ins Wasser springen. Ältere Schülerinnen würden sie dann retten, hieß es ..."

Dass er seine Cola auf einen Zug wegschluckte, hätte Mama nie erlaubt, dachte Robin. Till verdünnte seinen Rotwein mit stillem Wasser. Er wirkte müde. Hatte Phili ihm gesagt, was Sache war? Oder fragte er sich einfach, was er hier solle. Ein bisschen ging es Robin auch so. Außerdem verlor er jedes Mal die Hälfte seiner Spaghetti von der Gabel. Und die paar, die auf der Gabel blieben, kühlten schnell im Seewind aus. Till aß eine Riesenschüssel Salat. Halbwelkes Dillkraut schob er an den Tellerrand. Das Restaurant, fand Robin, hätte überall sein können, auch am Sallplatz. Man spürte überhaupt nichts Besonderes von diesem freien Staat, wenn man sich umsah. Aber vielleicht fehlte ihm das Gespür für das Freie, weil er nicht wusste, wie sich das Unfreie anfühlte.

Mit dem Marathonläufer konnte man sich eigentlich gut unterhalten, dachte Robin, der das gestern Gehörte verdrängt hatte. Alles Essbare war vom Tisch verschwunden. Vielleicht könnte Till auch erklären, was das für ein sonderbares Gefühl war, das einen, also ihn, manchmal überfiel, wenn ein Mädchen ihn ansah oder sogar anlächelte, so wie eben auf dem Turm. Da musste gar nicht viel sonst geschehen. Aber es sprang etwas über, und man war ein bisschen neben der Spur.

Doch vielleicht behielt man solche Fragen für sich. Mama hatte nie von so was gesprochen. Nur gestern, da musste sie wie verhext gewesen sein, dass sie da mit Finja geredet hatte.

Stoeberlin sah nach der Bedienung. Er wollte aufbrechen. Dr. Zeh schien sich an seiner Nervosität zu weiden. Er gab den Satten und Ruhigen. Keine Bedienung in Sicht.

Bis sich schließlich Stoeberlin erhob. Die Blicke der Leute an den Nachbartischen wandten sich ihm zu, weil nichts sonst gerade Aufmerksamkeit erforderte. Man sah einen leger gekleideten Weißhaarigen und Bärtigen mit Lesebrille, die er nicht abnahm. Er war eine Vertrauen erweckende Person. Man vermutete Bedeutsames in ihm und musterte ihn zweimal und glaubte, einen prominenten Künstler in ihm zu erkennen. Stoeberlin hatte Glück, eine Bedienung näherte sich.

***

Johan Lavendel hörte sich nicht begeistert an.

„Ob ich Lust habe, zum Alten Fritz zu kommen, fragt André. Er sitze da den ganzen Nachmittag."

„Oh, und mir hat Linh eine SMS geschickt, sie würde mich gern sehen. Ob ich Lust auf eine Ruderpartie auf dem Ryck hätte. Treffpunkt Fangenturm. In einer Viertelstunde. Man will uns entzweien."

Johan und Hendrikje liefen über das Holperpflaster, mitten auf der Domstraße, und lachten. Radfahrer wichen ihnen aus.

„Ich erinnere mich an Andrés *Nikolai*-Roman, da war auch schon von Holperpflaster die Rede", sagte er.

„Dann trennen sich also unsere Wege", meinte Hendrikje, „und ich dachte, wir würden gemeinsam das Städtchen erobern. Was hast du übrigens Lucille wieder erlaubt? Mich fragt sie schon gar nicht mehr."
„Sie will die Stadt entdecken. Allein."
„Schon wieder?"
„Ihr kann hier nichts passieren. Und außerdem ..."
„Was?"
„Sie hat hier einen Jungen getroffen. Du hättest ihr Gesicht sehen sollen, als sie das sagte."
„Das Kind ist 14!"
„Er sei ein Traum! Très spirituel. Schön wie der schönste Spanier. Nie hätte sie gedacht, dass Deutsche so seien. Leider habe sie keinen Mut gehabt, ihn nach seinem Namen zu fragen oder so."
„Ach: *oder so* ..."
„Ich staunte, dass sie uns Multikultideutsche plötzlich nicht nur von oben herab betrachtet, unsere Parisienne Lucette. Sie will ihn suchen, den Jungen."
„Ich hab es nie bereut, aus Deutschland wegzugehen. Und du doch auch nicht."
„Hatte ja keine andere Wahl. Und hab es gut getroffen. Doch wenn ich auf einen Sprung hier bin, schlägt mein Herz ... ich weiß nicht ... anders."
„Meines auch", gab sie zu und küsste ihn und ging und drehte sich noch mal um und warf ihm eine Kusshand zu und bog in die Baderstraße ein, „à plus tard, mon ami!"

***

„Die weitere Reise führte sie auf die Insel des Aiolos, des Gottes der Winde. Sie wurden freundlich von ihm empfangen ...", brachte die Bella-Mama wieder eines ihrer Bildungsgüter zu Gehör, ihre Art eben, sich über die

günstige Windlage zu freuen, die sie am Schluss der Reise hatten. Chawa hörte ostentativ nicht hin – obwohl sie es doch tat. Sie waren Wieck nahe und damit der Einfahrt in den Ryck. Ohne Probleme waren sie von Saßnitz hierher gelangt, und der Maat war dabei, die Segel zu reffen, das heißt, das Großsegel rollte sich von selbst ein am Mast. Beim Vorsegel musste Chawa das Tuch um das Vorstag wickeln und zusammenbinden. Sie beherrschte die Griffe schon im Schlaf.

Was aus der Ferne wie eine stattliche Kogge aus der Flotte des Kolumbus und wie eine Fata Morgana auf der Glitzerfläche des Wassers erschienen war, das entpuppte sich als alter Holzkutter, als sie langsam an einem kurz vor der Einfahrt in den Stadtfluss ankernden Einmaster vorbeifuhren. *Ajuscha* hieß das betagte Schiff mit großem Kajütaufbau. Es stammte aus einer anderen Zeit und hatte etwas Düsteres. Wie ein Geisterschiff. Auch die altertümlich Gekleideten, die an Deck zu sehen waren, hatten etwas Unwirkliches. Das konnte ja heiter werden, dachte Chawa.

Als sie außer Rufweite waren, waren auch die Segel verstaut, und Bella streichelte nachdenklich das aufgewickelte Tuch, als halte sie ein stummes Zwiegespräch und sage: Hast du gut gemacht, wackeres Segel. Hast uns super hierhergebracht. Das war typisch Bella. Vieles schien für sie geheimnisvoll belebt zu sein.

Der Dieselmotor verrichtete seine Arbeit. Sie tuckerten den Ryck hinauf, durch den Yachthafen bis zur Holzklappbrücke und warteten am Leitwerk. Die Brücke war heruntergelassen. Fußgänger lehnten am Geländer und sahen herab.

„Sieht holländisch aus", wusste Bella zu sagen, „ist über hundert Jahre alt, wird per Muskelkraft vom Brückenwärter rauf- und runtergekurbelt."

Eine Ampel zeigte Doppelrot. Nach zehn Minuten hoben sich knarzend und quietschend die zwei Brückenteile. Chawa stellte sich den Brückenwärter beim Kurbeln vor. Die Ampel sprang auf Grün. Langsam ging es weiter. Der Fluss war eingedeicht. Links vorn die Hausgiebel und Kirchentürme Greifswalds, rechts Weideland.

***

„Hendrikje! Hallo, Hendrikje! Henni!" Der Ruf kam vom Wasser her. Die Gerufene entdeckte die winkende Linh auf einem Ruderboot. Seit sie und André vor drei Jahren in Paris gewesen waren, hatten sie öfter telefoniert und waren jeweils auf dem Laufenden, was ihre Lebensumstände anging. Linh, die vietnamesischer und französischer Abstammung war, fand Hendrikje neidlos, war eine der Frauen, die von Mal zu Mal strahlender wurden. Hätte man Linh zu Hendrikje befragt, hätte sie das Gleiche über sie gesagt. Die beiden mochten sich. So wie sich auch Johan und André mochten, seit sie wegen des legendären *Babylon*-Romans miteinander zu tun hatten.

Hendrikje winkte zurück. Sie war, wie auch Linh, in sparsamem Sommeroutfit unterwegs. Gegenüber, auf dem terrassierten Hang zum Ryck herab, lagen und saßen und wanderten Sonnenhungrige. Dahinter Eis- und Crêpe- und Würstchen- und Getränkewagen. Musik schallte herüber. Auf der hiesigen Seite, links und rechts des Fangenturmes aber, ankerten die Museumsschiffe, Großsegler, von denen einige auch Fahrten nach Stralsund oder sogar nach Stettin anboten. Nach der Reihe der ehrwürdigen Segler kam rechts der Bootsverleih. Im Anschluss daran gab es einige Liegeplätze für Yachten und kleinere Segelboote. Linh saß im einzigen Ruderboot, das noch am Steg angeleint war.

Fast wären sie ins Wasser gefallen, als die Frauen sich umarmten. „Ihr seltenen Gäste", sagte Linh und meinte Hendrikjes abwesende Lieben mit. Sie ruderte im Bogen ostwärts den Ryck hinab, der kaum Strömung hatte.

„Erzähl!", sagte Hendrikje, die es sich auf der Heckbank bequem gemacht hatte.

„Du, als seine Bathseba, und noch ein paar andere, ihr seid Überraschungsgäste anlässlich ..."

„Harrys wegen, ja. Aber wieso ausgerechnet dieses Jahr so ein Halligalli?"

„Harry sagt, das sei sein letzter Geburtstag, den er feiere. Danach nie mehr."

„Leuchtet mir ein. Und dann gibt es vor dem Beginn des Symposiums heute Nachmittag den Empfang – mit unserem Überraschungsauftritt?"

„So ist das gedacht. 17 Uhr. Eine Stunde später dann im Kulturhaus das Symposium, das sich morgen früh und Nachmittag fortsetzt. Und zum Abschluss am Abend dann die Premiere des Theaterstückes, Harry zu Ehren schon morgen. Aber das weiß er auch nicht."

„Wie kamt ihr auf das Stück? Soll keine leichte Kost sein, sagt mein allwissender Johan."

„Liegt daran, dass Harry und der Autor sozusagen von jeher Seelenverwandte sind, amici veri, wie er erklärt. Und weil kein deutsches Theater das Stück angenommen hat, hat Harry alle Hebel in Bewegung gesetzt, es hier auf der Bühne haben. Eigentlich ist das Stück nämlich unaufführbar. Über 50 Darsteller! Die ganze Schauspielschule muss das Ensemble verstärken."

„Bombastisch."

„Na ja ... Aber weshalb ich mit dir reden will, ist was anderes. Das Theater hat eine Warnung erhalten. Die Aufführung morgen dürfe nicht stattfinden, die Proben sollten rappzapp abgebrochen werden. Hat André von der neuen RES-Chefin erfahren."

„Sonst ...?"

„Gerüchte schwirren. Die Sicherheitskräfte kontrollieren stündlich, Suchhunde schnuppern am Theatergestühl, Detektoren sind im Einsatz. Alle Beteiligten wurden überprüft. Ergebnislos. Tana Ulmens tut mir leid. Die RES-Chefin. Tritt ihren Dienst an und hat gleich so was am Hals."

„Könnte blinder Alarm sein?"

„Denken wir auch. Aber ich wollte dich nicht im Unklaren lassen. Falls dir was zu Ohren kommt, weißt du, worum es geht. Und dass sich jemand einen dämlichen Scherz erlaubt hat."

„Womöglich. Oder es ist ein Werbetrick?"

„Von uns aus nicht."

Sie waren ein ganzes Stück flussabwärts getrieben. Linh wendete und legte sich ins Zeug, um einigermaßen zügig voranzukommen. Auf halber Strecke löste Hendrikje sie ab. Als sie wieder festen Boden unter den Füßen hatten, wurde der Gedanke an eine Gefahr am morgigen Abend vorstellbarer. Hendrikje hatte ein ungutes Gefühl.

Robin hatte sich, wenig entfernt, das Landemanöver der *Dakota Liberty* angesehen. Eine Frau mit dunklem Haar stand am Steuerrad. Er war unschlüssig, wohin er als Nächstes gehen sollte. Diese Frau auf dem Schiff hatte etwas Stolzes und Fernes, wie in einem Film, deshalb war er stehengeblieben und tat, als studiere er die Mitteilungen des Hafenmeisters.

Hendrikjes Blick glitt über den Kai und über das einfahrende Segelboot, an dessen Heck die schwedische Flagge hing. Der Motor wühlte das grünbraune Wasser auf. *Dakota Liberty* und darunter *Visby* waren zu lesen. Und ihr Blick blieb an einem großgewachsenen und schwarzhaarigen Jungen oben am Kai hängen, einem unschuldigen Cherubim, der träumte oder nichts mit sich anzufangen wusste. Ihr fiel ein, was Johan von Lucette und deren Entdeckung erzählt hatte. So einer wie der könnte es gewesen sein, dachte sie und wurde von Linh weitergezogen. Einen Kaffee sollten sie sich noch gönnen, bevor sie sich auf den Empfang vorbereiteten. André bringe dann den ahnungslosen Harry und Johan mit. Alles sei durchgeplant.

Robin verfolgte die Einfahrt des Seglers. Er setzte sich auf einen Poller. Ihm blieb noch eine Stunde bis zu dieser Veranstaltung im alten Foyer des Stadttheaters. Sie wollten sich dort treffen, Phili, Till und er.

Das Anlegemanöver ging problemlos vor sich. Anders als im Hafen von Sassnitz war hier viel Platz. An der Kaimauer hingen zum Schutz der Bootswand ausgediente Autoreifen. Der Maat Chawa wollte die Festmacherleine um den nächsten Poller schlingen, was sonst Bella gemacht hatte. Doch auf dem Eisenpilz saß ein Typ. Er sprang auf, als er die Absicht des Mädchens erkannte. Da Chawa keinen fachgerechten Knoten beherrschte, wand sie das Tau so oft wie möglich um den Halter. Doch das vergurkte Geschlinge hielt nicht.

Robin sah sich das an. Ihm fielen Orhans und seine Wettbewerbe ein, wer am schnellsten den Palstek hinkriegte, den König der Knoten. Meist hatte Orhan gewonnen. Trotz schlampiger Schlaufen, nach dem Urteil der unbestechlichen Schiedsrichterin Seray. Die von Robin dagegen seien zwar eine wahre Pracht, aber er sei zu langsam, er müsse die Pizza holen. Wette verloren!

Das fiel ihm jetzt ein, und er überlegte, ob er sich aufdrängen solle. Das Mädchen hatte dunkle wirre Haare und schwarze Augen. So wirkte es. Und war braungebrannt. Auffällig war die leichte Krümmung ihrer kleinen Nase. Das ließ das Mädchen verwegen erscheinen. Ihn schüchterte es ein.

Als aber die Frau, die auf dem Boot herumräumte, fragte, ob sie etwa helfen solle und das Mädchen nur ablehnend den Kopf schüttelte, grimmig und ratlos, fand Robin, da bückte er sich einfach und nahm ihr das Tau ab und formte im Handumdrehen den schönsten König der Knoten und hob ihn über den Poller.

Er nickte ihr zu. Das Mädchen sah ihn an. Schon wieder so ein Blick, der durch und durch ging, empfand er. Aber er war auch wie ein Streicheln, der Blick. Und als ob er etwas ausdrücken solle, wozu gerade keine Wörter da waren. Vielleicht hätte er sie sowieso nicht verstanden, die Schwedin.

„Das andere auch", sagte sie aber sehr verständlich, „wenn schon, denn schon" und wies auf die Heckleine. Robin knotete noch mal, und die

Frau auf dem Boot, die aussah wie das Mädchen, nur älter, schaute sich das an.

„Gekonnt!", anerkannte sie. „Kannst anheuern. Und Chawa liegt dann den ganzen Tag auf dem Deck herum und krümmt keinen Finger mehr. Das wäre ihr Traum."

Das Mädchen war offenbar die Anspielungen der Mutter, denn das war die Frau bestimmt, leid.

„Vielleicht ... wenn du Zeit hast ... kannst du mir den Knoten beibringen? In ein paar Minuten. Ich muss noch ein paar Sachen erledigen."

„Vergiss nicht, das Deck zu schrubben", rief die Ältere vom Ruder her. „Hast du versprochen, wenn du dich erinnerst. Själv är bästa dräng!"

„Was heißt das?", fragte Robin.

„Das heißt: Ich bin die beste Schrubberin. So ungefähr."

„Und die Wäsche muss von der Reling!", war die Mutter zu hören.

„Lass dir Zeit", sagte Robin, „Ich hab es nicht eilig." Er setzte sich auf das Stück Rasen, neben dem Turm. Die Turmtür stand offen, drinnen hockte der Hafenmeister vor einem Computer. An den Wänden hingen Bilder von Segelschiffen.

Mit hellem Tripp und Trapp kam ein Pferdegespann auf der Kopfsteinstraße heran, dicke Pferde, die einen Müllwagen zogen. Till hatte sich gar nicht mehr einkriegen wollen, was das für eine sparsame und umweltfreundliche Müllabfuhr hier in der Republik sei. Robin versuchte auf die Schnelle all das zu entdecken, was da Raffiniertes eingebaut sein sollte, nämlich das Photovoltaik-Dach, mit dessen gewonnenem Strom sich die Hebevorrichtung betätigen ließ. Und die Batterien, die jede Bremsung des Wagens mit Energie für die Beleuchtung lud. Für die Pferde gab es eine eingebaute Tränke, für die Pferdeäpfel einen Auffangbehälter.

Der Container mit dem Hafenmüll wurde geleert. Der Pferdewagen rollte weiter. Da erschien das Mädchen, wieder in Jeans und in einem seidenen Oberteil in Lila. Passte gut zu ihr. Chawa hieß sie also. Ohne Umstände legte sie sich auf die Wiese.

„Du liegst wohl gern? Hat deine Mutter schon angedeutet ..."
Sie zuckte mit den Schultern.
„Ihr kommt aus Schweden?"
„Aus Gotland. Eine Insel davor."
„Ich weiß."
„Ach. Du weißt offenbar alles, kannst die richtigen Knoten und weißt, wo Gotland liegt."
„Ingmar Bergmann hat die Insel gemocht."
„Sag bloß, du hast Filme von dem gesehn?"
„Nein, weiß ich von Phili, meiner Mutter. Die mag Ingmar Bergmann und sagt immer, in so einem Film hätte sie gern mitgespielt."
„Deine Mutter ist Schauspielerin?"
„Französisch-Dozentin ist sie. Und ist dein Kapitän deine Mutter?"
„Ja. Bella. Alle Welt nennt sie Bella. Das macht man in Schweden. Aber auch wenn alle deinen Vornamen sagen, heißt das nicht, dass dich auch alle mögen. Ach, egal, interessiert dich bestimmt nicht."
„Doch. Nach Schweden würde ich gern mal ..."
„Und wie heißt du?"
„Robin."
„Ist das ein häufiger Namen in Deutschland?"
„Keine Ahnung."
„Ich hab mal ein Buch gelesen, das hat so geheißen. Hat mir Bella geschenkt. Es hat da gespielt, wo Bella einige Jahre gelebt hat, in Hannover."
„Ich lebe auch in Hannover."
„Dann wimmelt es dort ja von Robins. Musst aufpassen, dass du dich nicht verwechselst."
„Wahrscheinlich ist es schon zu spät fürs Aufpassen. Gerade fühle mich irgendwie wie ein anderer. Mir kommt es so vor, als würde ich mit einem schwedischen Mädchen reden. Das tu ich sonst nie."
Jetzt sah sie ihn wieder nur an. Das fühlte sich gut an. Ihre schwarzen Augen glänzten. Ihr Gesicht hatte nichts Abweisendes.

„Und dein Vater?", fragte sie schnell, als ob sie bei etwas Unerlaubtem ertappt worden wäre.

„Journalist. Aber ich hab ihn noch nie gesehen."

„Wieso?"

„Er lebt in Paris. Und Phili findet immer einen Grund, weshalb ich nicht zu ihm kann."

„Phili ist deine Mom? Ist sie eine böse Tiger-Mom?"

„Mama ist die allerliebste Frau der Welt."

„Wow! So was sagst du über deine Mutter ... Krass! Was magst du am meisten an ihr?"

„Alles mag ich."

„Zickt sie nicht manchmal?"

„Nie."

„Und wenn sie Panik kriegt? Wenn eine Spinne auf ihrem Honigbrot landet? Das war bei Bella mal so. Sie hat geschrien wie am Spieß. Hätt ich auch."

„Phili hat keine Angst vor Spinnen."

„Ich finde die eklig."

„Spinnen im Haus, besonders Kreuzspinnen, hat man früher für Glücksbringer gehalten, weil sie alles Gift auf sich ziehen. Und manche haben sie in einer Nussschale verkapselt um den Hals getragen. Sagt Phili."

„Iiiiih! Das trägt Phili?"

„Nein, die hat nur mich am Hals."

„Als Glücksbringer ..."

„Hoffentlich. Und an welchem Hals hängst du? Bei deinem Vater?"

„Ist schon ewig tot. Dafür gibt es Lasse und Björnarne. Unsere Nachbarn. Zeitweilig spielen sie sich als Väter auf. Sie sind Bellas Lover. So nennt sie das. Aber da ist ... Ich weiß nicht. Die sind schwul, die beiden. Doch sie kümmern sich um Bella. Gute Freunde eben."

„Du sprichst Deutsch wie eine Deutsche."

„Bin ich im Grunde auch, eine Deutsche. In Schweden geboren, und dort wohne ich. Aber Bella ist Deutsche gewesen, wir reden oft in ihrer Sprache. Und meinen schwedischen Vater hab ich nie kennengelernt. Er ist am Tag meiner Geburt gestorben."

„Vielleicht ist seine Seele in deine gewandert."

„So was glaubst du?"

„Nein ... Aber vielleicht du?"

„Auch nicht. Obwohl es viel Unerklärliches in der Welt gibt. Deshalb ... ja ... vielleicht glaub ich es doch, das mit der Seelenwanderung. Ist mir gerade egal. Mich interessiert mehr, ob du hier wohnst, in dieser FRG?"

„Ich bin zu Besuch da, heute und morgen. Ich lebe in Hannover ..."

„Ach ja, hast du gesagt ..."

„Ein Freund meiner Mutter ist auch dabei. Ist aber kein richtiger Lover, würdest du sagen."

„Würde Bella sagen. Ist er auch schwul?"

„Glaub ich nicht." Er wusste nicht, wie er sich ausdrücken sollte. „Ich glaube, die ... haben nicht ..."

„Sex?"

„Ja."

„Dass man sich mag, ist das Wesentliche. Dass man sich vertraut."

„Find ich auch."

Sie erhob sich. „Sehn wir uns noch mal? Ich muss mit Bella gleich zu einem Freund meines Großvaters. Zu einem Empfang."

„Harry Voss?", versuchte er es auf gut Glück.

„Ja."

„Ich geh da auch hin."

„Witzig. Dann sehn wir uns da. Oder aber morgen Vormittag ..."

„Gern. Wo?"

Sie überlegte.

„Auf dem Alten Friedhof", schlug das Mädchen vor. „Um zehn? Soll schön sein, der Friedhof, hab ich gelesen."

„Du siehst gar nicht gothiclike aus."
„Gothic, nee. Vielleicht romantisch."
Sie kletterte aufs Boot, und er lief in Richtung Zentrum.

***

Heribert Osswald, der Feuilletonredakteur der *Greifswalder Nachrichten*, ließ sich von dem Aufruhr im Vorzimmer nicht irritieren.
„Herr Hörrel", erklärte er abschließend, „wie gesagt: Ich kann da nichts für Sie tun. Er will nun mal nicht mehr mit Geschriebenem an die Öffentlichkeit, was auch immer er in der Schublade ..."
„... die Zuflucht Utopie, sagt man ..."
„Was auch immer."
Herr Hörell war ein eleganter Frühsechziger. Allein seine italienischen handgemachten Business-Schuhe atmeten eine Dignität, die der Republik fremd war. Im Vorzimmer war es leise geworden. Dafür stand der hochaufgeschossene Parsifal Brugge in der Tür und fiel mit ihr sozusagen ins Haus, als er nassforsch ins laufende Gespräch platzte:
„Von der persona Voss ist die Rede, hab ich recht?" Er verneigte sich vor dem Redakteur und streckte dem indignierten Gast die Hand entgegen. „Ha! Der Scout des Witschel-Verlags leibhaftig: Hans Hörrell." Widerwillig schlug der ein.
„Wie kommen Sie ...?", begehrte der Redakteur auf.
„Ihre Vorzimmerkollegin hat mir den Zutritt verweigert, das versichere ich Ihnen. Aber wer hält schon Parsifal Brugge auf in seinem Lauf!"
Herr Hörrell erhob sich überstürzt.
„Ich verabschiede mich besser, danke für Ihre Zeit, Herr Osswald!"
Er ging. Und ungebeten nahm der Eindringling den freien Platz ein.
„Nett, dass Sie mich empfangen, Herr Osswald. Oder sollte ich besser sagen, Kollege Osswald", begann Parsifal Brugge, süffisant und

mit seinem speziellen Lachen die Worte auflockernd. Zugleich reichte er dem bierbäuchigen Weißhaarigen hinter dem Schreibtisch seine Karte.

„Ich bin, wie Sie sehen, bei dem Blatt, bei dem Imperium, das alles Geprintete ringsum aufgekauft hat."

„Hm ..."

„Ich weiß, was Sie denken: Die kotzen ihre Galle aus und bezeichnen das als Zeitung." Sarkastisch grinste er.

„Wissen Sie, Herr ... äh ... Brugge, sowohl Ihr Auftritt als auch Ihre Mitteilungsweise empfehlen Sie natürlich sehr. Was wollen Sie? Wollen sie sich jetzt unsere *Prawda* einverleiben?"

Der ungebetene Gast lachte hochmütig, erst keuchend und einsaugend, dann schallend. Und sein Gesicht schwoll rot an.

„Herrlich! Das wäre es! Ein Blatt ohne jede Gewinnabsicht bindet sich jeder Verleger doch gern ans Bein. Nein, nein, Sie sind sicher vorm Haifisch! Alles paletti!"

Das introvertierte Lachen verebbte.

„Was kann ich dann für Sie tun? Leider ..."

„... ist Ihre Zeit bemessen. Ich weiß. Viel zu tun. Ich kenn das Metier aus dem Effeff. Und ich kenn Ihre Republik so lala. Hat sich was geändert in den letzten Jahren?"

„Wieso sollte es? Die FRG selbst ist die große Änderung. Die wurde gewollt und eingeleitet und durchgeführt und prosperiert. Wir haben unsere Wirklichkeit gefunden und harmonisieren sie fortwährend mit den umgebenden Fakten."

„Täusche ich mich oder haben Sie das Diktat der Bedürfnislosigkeit abgeschüttelt? Überall sieht man Handys und flotte Outfits. Verschwendung, sag ich nur. Grämt Sie das nicht?"

„Wir lernen. Und jeder Schnickschnack, den wir benutzen, der dient auch der Wiederverwertung. Alles ist Rohstoff. Das Suffizienzprinzip erfreut sich dabei nach wie vor allgemeinen Zuspruchs."

„Wobei doch ein bisschen obrigkeitlicher Nachdruck im Spiel ist, geben Sie es zu!"
„Staatsterror? Da muss ich Sie sehr enttäuschen. Menschliche Opfer jeder Art für eine Idee schließen wir aus. Kennen Sie Camus? Wir wollen eine humane Gegenwart und Zukunft."
„Das ehrt sie. Sie halten die Stellung!"
„Tja. Und das belustigt Sie?"
„Von wegen! Nein, nein. O.k., ich komm zur Sache. Und die hat mit meinem Groß-Blatt nichts zu tun. Folgendes also: Ich plane ein Büchlein über Ihren großen Vorsitzenden?"
„Über wen?"
„Wen wohl! Ihren ausgefuchsten Alten, Harry Voss."
„Ach. Schon wieder einer."
„Klingt nicht begeistert."
„Was solls! Machen Sie! Herrn Voss stört es nicht. Es sei denn, Sie lügen sich was zusammen oder graben irgendwas Gruseliges aus seiner Vergangenheit aus."
„Gibt es da was?"
„Wohl kaum. Graben Sie mal! Ihn wird es amüsieren."
„Ich dachte", Brugge lachte krampfhaft, merkwürdigerweise schon wieder, „nein, ich hoffe, Sie öffnen mir das Archiv Ihrer Zeitung."
„Jederzeit. Wenn der Presserat zustimmt."
Brugge blieb das Lachen im Hals stecken.
„Was? Zustimmt? Das dauert endlos. Wie wäre es, wenn Sie in Ihrem Namen ... Ich meine, Ihr Schaden sollte es nicht sein ... Sie könnten doch das ganze Konvolut anfordern ... Da ist doch viel zusammengekommen, oder?"
„Davon können Sie ausgehn. Harry Voss ist eine persona publica. Und er hat viel für die FRG getan."
„Angeblich schreibt er sein großes Alterswerk, die Geschichte dieser Republik. Als Roman. In den Fußstapfen von Stefan Heym oder Werner Bräunig. *Zuflucht Utopie* genannt? Herr Hörrell war so nett, das aus-

zuposaunen. Er spannt uns Feuilletonisten auf die Folter, dieser Mann, dieser Autor, ihr Pontifex maximus", zählte der Besucher mit der Überheblichkeit des Kapitalisten auf, „der früher mit leichter und frecher Schreibe, fast wie Tucholsky, möcht ich sagen, gar nicht so Übles zu Papier gebracht hat."

„Ersparen Sie sich Ihre Heuchelei", knurrte Herr Osswald.

„Es stimmt also, er lässt den Schöngeist in sich wieder aufleben?"

„Warum sollte er! Voss hat die Nase voll vom Publizieren."

„Ja, ja, schon klar!", der aufdringliche Besucher zeigte Verständnis, „ich weiß, Künstler wird nur der, der sich vorm eigenen Urteil fürchtet. Fürchtet der Altersweise es vielleicht das erste Mal? Stellt er jetzt Ansprüche an seine Schreibe?"

„Immer hat er Ansprüche. Aber Sie hören mir nicht zu."

„Wunderbar, Sie helfen mir also?"

Osswald erhob sich und ging zur Tür und öffnete sie.

„Oh, da bin ich wohl an einen Hundertfünfzigprozentigen geraten." Der Unerwünschte schlängelte sich unwillig aus seinem Sitz. „Nichts für ungut, Herr Kollege." Er lachte röchelnd und wandte sich ab dabei, als sei sein Lachen infektiös. „Ich werde schon einen Weg finden. Heute Nachmittag soll es ja einen Empfang geben für den Erlauchten. Hat mir ein Vögelchen gezwitschert", sagte der Aufbrechende. „Ich seh ihn mir mal persönlich an. Da geht meist schon der Lack ab. Ihre Berichte über ihn, was ich so lese! Da herrscht ja wohl reichlich Euphemismus. Geben Sie es zu. Bei uns, klar, ist eine Binsenweisheit und systemimmanent, da ist die Wahrheit käuflich. Aber auch hier wird dem Leser die Hucke vollgelogen. Halt ich die Hand für ins Feuer. Stimmts oder hab ich recht?"

Osswald schloss die Tür hinter ihm und blieb mitten im Raum stehen und schüttelte den Kopf.

***

Männertoilette. Die Schwingtür fiel zu. Der Raum war weiß gekachelt. Johan Lavendel sah André vorwurfsvoll an.

„In was hast du mich da reingeritten?"

André schwankte leicht und stützte sich ab.

„Ich vertrag so früh am Tag keinen Alkohol", klagte er. „Was der Alte locker wegsteckt, das bringt mich aus dem Gleichgewicht."

„Habt ihr nicht den Leitsatz: Die Stabilität der Republik beruht auf der individuellen Stabilität?"

„Mach dich nur lustig. Ihr Franzosen trinkt ja schon zum Frühstück eure bouteille vin rouge."

André stellte sich ans hinterste Urinoir, Johan ans vorderste.

„Die soziale Stabilität meinst du", sagte André in das zweisame Puschern hinein. "Hat das nicht auch ... in *Brave New World* ... Aldous Huxley ...?"

„Kann sein."

„Bei uns aber beruht die individuelle Stabilität auf einer selbstverantwortlichen ethischen Individualität."

„Lass gut sein! Stoeberlin und seine Stoiker, weiß ich doch."

„Genau. Im Übrigen ..."

„Ja?" Lavendel schüttelte letzte Tropfen ab und drückte die Wasserspülung.

„Du hast recht, beschwer dich!", sagte André, „das mit dir jetzt, das war Esthers Idee. Du bist als Überraschungsgast eingeladen worden und solltest erst beim Empfang auftreten. Aber jetzt bestand die Notwendigkeit, Harry vom Theater fernzuhalten, deshalb sollte ich ihn hierherlotsen, und wir sollten dann zusammen eine Presseerklärung ausarbeiten zum *Kukuli*-Stück. Haben die Frauen so ausgetüftelt."

André war fertig und schüttelte auch und ratschte danach den Reißverschluss hoch und drückte die Wasserspülung. „Im Übrigen ist das morgen eine inoffizielle Uraufführung, ist ja eigentlich eine Generalprobe, die Frauen sprechen vom *Spectaculum für Harry*. Er wird damit überrascht."

„Schön und gut ... Was sollte ich jetzt ...?"

„... hier dabeisein? Esther hat mir nicht zugetraut, ihn hier festzuhalten. Die Kunstsektion der Uni und alle Schauspieler richten die Räumlichkeit für den Empfang her. Das darf er nicht mitkriegen."

Sie wuschen sich die Hände. An Stelle von Papiertüchern gab es einen Stapel wollener Handtücher.

„Der Überraschungshit war ich aber nicht. Harry war kaum was anzumerken", sagte Lavendel.

„So ist er, Pokerface. Mach dir keine Gedanken. Er ist hin und weg, dass du da bist."

„Ich mach mir andere Gedanken. Zum Beispiel darüber, dass du kein Sterbenswörtchen sagst über dein momentanes Projekt, den *Nathan*."

„Ach das. Stagniert."

„Deinetwegen oder wegen deiner Mitautorin, dieser Ava Wood aus Neuseeland?"

Ihre Hände waren getrocknet. André öffnete die Tür, die auf einen kleinen Gang mündete, dessen Wände mit gerahmten Gruppenphotos der Feuerwehr und diverser Rudervereine und Plakaten von Konzerten behängt waren.

„Ich fürchte, an unserem Unvermögen liegt es, die explosive Gegenwart auszugrenzen. Na ja, ganz ehrlich: Es liegt daran, dass Ava Wood bedenkenlos jede israelische Aktion in den zu Unrecht besetzten Gebieten verteidigt. Sie korrespondiert mit den Eiferern, die die Muslime vom Tempelberg vertreiben und dort den dritten Tempel errichten und den Messias empfangen wollen und pocht als Psalmodistin eines jüdischen Gottesstaates auf das verheißene Land, das Gott seinem auserwählten Volk zugewiesen habe, was die derzeitigen Machthaber gern als göttliche Legitimation ihrer Annexionen nehmen."

„Wer sich auf Gott beruft in seinem Anspruch auf Wahrheit, der verlässt die reale Welt", meinte Lavendel, „das hat doch was Wahnhaftes."

„Ehrlich, du kannst mit ihr Pferde stehlen, wie man so sagt. Sie steht mitten im Leben. Und weißt du, warum? Weil sie ihr Leben angeblich gottgegebenen Regeln unterordnet. Daraus schöpft sie ihre Power. Und hält ihr Tun dennoch für ein individuelles. Und natürlich belächelt sie die Erkenntnisse der modernen Archäologie und Theologie, die diese fantasierte Allerhöchste Territorialverheißung fürs angeblich auserwählte Volk längst als Fantasie entlarven."

„Glauben gegen Wissen also ... Religiöses Denken eliminiert den Verstand. War schon eine irre Idee, den *Nathan* in die Jetztzeit zu hieven und dazu eine Fundamentalistin mit ins Boot zu holen", spottete Lavendel.

„Wusste ich ja nicht. Sie ist eine gewinnende Frau. Und ein Profi. Hat sensible Erzählungen aus Neuseeland veröffentlicht, unter Pseudonym. Dachte, die Beschäftigung mit den Grundsätzen der Aufklärung würde sich konstruktiv auswirken."

„Sieht nicht so aus."

„Die Glaubensleidenschaft verhakt sich eben in manchen Köpfen. Und wie Nathan sagt: *Der Aberglaube schlimmster ist, den seinen für den erträglichsten zu halten.* Wenn Avas Standpunkt öffentlich würde, gäbe es hier wieder einen Hickhack um Religionsfreiheit. Und bei der herrschenden Stimmung hier ginge das restriktiv aus: Glaubensfreiheit ja, Religionsfreiheit einschränken! Das wäre kontraproduktiv, wo gerade die Bahai-Gemeinde in der Marienkirche Fuß fasst. Da haben wir alle Monotheisten friedlich unter einem Dach. Fanatisiertes Störfeuer wäre das Letzte, was uns hilft."

„Und was wird jetzt aus deinem Plan?", fragte Lavendel, als sie den Gastraum betraten.

„Du meinst, aus dem *Nathan*?"

„Probierst du es allein?"

„Lost in space? Eher nein. Mir fehlt auch der Mut zum Träumen."

***

Das langgestreckte alte Foyer mit patriotisch greifenroter Oben- und Untenbemalung war durch seitliche Säulen, in Waldgrün, gegliedert. Jetzt drängten sich die Menschen. An die zweihundert. Hinter der rechten Säulenreihe sah man eine lange Tafel mit Büffet. Völlerei stand bevor. An der Stirnseite eine Bühne. An der Wand dahinter ein mehrere Meter breites Bild, eine Collage mit Textausrissen aus Harrys Aufsätzen und Büchern, von fern nicht lesbar. An den Säulen große Porträts von Mutigen. Offenbar Harrys Favoriten. Die Anarchisten Proudhon und Michail Bakunin. Karl Kautsky sah entschlossen drein. Rosa Luxemburg und Karl Liebknecht und der russische Fürst und Anarchist Pjotr Kropotkin mit seiner Forderung *Wohlstand für alle* schlossen sich an. Am Rand der Bühne wartete der Erste Bürgerbeauftragte, Dr. Mattison, im Rollstuhl. Daneben Esther und Linh. Als Esther schließlich André entdeckte, der mit Harry und Johan erschien, gab sie dem Bürgerbeauftragten ein Zeichen. Er rollte zum Mikrophon. Scheinwerferlicht hob ihn hervor. Er sah streng aus, die Haare zurückgekämmt, akkurat mit Anzug – doch seine Stimme war tief und warm und herzlich.

„Ein paar Minuten Zeit für einen von uns, einen sehr bewundernswerten Menschen", begann er. Es wurde still. „Wir halten inne und freuen uns einfach nur, dass er unter uns ist: Harry Voss. Harry feiern wir heute. Ein Kriegskind war er, ein Friedensmann ist er geworden. Nie wieder Krieg! Dieser Ausruf Karl Liebknechts ist ihm zeitlebens ein Herzensanliegen, untermauert durch Forderungen wie *Gerechtigkeit!* oder *Menschlichkeit!* Charakteristische Wegesmarken Harrys.

Wie oft hat er das Steuer übernommen und hat unser Boot, unsere rem publicam, aus stürmischem Schlamassel herausbefördert. Ich erinnere an das St. Nikolai-Desaster. Dass wir Kurs gehalten haben und heute eine Heimat haben, hier in der volksbeherrschten Republik, dass Freiheit, Gerechtigkeit, Solidarität, Unantastbarkeit der Menschenwürde und der Menschenrechte uns gehören und wir nicht wie unsere freiheitshungrigen Ahnen im Geiste, die Frauen und Männer der Pariser Kommune, eingeschreint enden, wie Karl Marx es ausdrückte, wer weiß, haben wir das nicht auch unter anderen und immer wieder unserem Harry zu verdanken? Seiner nie erlöschenden Empörung gegenüber der Arroganz und Gier oligarcher Machthaberei? Wir wissen, Harry, dir sind unsere dekorierenden Worte ein Gräuel. Aber da musst du jetzt durch."

Um den Jubilar waren die Menschen einen Schritt zurückgewichen. Er stand allein inmitten zugewandter begeisterter Gesichter.

„Morgen begehst du deinen 70sten Geburtstag. Wir haben uns hier getroffen, um das festzuhalten – und das sage ich auch mit dem Wissen, dass ich mich wiederhole: Die Geschichte unserer Republik wäre anders verlaufen ohne dich, Harry. Du warst nie einer dieser Kaviarlinken, die champagnerschlürfend mit Ihresgleichen herumstehen und sich beweihräuchern. Nein, du hast viel gewagt, wir haben viel gewagt. Wir haben zusammen einen Kampf gegen das Einsickern des Neoliberalismus und mancher pseudosozialistischer Einflüsse geführt und uns eine lebenswerte Alternative erschlossen. Wir fühlen uns wohl. Harry, wir sagen dir Dank! Mach bitte weiter! Wir sind mit dir!"

Dr. Mattison rollte zur Seite. Es wurde geklatscht und *Bravo* geschrien. Esther trat ans Mikrophon. Ihre Haare schimmerten wie aztekisches Gold.

„Lieber Harry, komm doch bitte mal zu mir. Keine Angst, dir wird jetzt keine alberne Show zugemutet, und ich sing dir auch kein Lied, wenn auch der eine oder andere gedacht haben könnte: Nach den vorangegangenen netten Worten täte dem Alten eine kalte Dusche gut. Nein, nichts dergleichen. Was ich will, ist, dir jetzt ein Bisschen von deiner Vergangenheit hervorzuzaubern."

Harry trat neben sie.

„Kommt doch bitte auch ihr auf die Bühne, alle, die ich jetzt nenne. Da ist erst mal Harrys Freund aus frühen Tagen, Rodewald Stoeberlin. Die zwei haben viele Diskurse bestritten. Und wir verdanken Rodewald eine Menge Anregungen – auch für unsere Verfassung. Rodewald?"

Sie sah sich um. „Nicht hier, oder?" Es gab Unruhe, einer drängte sich durch und reichte ihr ein Papier. Sie faltete es auf und las: „*Für Harry. Der alte Baum / tief wurzelt er und weit / mit Trieben jung. Sei gegrüßt, R.S.* Ein Haikku. Ein kunstvoller Gruß von Rodewald. Er scheint verhindert."
Sie reichte Harry das Gedicht und fuhr fort.

„Und da ist eine Frau, über die er selbst geschrieben hat, in seiner Novelle *Es war Bathseba*, über sie und ihren leider schon verstorbenen einstigen Lebensgefährten, ich meine David Goll. Diese Frau ist hier: Hendrikje Kunda. Hendrikje, komm doch bitte! Sie hat ein unschätzbar kostbares Geschenk für Harry und die Republik mitgebracht. Wir sind ihr sehr, sehr dankbar für das wunderschöne Caspar David Friedrich-Bild „Eldena im Nebel" aus der Sammlung des verstorbenen David Goll. Es wird unser Museum zieren. Begleitet wird diese großzügige Frau von ihrem Mann Johan Lavendel. Wer kennt ihn nicht, den Mann, der in André R. Leroschys Roman *Im Takt von Babylon* als Hauptfigur verewigt wurde. Er ist hier, und die Tochter der beiden ist hier: Lucette."

Esther wartete das Ende des Klatschens ab.

„Und auch die andere, die weibliche Hauptfigur des eben genannten Romans ist gekommen: Phili, zusammen mit ihrem Sohn Robin."

Wieder wurde geklatscht, und Hälse verrenkten sich, um die Vorbilder der hier viel diskutierten Romanfiguren zu sehen. Der Reihe nach kamen die Genannten auf die Bühne. Harry umarmte sie und schien mit allen gleichzeitig reden zu wollen. Man begrüßte sich untereinander und gab ein bewegtes Bild ab.

Etwas abseits standen Robin und Lucette und sahen sich an, schließlich drehte sich Lucette zur Wand und weinte. Unbeholfen legte Robin den Arm um sie.

„Und dann", fuhr Esther fort, „ist da jemand eigens von der schwedischen Insel Gotland hierher gesegelt, eine Frau, die hier ihren Vater vertritt, den Freund aus den Tagen, als Harry noch im Außendienst Bundesdeutschlands tätig war. Sie wohnten eine Zeitlang zusammen in den

Höhlen von Matala auf Südkreta. Der Freund ist Wolfgang Tronki, an seinem Wohnort in Spanien *El Lobo* genannt. Er ist nach einem Unfall gehbehindert. Statt seiner also seine Tochter Bella Tronki sowie deren Tochter Chawa."

Das gegenseitige Begrüßen und Umarmen auf der Bühne setzte sich fort. Als Bella kam, wischte sich Harry über die Augen. Und nach der Umarmung ließ er seinen Arm auf ihrer Schulter liegen. Sie versteifte sich.

Chawa gesellte sich zu Robin und Lucette. Robin erklärte der Hinzugetretenen wohl, was ihn mit Lucette verband. Daraufhin nahm Chawa Lucette in den Arm. Die schniefte und löste sich aus der Umarmung.

Das Klatschen im Foyer ging in Unruhe über. Plötzlich wurde ein Spruchband über die Köpfe gehoben: *Wir haben eine Welt zu gewinnen*. Und noch eines: *Es lebe die FRG!* Und ein drittes: *Der Arbeiterrat gratuliert*. Und es sprangen zwei, ein junger Mann und eine Frau, punkig gekleidet, auf die Bühne.

„Wir protestieren!", rief der Mann. „Wir protestieren!", rief auch die junge Frau. Es wurde ganz still im Foyer. Harry und Esther sahen sich irritiert an.

„Wir protestieren!", rief der Mann noch einmal. „Genau so hat unser Harry in seiner Jugend agiert. Und er hat seinen Protest dann in die Tat umgesetzt und hat an der Entstehung und dem Erhalt unserer Republik mitgearbeitet. Der Arbeiterrat erinnert sich an die Anfänge."

Im Saal skandierten einige: „Harry – Harry – Harry!"

Plötzlich begannen die zwei auf der Bühne und mehrere im Foyer zu singen, im Kurt Eisler-Stil:

„In Erwägung: es will euch nicht glücken
uns zu schaffen einen guten Lohn
übernehmen wir jetzt selber die Fabriken
In Erwägung: ohne euch reichts für uns schon!"

Dann stürmten noch zwei Jugendliche auf die Bühne.

„Jetzt folgt Harrys neues Lieblingslied", rief der eine. Und zu viert stimmten sie an, in kunstvollem Quartett:
Wo de Ostseewellen
trecken an den Strand,
wo de gele Ginster
bleuht in'n Dünensand,
wo de Möven schriegen,
grell in't Stormgebrus,
da is mine Heimat,
da bün ick tau Hus.
Im Foyer war mitgesummt worden.
„Wir lieben diese Republik!", rief die erste junge Frau abschließend, „und wir lieben dich, Harry. In Erwägung: Du bist einer von uns!" Und die vier stürzten sich auf Harry und umarmten ihn. Es gab ein enges Knäuel von Leibern. Im Foyer erklang wieder das *Harry – Harry – Harry* ...

Die vier verschwanden von der Bühne. Im Publikum gesellte sich Dr. Wertmann zu Erendira Hidalgo. Er glaubte sie dem Museum verbunden, seit er ihr ein Bild abgekauft hatte.

„Und ich dachte schon, die zetteln einen Aufstand an", amüsierte sich der Museumsleiter. Erendira lächelte höflich.

Dr. Mattison rollte unter dem anhaltenden Beifall ans Mikrophon. Gleichzeitig erschienen Techniker und bauten in Windeseile zwei Schlagzeuge auf und weitere Musikinstrumente und Mikrophone, legten Kabel und stöpselten und drehten Schalter. Und schon wieder leerte sich die Bühne.

„Danke, junge Freunde, danke für diese rasante Kundgebung, die Harry sicher an seine frühen Jahre in Berlin erinnert", rief Dr. Mattison. „Und danken will ich auch noch jemandem, der ungenannt bleiben will, der aber mitgekriegt hat, was dir, Harry, manchmal durch den Kopf geistert. Deine Sehnsucht nämlich nach den Bergen. Manchmal erzählst du von Wanderungen durchs Gebirge. Berge hast du hier nicht viele, zugegeben.

Nicht mal einen Berg Schulden hat die Republik, wie es anderswo üblich ist. Wir wissen, du hast als Kind mittendrin gelebt, im Karwendelgebirge. Deshalb hat sich der Ungenannte bemüht, eine Gruppe wieder zusammenzubringen, die seit Jahren nicht mehr gemeinsam auftritt. Sie sind der beschleunigte Klang der Berge. Für dich, Harry, nur für dich versuchen sie es noch mal miteinander, mit einem Stück, einem einzigen, einem unwiederbringlich allerletzten gemeinsamen. Hubert von Goisern und Zabine Kapfinger und die Alpinkatzen. Und *Da Juchitzer* ..."

Die Genannten traten unter heftigem Beifall und Pfiffen auf die Bühne. Hubert, unrasiert und die grauen Haare verwildert. Zabine fast unverändert, wie auf den Konzertfotos aus den 90er-Jahren. Mit weit ausgeschnittenem Kleid. Dazu die Band mit Lodenhüten und langen Lederhosen und Muskelarmen. Es wurde dunkel im Foyer. Atemlose Stille. Ein Spot hob Hubert und Zabine aus der Dunkelheit hervor. Synthesizermusik setzte ein. Ein leichtes harmonisches Dahinfließen, das Panorama der Alpen, den Blick auf Gipfel vielleicht andeutend. Hubert: „Wir freuen uns, hier zu stehen, wo de Ostseewellen trecken an den Strand. Kommen uns vor wie das, was wir sind, Aussis, die sich ins Land von Hägar, Wickie und der starken Männer verirrt haben. Die das aber nicht bereuen."

Völlige Dunkelheit. Sphärische Klänge. Und plötzlich und nachhallend Zabines hoch angesetztes *Ju – ju* ... Ohne Hast. Schwebend: *Ju – ju – u – u – u* ... Dann Licht, bläulich, matt, nur ihr Gesicht erkennbar und die langen dunklen Haare. Mit geschlossenen Augen und zart erst und kräftiger werdend: *uidijai – juidiai*. Die sphärischen Akkorde breiteten sich weiter aus. Zabine ließ den Kopf sinken. Hubert mit der Trompete. Mit Dämpfer. Leise. Das Schlagzeug leise. Eine ins Weite reichende Melodie. Ruhig, wehmütig, schattenhaft Zabine dazwischen mit einem fernen Jodler, der sich aufschwang und leise davonflog und als Echo wiederkehrte. Das Schlagzeug wurde lauter, und der Gitarrist krümmte sich mit schmerzverzerrtem Gesicht bei jedem seiner Töne, als stünden seine Organe unter Feuer und als ringe er Dämonen nieder, und auch Hubert und Zabine wanden sich und schrien von Bergspitze zu Bergspitze und versuchten unvorstellbare Entfernungen zu überbrücken, doch nahmen sie sich, von Erschöpfung gezeichnet, bald wieder zurück, Hubert wieder mit leisem Trompeten, dahinein Zabine mit einem grüblerischen *judijai – judijai*, das verhallte.

Es war still. Dann brandete Beifall auf, tumultartig. Bravorufe, Pfiffe und Schreie und Klatschen und Jodeln und Zugabe-Wünsche. Zabine und Hubert standen im Toben. Dann umarmten sie sich. Verneigten sich und gingen. Die Techniker stürzten auf die Bühne und räumten ab. Esther erschien.

„Puh! Ich bin hin und weg", gestand sie, „das war ... Ich glaube, Harry, alpiner kann man dich nicht in deine Kindheit in den Bergen eintauchen lassen. Und jetzt haben wir uns eine pfundige Brotzeit verdient und können auf den Mann der Stunde anstoßen."

Während wieder geklatscht wurde und *Harry – Harry* gerufen wurde, dachte sich Tana Ulmens, die neue RES-Chefin, dass bei dieser Veranstaltung, von der sie erst gar nichts wusste, und die augenscheinlich allen offenstand, dass hier einer, der das sabotieren wollte, mit oder ohne Bombe, durch nichts daran gehindert würde. Es war wohl ein Prinzip dieser Republikaner, spontan zu feiern. Wie sollte sie da Sicherheit gewährleisten! Sie seufzte. Ihre Leute hatte sie strategisch postiert, aber nachdem auf Leibesvisitation verzichtet wurde, konnte sie für nichts garantieren. Dem Übeltäter waren Tür und Tor geöffnet. In Zukunft musste sie konsequenter vorgehen.

Eine geordnete Schlange bildete sich vor dem Büffet. Man sah den weißen Schopf des Feuilletonredakteurs Brugge in der Reihe.

„Hat er verdient, der Gute, was!", rief er – es herrschte ein allgemeines Stimmendurcheinander – dem Mann hinter sich zu.

„Verdient? Was?"

„So ein bisschen Personenkult", ergänzte Brugge.

„Darunter versteh ich was anderes", bekam er zur Antwort. Der Redakteur gab nicht auf. Er war darauf aus, etwas Abfälliges zu hören, das er zitieren konnte.

„Man sagt, das seien Schauspieler, diese Punks eben, die die Bühne erobert haben. Alles einstudiert ..."

„Ja, war gut gemacht", wurde er beschieden.

„Aber dass so viele Zeit haben, jetzt hier zu sein!"

„Was meinen Sie?"

„Sind die alle arbeitslos oder gar hierher abgeordnet?"

„Sie sind nicht von hier, oder?"

„Stimmt."

„Dann sollten Sie wissen, dass wir hier viel Zeit haben. Wir arbeiten nicht so viel."

„Wieso nicht?"

„Ganz einfach. Anderswo macht die technische Entwicklung den Menschen brotlos, hier dagegen verkürzt sie die Arbeitszeit der Berufstätigen."

Das hatte der Zeitungsmann Brugge nicht hören wollen. Er war am Büffet angelangt und häufte sich Seefrüchte auf den Teller.

Robin war nicht nach gieriger Schmauserei, wohingegen Lucette „Das sollten wir uns nicht entgehen lassen: fangfrische Krabben!" gerufen hatte und sich anstellte. Er tat es ihr nach, schnappte sich das Nächstbeste, ein Schmalzbrot, und verließ rasch wieder das Gedrängel.

Johan stand mit Phili neben der Trotzki-Säule. Wie wichtig für Phili der Empfang war, sah Robin an dem Kleid, dem dunkelblauen Seidenkleid. Sie redete und blickte sich dabei wie suchend um. Hendrikje musterte die beiden immer wieder nachdenklich, bemerkte er auch. Und dass Finja auf ihn zusteuerte.

„Die ganze Haute wolaite der kleinen Republik ist da, einige kenn ich aus der Zeitung. Amüsierst du dich?"

„Weshalb?"

Finja war sonst so taff und frei heraus, jetzt kam sie ihm eigenartig vor. Als wünschte sie sich weit weg.

„Du hast deine Schwester gesehn", sagte sie. „Und deinen Vater. Immerhin."

„Wenn Phili ihn mal freigibt, würd ich gern mehr mit ihm reden."

„Soll ich das deiner Mutter sagen?"

„Danke, Finja, das krieg ich schon allein hin."

Chawas schwarze Wuschelhaare wurden sichtbar, sie arbeitete sich heran mit einem Teller, der so vollbeladen war, wie Robin es noch nie gesehen hatte.

„Ich hab wahnsinnig Hunger", gestand sie. „Und du, was hast du da?"

„Schmalzbrot mit Grieben. Schmeckt gut."

„Iiiih. Hab ich noch nie gegessen. Als ich kleiner war, hat Bella gesagt, Schmalz sei schlecht für die Haut."

„Ja?"

„Das Fett quillt aus den Poren wieder raus. Im Gesicht."

„Unaufhörlich? Und direkt vom Magen aus?"

Sie sah ihm zu, wie er ins Brot biss.

„Kann man es sehen", fragte er, „quillt es schon heraus?"

Sie lachten.

„Lass mich mal beißen!", bat sie.

Sie biss und kaute.

„Schmeckt!", pflichtete sie ihm bei und reichte ihm eine zweite Gabel und hielt ihm den Teller hin. „Auf dem Boot hatten wir nur Seemannszwieback. Den Smutje musste ich nicht auch noch spielen."

Sie sah ihn wieder auf diese sanfte Weise an, dass er sich sofort wohlfühlte.

„Bist du bei euch zu Hause die Köchin?"

„Du etwa?"

„Wenn Phili weg ist, mach ich mir Rührei oder Spiegelei oder hartes Ei."

„Manchmal kochen wir gemeinsam. Auch was Raffiniertes. Macht schon Spaß. Bella hat uns zu einem Wettbewerb im TV angemeldet."

„So gern machst du das?"

„Ich find das doof. Vor anderen – nee! Hab Bammel davor."

Er spießte sich mit der Gabel ein Lachsstück von ihrem Teller.

„Ich will zu Johan, ehe er wieder verschwindet", sagte er, „zu meinem Vater. Er spricht mit Phili." Mit der vollen Gabel zeigte er auf die beiden.

„Das sind deine Eltern?"

„Johan hab ich vorher noch nie gesehn."

„Deine Mama ist total schön."

„Ja."

„Sieht aus wie du."

„Hast du was Falsches getrunken?"

„Ach so …" Sie zog eine kleine Flasche Mineralwasser aus der rückseitigen Hosentasche und reichte sie ihm. „Hab ich ganz vergessen."

Sie blickte sich suchend um. „Und Bella kann sich gar nicht mehr loseisen von diesem Harry." Ihr Kinn wies auf Harry und Bella, die offenbar nicht an Essen dachten, sondern die Köpfe zusammensteckten.

„Und ich hab für Bella den Teller so aufgefüllt. Aber man darf die zwei wohl nicht stören."

Sie lächelte mit vollen Backen. Robin wollte noch etwas sagen, weil er gerade einen Anfall von Wagemut spürte, aber da entdeckte er, wie Lavendel und Phili auseinandergingen und Esther Phili unterhakte.

„Ich muss los", sagte er. Leider, dachte er.

„Schnapp ihn dir, deinen Vater!", gab sie ihm mit.

Robin schob sich durch die Menge, seinem Vater hinterher, der zu Hendrikje und Lucette getreten war. Robin spürte noch immer den Wagemut in sich und gesellte sich einfach zu den dreien.

„Da bist du ja wieder", meinte Johan und umarmte ihn erneut. Er war ziemlich groß, doch Robin reichte schon fast an ihn heran.

„Ein schönes Bild habt ihr abgegeben", bemerkte Hendrikje, die Galeristin, als sich die beiden wieder voneinander lösten.

„Und isch hatte misch schon in den Kerl verliebt", sagte Lucette, jetzt ohne Kummerfalten auf der Stirn. „Hätt isch mir doch gleich denken können, dass das schiefgeht."

Hendrikje nahm ihre Tochter in den Arm.

„Dafür hab isch aber einen Bruder, auf den isch stolz bin und der misch beschützt", tröstete sich Lucette.

„Endlich kriegst du ihn zu Gesicht, nein, wir kriegen ihn zu Gesicht", meinte Hendrikje. „Du musst uns unbedingt besuchen, Robin. Als ich gehört habe, dass es dich gibt, bin ich aus allen Wolken gefallen, aber dann hab ich dir sofort ein Zimmer in unserem Haus in Paris eingerichtet, dein Zimmer."

„Mein Zimmer? Davon wusste ich nichts", sagte Robin mit einem Blick auf Johan, „für Phili war das alles ... du, meine ich ... sie hat nie darüber gesprochen. Da hab ich mich auch zurückgehalten. Hab nicht gefragt."

Hendrikje sah ihn erstaunt an. Nickte dann, als verstehe sie.

„Komm her!", sagte sie und hatte Tränen in den Augen und nahm ihn in die Arme. Danach führte Johan ihn zur Seite.

„Henni hat recht, komm uns bald besuchen. Ich möchte so viel mit dir bereden. Hier ist aber nicht der Ort dafür. Nur das: Ich freu mich unendlich, dich jetzt zu sehen und zu hören. Und ich bin auch unendlich stolz, so einen Sohn zu haben. Ich hab dich immer wieder gesehen, musste ich tun, aber heimlich. Phili wollte ... wie soll ich sagen ... es ist etwas verfahren ..."

„Ich weiß: Du und Mama – da ist was, was euch gehindert hat ..."

„Darüber reden wir, wenn du willst. Ich möchte es. Aber es ist ... Phili bedeutet mir sehr viel ... also ... ich hätte nicht gedacht, dass wir zwei ... dass ich dir das erklären werde können. Wenn du kommst. Du weißt jetzt, dass wir auf dich warten. Ich vor allem", hatte er noch schnell hinzugefügt. Und dann noch: „Wie wäre es überhaupt morgen Mittag auf dem Markt, beim Italiener?", weil Lucette ihn am Ärmel zog, und weil auch Phili, die sich mit André unterhalten hatte, jetzt auf die zwei zugegangen war, aber stoppte, da hatte er Johan zugenickt, und Phili kam heran. Sie vermied es wieder, Johan anzusehen. Er verstand sie nicht. Befürchtete sie, dass Johan an ihren Blicken ablas, was sie für ihn empfand?

„Finja will los und nimmt euch bis Stralsund mit", sagte sie, „das Symposium wird sich hinziehen, bis in die Nacht. Und morgen früh geht es gleich weiter. Deshalb hat Esther mir angeboten, bei ihnen zu übernachten. Schaffst du es ohne mich?"

„Das fragt Phili mich, seit ich denken kann", sagte Robin zu Johan, „es würde mir glatt was fehlen, wenn sie das nicht fragen würde."

„Till wird morgen früh wieder herfahren", sagte Phili, „kommst du da mit? Mittags könnten wir uns sehen."

„Mittags auf dem Markt, beim Italiener, mit Johan?", gab er zurück, zufrieden, dass das mit seinem 10-Uhr-Date klappen würde, denn er hatte sich jetzt vergebens nach Chawa umgesehen. Es beunruhigte ihn, dass sie verschwunden war. Umso wichtiger war das Treffen morgen.

„Mit Johan?", überlegte Phili. Und Johan, der noch immer danebenstand, obwohl ihn Lucette mitziehen wollte, schmunzelte, als sie „Warum nicht! Augen zu und durch!" sagte und Robins Gesicht zwischen ihre Hände nahm und sich mit „Also bis morgen, mein Schatz!" verabschiedete.

***

„Wie mein verstorbener Mann immer sagte: Man ist, was man isst", bemerkte Nele Blumbach und wies auf die Salatteller, die vor den Gästen standen. „Nachdem Sie heute bereits dem frugalen Empfangsbüffet bei Harry Voss zugesprochen haben, wie vorherzusehen war, haben wir uns hier für leichte Kost entschieden. Ein Salat-Potpourri natürlicher Antioxydantien, die unsere Freien Radikalen sozusagen an die Kandare nehmen: Radieschen, Tomaten, Radicchio, Karotten, Nüsse, Paprika, Sonnenblumenkerne, Apfel, Zwiebeln. Alles aus unserer Landwirtschaftskooperative."

„Jungbrunnen FRG, wer sagts denn!", kommentierte pathetisch der Redakteur Brugge. „Solche Köstlichkeit sollte man unter Berücksichtigung besonderer Etikette verzehren. Vielleicht wie die französischen Gourmets ihren verehrten Singvogel Ortolan verspeisen, indem der Speisende sein Gesicht mit einer Serviette bedeckt. Was meinen Sie?"

„Sieht lecker aus", urteilte Betty, die sein Gehabe ignorierte, „nur die Nüsse ... ich als Sängerin ... die ätherischen Öle ..."

„Wegen der Stimme, ja", zeigte Nele Blumbach Verständnis, „das belegt die Stimme, Sie haben recht. Lassen Sie sie weg."

„Das Zeug macht heiser", wusste der Redakteur Brugge, „was andererseits aber sinnlich, ja, erotisch wirkt. Da stehen viele drauf." Dazu formte seine Hand mit den spitzen langen Fingernägeln etwas nicht Nachvollziehbares.

„Würde wohl nicht zu Ihrer Rolle der Kisha Plisezkaja passen, oder?", ließ Samir Dange ihn die Erotik nicht ausmalen.

„Wirklich nicht."

Man widmete sich kauend, knirschend, knackend der Fesselung der Freien Radikalen.

„Das mit der autarken Landwirtschaft und Essen aus der Region, klappt das reibungslos?", fragte Dirk Landor. „Immer wenn ich hier bin, habe ich den positiven Eindruck, da greift eins ins andere."

„So gut wie", bestätigte Nele Blumbach.

„Und was ist man nach Ihrer Meinung also dann, wenn man die autarken Lebensmittel gegessen hat – außer satt?", begehrte der Redakteur amüsiert zu wissen.

„... mit sich im Reinen, würde ich sagen", antwortete Nele Blumbach schlicht.

„Was mir gefällt", sagte Dirk Landor, „das ist, dass man hier keine Glaubenslehre daraus macht, aus der Vegetarierei."

„Wär' noch schöner ... in einer Freien Republik", meinte Mania lakonisch.

„Ich sag das auch nur, weil ich in Tamera das anders kennengelernt habe", sagte Dirk Landor fast entschuldigend.

„Tamera?", erkundigte Mania sich kauend. „Dieses New-Age-Dorf in Südportugal? Davon hat mir eine Freundin erzählt. Sie hat davon wiederum in Brasilien erfahren, in Noiva do Cordeiro. Das ist eine Kommune, die wie eine von Fouriers Phalanstère funktioniert. So gut funktioniert, dass die Priester davor warnen. Denn diese Kommune, in der man genossenschaftlich wirtschaftet und wo sich alle helfen und die Einkommen verteilt werden und die Frauen das Sagen haben, die sei von Dämonen besessen. Sagen die Priester, die sich damit als Hüter des Kapitals outen. Entschuldige, du wolltest von Tamera erzählen."

„Ich war ein paar Wochen lang dort", berichtete Dirk, „wollte wissen, was man da unter postkapitalistischer Ökonomie versteht. Die werben doch überall für ihr Utopiemodell."

„Und?", fragte der Redakteur, „geht's da utopisch zu? So wie in Moncarapacho, an der Algarve, wo sich die Radikalkommunisten der Otto-Muehl-Sekte eingenistet haben? Von freier Liebe und so hab ich gelesen. Wenn das die Utopie ist, prost Mahlzeit!"

„Ich hab viel guten Willen erlebt in Tamera. Aber finanziell siehts düster aus. Vor allem verstehn die sich als Heilungsbiotop, als Liebesschmiede, an der man auch freie Liebe und Sexualität in der Partnerschaft erlernen kann. Den dritten Weg nennen die das."

„Gutmenschengelaber!", konstatierte der Redakteur zufrieden, „dazu Tantra und Einssein mit dem Kosmos und so."

„Und dort duldet man nur Vegetarier?", lenkte Nele Blumbach die Aufmerksamkeit wieder zurück.

„Das ist das orthorektische Dogma, ja. Das Endziel ist vegane Ernährung, metaphysisch umrahmt. Aber vorerst akzeptiert man Übergangsstadien. In Ernährung und Eigentumsfragen."

„Sex und Ernährung als Ersatzreligion. Nix Halbes und nix Ganzes. Jede Menge Klärungsbedarf, würd ich sagen", mischte sich der Redakteur wieder ein. „Ganz ernsthaft aber: Kaum sammeln sich Menschen, gehts eben nicht ohne Zivilisationsabsprachen. Als Schutzmaßnahme. Sagt auch Freud. Schutzmaßnahme gegen sich selbst. Weil man nicht nur aus Eros besteht, sondern auch aus Thanatos – mit der Neigung zu Aggression, Grausamkeit und Zerstörung."

„Grausamkeit ist das Schlimmste", konstatierte Samir Dange.

„In Tamera spürt man so einen erzieherischen Druck", sagte Dirk Landor, „hier ist man davon unbehelligt."

„Dieses Gefühl von Unbeschränktheit war das Erste, was mich hier fasziniert hat", sagte Samir Dange.

„Deshalb bin ich nach dem Tod meines lieben Mannes hier hergezogen", Nele Blumbach lächelte, „weil hier die Gleichheit aller Menschen und ihrer Rechte unverhandelbar ist."

„Ins Reich von Harry dem Großen also. Mal ohne Umschweife gefragt: Grenzt denn diese Feieroperette nicht an Personenkult? Ein Symposium ihm zu Ehren, ein Empfang und wer weiß was noch ..."

„Bis auf den Empfang hätte auch alles ohne ihn stattgefunden", erklärte Mania. „Und den haben seine Aficionados für ihn organisiert. Und was ich gehört habe, wurde er bis auf den letzten Heller gesponsert von der Dame, die auch das Bild gespendet hat. Die hat an unserem Harry einen Narren gefressen."

„Im Übrigen sind seine Verdienste weit über die Grenzen der Republik hinaus anerkannt", betonte Dirk Landor. „In den Internet-Nachrichten hab ich von Grußbotschaften diverser Staatsoberhäupter gelesen, auch vom bundesdeutschen Präsidenten kam eine gewundene Gratulation, die das Freiheitsstreben Harrys würdigt. Was haben Sie gegen ihn?"

„Och … nichts! Ist mir nur so rausgerutscht. Ich bin selbstredend Vossianer."

Man wandte sich von ihm ab. Samir Dange nutzte die eingetretene Pause, um der Schauspielerin ihr Rezept zu entlocken, wie sie sich auf einen Auftritt vorbereite. Sprechübungen? Nach Steiner? Sich in jeden Ton, in jede Silbe hineinlegen, mit der umgebenden Luft sprechen, nicht mit der Kehle? Nimm nicht Nonnen in nimmermüde Mühlen …"

Betty lachte mit offnem Mund.

„Es ist das traditionelle *Mimimimi*, stimmts?", trällerte Brugge überdreht.

„Nein, ich bin … ich sprech mir eines meiner Gedichte vor. Das wars."

„Eigene Gedichte?", fragte Samir.

„Nein. Ausgewähltes, was mir gefällt."

„Und vorhin? Ich hab Sie deklamieren gehört."

„Vorhin wars ein Nietzsche."

„Vielleicht haben Sie die Güte, verehrte Zelebrität, die wir Ihnen zu Füßen liegen, uns ein solches Meisterwerk vorzutragen? Wir klappern auch nicht mit dem Besteck und stellen das Kauen ein", versicherte der Zeitungsmann Brugge beflissen ehrerbietig.

„Veräppeln kann ich mich selbst."

„Davon abgesehen … also, was der Herr da …", sagte Samir Dange, „ehrlich, ich fände es schön." Sein Gesicht war nichts als freudige Wissbegier. „So was ist mir neu."

„Kein Problem!", sagte die Schauspielerin versöhnlich. Sie stand auf und stellte sich vors Fenster. Hinter ihr die aufkommende Dämmerung. „*An der Brücke stand ich in brauner Nacht*", begann sie mit geschärfter Präzision und schuf den Silben Raum, indem sie langsam sprach. „*Fernher kam Gesang; goldener Tropfen quolls. Über die zitternde Fläche weg. Gondeln, Lichter, Musik – trunken schwamms in die Dämmerung hinaus …*"

Es war still im Speiseraum. Nele Blumbach hatte die Augen geschlossen. Ein leichtes Lächeln lag auf ihren Zügen. Dirk Landors Mund stand selbstvergessen offen.

„Meine Seele, ein Saitenspiel, sang sich, unsichtbar berührt, heimlich ein Gondellied dazu, zitternd vor bunter Seligkeit. – Hörte jemand ihr zu?"
Betty blieb stehen. In die Stille platzte Brugge.
„Und wie wir Ihnen zugehört haben, Verehrteste! Feiner Nietzsche, das! Mit 44 in Venedig geschrieben, glaub ich. Der *Zarathustra* war gerade erschienen. *Unerringbar ist das Schöne allem heftigen Willen.*"
Er seufzte, und nachdem keiner auf seine Kenntnisse einging oder nach der Ursache seines Seufzens fragte und nachdem Betty wieder Platz genommen hatte, lehnte Brugge sich zurück und strich eine Haarsträhne nach hinten und fiel in ungewohntes Schweigen.
„Ich freu mich auf Ihren Auftritt", bekannte Samir Dange.
„Vor allem singe ich. Ein russisches Schlaflied für Kinder."
„Russisch?", fragte Gert Fermann. Mehr nicht.
„Man versteht es, ohne die Sprache zu sprechen", versprach Betty, „es ist ein Lied der Liebe."
Nele Blumbachs Blick ruhte auf ihr.
„Liebe, ja ... aber daran denkt man erst gar nicht", erklärte Betty. „Da liegen Menschen in ihrem Dreck. Wenn sich einer umdrehen will, müssen alle sich umdrehen. Vierzig Frauen, zusammengepfercht in einer stinkenden Zelle ohne Licht. Von Wanzen zerfressen. Die Abortkübel reichen nicht aus für den ständigen Dünnschiss. Entschuldigt, dass ich es so ausdrücke. Die Frauen sollen entmenscht werden. Sie stinken und verfaulen. Sie leiden schreckliche Schmerzen. Viele geben auf. Und da soll ich mit einem kleinen Lied einen Strahl Hoffnung in die Finsternis bringen."

***

„Warum nicht am Telefon?"
„Wird abgehört. Altes Stasi-Terrain hier."
„Dann wissen die, dass ich jetzt ...?"

„Gesehn kann Sie keiner haben. Ist stockdunkel."
„Die Sache nervt. Ihre ewige Unentschlossenheit! Dazu der Mief in der Rumpelkammer, in der Sie hier hausen."
„Dass Sie sich über Gestank aufregen, entbehrt nicht der Komik. Dieses Loch war eine respektable Ferienwohnung zu DDR-Zeiten."
„Eine Notunterkunft."
„Gehört dazu! Wollen Sie ein Bier. Ungekühlt. Der Kühlschrank arbeitet nur mäßig."
„Geben Sie her!"
Es zischte, als der Kronkorken absprang. Trinkgeräusche.
„Was ist jetzt? Wird gecancelt?"
„Alle reden, und meine Worte, gesagt oder ungesagt, sind verloren."
„Canceln?, will ich wissen."
„Die Zeit verrinnt."
„Alles wird auf Sie verweisen."
„Die Kugel rotiert."

***

Bella fand es gemütlich in der winzigen Kabine der *Dakota Liberty*. Chawa lag in ihrer Koje und sah an die Decke. Bella saß am Tisch. Das Notebook war aufgeklappt. Sie schrieb.
„Der Hafenmeister hat mich mit bestem WLAN versorgt. Bin wieder da."
„Zum Glück. Hier gibts in jedem Zimmer einen Anschluss. Vor vier Jahren noch hätte man mich für einen solchen Wunsch gesteinigt."
„Die FRG ist konsumverseucht?"
„Sie schneidet alte Zöpfe ab. Die bleiben sich treu, ansonsten, keine Sorge."
„Ich überleg schon, Chawa für ein Jahr auf eine FRG-Schule gehen zu lassen. Mir gefiele es, Chawa in einer vorbehaltlosen Umgebung zu wissen. Keine Pfingstler und Rassisten und Neoliberale an jeder Ecke. Nur

Entfaltung ihrer freien Individualität und ihres Verantwortungsgefühls der Gemeinschaft gegenüber. Reizvolle Vorstellung."
„Fände Chawa die Idee gut?"
„Weniger, fürchte ich. Aber was anderes: Wo warst du beim Empfang? Man hat dich vermisst."
„Man war im Hintergrund."
„Warst du der weißbärtige Seemann in der Nähe des Ausgangs?"
„Mit Brille?"
„Nein."
„Dann war ichs nicht."
„Wann krieg ich ein Bild von dir? Ich hab dir so viele geschickt. Mochtest du die nicht?"
„Doch."
„Kannst du dir nicht vorstellen, dass ich mich auch darüber freuen würde?", schrieb sie nach einer Pause. Sie überlegte es sich wohl genau, ob sie ihm Vorwürfe machen sollte.
„Schon."
„Kann es sein, dass du da auf der Gotteswelle surfst? Ich meine das Verbot, sich von ihm ein Bildnis zu machen. Damit die Verehrer desto spannendere Phantasiebilder im Kopf haben?"
„Schmeichelhafter Vergleich. Aber hast du nicht gesagt, das Aussehen sei wumpe, Hauptsache man sei ein guter Mensch?"
„Hab ich gesagt? Aber trotzdem ..."
„Vielleicht begegnen wir uns morgen."
„Du könntest jeder sein. Und morgen bin ich beim Symposium. Warum du nicht? Ist doch alles dein Thema."
„Ich hab Harry einen Text verfasst, den vervielfältigt er als Tischvorlage."
„Du bist feige."
„Möglich. Bin aber auch ein mutiger Feigling, wenn ich Überzeugungen vertrete, die mir eine Gewissheit sind."
„Ach – und ich bin dir keine Gewissheit?"

„Wäre vermessen. Keinen blassen Dunst hab ich, was eine Frau ist und will. Das hat sich selbst Freud lebenslang gefragt. Außerdem bin ich anderweitig eingesetzt. Unter anderem in der Ethikkommission der FRG. Es geht um die strittige Frage der Ein-Kind-Empfehlung."

„Ha, ha, da haben sie den Richtigen geholt. Wolltest nie ein einziges Kind."

„Von dir hätt ich es damals vielleicht gewollt."

„Ja? Dann komm! Bin bereit."

„So forsch auf einmal. Wer ist denn damals geflohen, als ich zu verstehen gab ..."

„Ich hatte Angst, irgendwas zu vergeigen. Dir nicht zu genügen. Du warst mein Lehrer."

„Lehrer? Na ja. Und da schon nicht mehr."

„Trotzdem. Du hättest mir sagen müssen, dass ich zu dir gehöre. Ich hab doch alles gemacht, was du gesagt hast."

„Du wärst empört gewesen."

„Warte mal! Chawa ..."

„Machst du noch lang, Bella Mama?", fragte Chawa. Ihre Stimme klang ungewöhnlich friedfertig.

„Ist was mit dir?", tat Bella besorgt. Dabei glaubte sie den Grund der Friedfertigkeit zu kennen. „Bist du krank?", fragte sie dennoch.

„Ich? Bestimmt nicht. Mir gehts gut. Ich mag diese komische Republik. Und das Jodeln fand ich extrem."

„Wir könnten unseren Hoburgsgubb besteigen, 35 Meter Höhe. Da jodeln wir."

„Sehr witzig! In die Alpen sollten wir. Kann uns doch dein Harry mitnehmen."

„Der fährt nirgendwo hin. Aber mitsegeln würde er gern mal, sagt er."

„Dann nehmen wir ihn mit, und er kann mit dir auf den Hoburgsgubben steigen. Ehrlich: Die waren super, der Hubert und die Zabine. Fanden andere auch."

„Wer denn?"
„Andere eben."
„Ah ja. O.k., ich mach nicht mehr lang."
„Ich schlaf schon mal."
„Bin wieder da", tippte Bella. „Chawa will schlafen. Ist wie umgewandelt. Hat einen Jungen kennengelernt, der Schifferknoten kann, aber nicht tätowiert und gepierct ist und kein Muscleshirt trägt. Sie muss Verborgeneres an ihm entdeckt haben. Sollte ihre Mutter beruhigen."
„Ich wollte schon Schluss machen."
„Für immer? Wo ich dir doch verfallen bin. Ich werde von dir träumen."
„Wenn es was Gutes ist."
„Ist es. Du bist der Meine, so wie ich dich damals erlebt habe. So warst du und bist du. Stürmisch und fordernd, intelligent und einfühlsam. Mit muskulösen Armen. Du wirst zärtlich zu mir sein. Wir fliegen und fliegen. Du hast dich tief in mich eingepflanzt und ich verschlinge dich tiefer und tiefer."
Was sagte sie da! Sie öffnete Schleusen. Er schämte sich. Das war es nicht, worüber er mit ihr reden wollte.
„Du reitest auf mir?"
„Niemals!"
„Woher weißt du, dass ich zum Sturm imstande bin?"
„Und ob du das bist. Dafür sorge ich. Mein Leib schmiegt sich in die warme Erde. Ich umklammere dich, ich schmiede dich."
„Du umklammerst mich?", verwahrte er sich. „Ich glaube, du solltest dir einen Muselmann suchen. Er beschert dir die Wonnen des Paradieses, während du ihn erdverwurzelt empfängst, im sittsamen chemise cagoule."
„Was auch immer das ist, ich habs nicht, wenn ich dich empfange, dich! Und das will ich."
„Weiß nicht. Mit dem Orientalen harmonierst du umfassender. Er wird dir seine Einstellung nicht vorenthalten. Verflucht sei der Mann, wird

er dir zu verstehen geben, der die Frau zum Himmel und sich zur Erde macht."

„Du lenkst ab. Wir Abendländer haben im Mittelalter auch keine Frauen geduldet, die auf Männern reiten. Da liege ich in guter Tradition. Weißt du übrigens, dass ich mir vor Jahren immer ausmalte, wie du mit mir schläfst?"

„Nein, du unschuldiges Wesen?"

„Haha! Wir waren spazieren im Wald. Auf einer Lichtung hast du mich ausgezogen, und ich hab dabei das Feuer in deinen Lenden entfacht, und dann bist du machtvoll in mich eingedrungen."

„Wirklich, du hast so unschuldig ausgesehen."

„Oft hab ich das vor mir gesehen. Das und anderes. Möchtest du hören, was ich mir ausmale, wenn ich an des Teufels Türklingel klingle?"

„Was?"

„Du weißt schon ..."

„Du Arme, du vermisst bestimmt das Liebesgeplänkel mit deinem Mann, Chawas Vater, dem Ausgräber."

„Ein Blindgräber. Hat nie was gefunden. Kein Geschmeide, keine goldene Totenmaske."

„Dennoch ein Mann der Tat."

„Ein Schweigsamer. Nie ein witziges Wortgeplänkel. Als ich mich beklagt habe, hat er gesagt: I kärleken förstår man varandra bara utan att prata."

„In der Liebe versteht man sich ...?"

„... wenn man nichts sagt."

„Oh, und das dir! Er hatte keine Lust an linguistischen Tüdeleien?"

„Wär auf Dauer nicht gutgegangen, bestimmt nicht. Weißt du, dass ich damals zur Volkshochschule gegangen bin, um den Kurs *Autogenes Training* mitzumachen. Und als ich dich in deinem Raum gesehen habe, bin ich ohne nachzudenken zu dir rein. Wusste noch nicht mal, was du anbietest. Und da saß ich plötzlich in deinem Kurs „Schwedisch für Anfänger". Egal, hab ich gedacht, und hab mich in die Sprache und in dich gestürzt. Also bist du schuld, dass ich Schwedisch gelernt hab und später dann dort bleiben wollte. Du allein!"

„Meine Güte! Und das autogene Training?"

„Kann ich bis heute noch nicht. Hatte mit dir genug zu tun."

„Bella, Bella, warum hab ich das nicht gespürt?"

„Dass ich dich liebhatte? Was ging das dich an! Ich hab immer an dich gedacht. Weißt du überhaupt, wovon ich spreche? Hast du jemals geliebt? Gab es die große Liebe in deinem Leben?"

„Definiere!"

„Quatsch! Jedenfalls hätte ich dir gewünscht, dass du Liebe leben konntest."

„Hast du sie denn gelebt?"

„Wie denn! Aber noch ist es nicht zu spät."

„Ich weiß nicht ..."

„Nachher, wenn ich liege, werde ich wieder dein wildes Wunder sein. Ich spür dich Heißsporn tief in meiner weichen Grotte. Findest du mich schrecklich?"

„Das fällt mir schwer."

„Das ist gut, ist sehr gut. Das ermuntert Baubo."

„Entschuldige, mit unbekannten Damen pflege ich keinen Umgang."

„Baubos Brustwarzen fiebern dir erwartungsvoll entgegen. Wie mit hungrigen Augen. Und la dulce acequia ... Der Vulvenmund mit feuchten Küssen ... Geh schnell schlafen! Träum von mir, wie ich ganz zärtlich bei dir bin. Ich seh dich vor mir, wenn ich mich befriedige, seh dich, wie du mich damals mit deinem Lächeln gefangen hast."

Sie klappte das Gerät zu und bekam nicht mehr mit, wie Stoeberlin weiterschrieb. Erst stammelnd geradezu, so sehr hatte sie ihn überwältigt mit ihrem Bekenntnis. Dann glätteten sich die Sätze. Man merkte ihnen an, dass sie nicht auf eine direkte Antwort zielten. Er sprach über sich. Wie abgeschieden er sich fühle, im Allgemeinen, und sicher und unangefochten. Doch ein Satz wie eben bringe ihn ins Wanken.

„Denn du betrügst mich mit mir selbst. Und ich kann meinem damaligen Ich nicht mehr das Wasser reichen. Es doch zu versuchen, strengt gewaltig an und ist freudlos. Ich fühl mich wie auf dem Viehmarkt. Mein Körper wird Stück für Stück begutachtet und seine Blütezeit vermisst. Nein, lieber ist mir die Zurückgezogenheit, die Anonymität, in der ich niemandem gefallen muss, in der mein Körper keine Rolle spielt und mein Geist freien Auslauf hat und Wörter keine schnellen Pfeile sind, sondern lang auf der Goldwaage liegen dürfen", tippte er, und die Pausen, die zwischen den Sätzen auftraten, wurden immer länger, aber davon würde sie ja nichts merken. Er wollte das leidige Kapitel abschließen.

„Nachts, im Traum, verliert sich die Welt", schrieb er. „Bin völlig auf mich gestellt. Gerate ich ins Dunkle, öffnen sich die schützenden Tore. Ich ducke mich. Aber ich werde mitgerissen."

Stoeberlin brach den wirren Monolog ab und war froh, dass schon ein Teil der Nacht verstrichen war.

„Hätte ich gewusst, dass du hierher kommst, hätte ich nicht zugesagt."

Er löschte die letzten Einträge.

Chawa atmete ruhig. Das Boot schwankte leicht und ächzte. Bella sah vor sich hin. Sie ließ das am Tag Erlebte Revue passieren. Da war so viel. Doch das Entscheidende, das sie wirklich umgehauen hatte, hatte sie Stoeberlin nicht schreiben und Chawa nicht sagen können. Das musste sie erst verarbeiten. Wie konnte El Lobo ihr das jahrzehntelang vorenthalten!

Das Kind sah unendlich eins mit sich aus, dachte Bella, die ihre Tochter ansah. Auch wenn es immer mehr eigene Wege ging. Oder gerade deshalb. Und bald würde sie wieder zu El Lobo fliegen. Chawa liebte ihn. Kein Wunder. Er verzauberte alle. Selbst die Mädels am Strand, denen er mit seinen geilen Altmännerblicken auf die Busen blickte. Wenn sie das mitkriegte, schämte sich Bella für ihn. Aber das durfte sie ihrem Stoeberlin schon gar nicht sagen, er war ja im gleichen Alter. Und bestimmt würde er fassungslos fragen, ob sie Schönheitsempfinden nur jungen Menschen zugestehe und alte Menschen sich Faltigkeit wider besseres Wissen als schön einreden sollten. Und natürlich käme auch die Frage, weshalb sie sich denn ihn als viel jüngeren Mann vorstellte, wenn sie sich selbst verwöhnte. Nein, gut, dass sie den Mund gehalten hatte. Denn zu vordergründig war ihr Beweggrund. Darüber würde sie schon gar nichts hören wollen.

Die beschämenden Opablicke nahm Chawa sowieso nicht wahr. Sie hatte sich viel Kindliches bewahrt. Von ihr hatte sie das bestimmt nicht. Wie konnte sie doch noch immer begeistert von Trollen im Sand am spanischen Strand erzählen. Wie damals, vor Jahren. Ganz verwunschen erschien sie ihr da. Erst der eisige Winter hatte sie wieder heruntergeholt. Diesmal würde sie selbst für ein paar Tage mitkommen. Musste sein. Nach Harrys Eröffnung.

***

„Ich fass es immer noch nicht."

Esther, im Bad, hörte Harry vor sich hin reden, denn sie konnte des fließenden Wassers wegen offiziell nichts verstehen, zumindest schob das Harry umgekehrt vor, wenn sie ihm vom Schlafzimmer her etwas ihm Unangenehmes zurief: „Kann nichts hören, Wasser läuft laut."

Sein Blick ruhte, wie oft und gern, auf dem großen Bild an der Seite seines Bettes, einer Kopie von Kano Motonobus *Fasane und Pfingstrosen* aus dem 16. Jahrhundert. Glitt über die neblige Landschaft mit dem Fasanenpärchen vorn auf zerklüftetem Stein. Seit Jahrhunderten waren die Köpfe der beiden einander zugewandt, obwohl ihre Körper in andere Richtungen zeigten. Das faszinierte ihn.

Und sie, Esther, die er als Nächstes beobachtete, wie sie sich über das Waschbecken beugte und die Zähne putzte. Es rührte ihn, dass sie das so erledigte, wie er es tat. Statt wie früher einen Becher benutzte sie nun die Handhöhlung, um Wasser darin zu sammeln und es über die Fingerrinne herablaufen zu lassen und einzuschlürfen zum Nachspülen. Ihm war, als schöpfe er an ihrer Stelle das Wasser und fülle sich den Mund.

Doch sie hörte ihn gut, hielt ihn aber hin. Es war kurz vor Mitternacht. Sie wollte ihm noch gratulieren, wenn gleich sein 70ster begann. Deshalb trödelte sie etwas.

Wenn es nach ihm ginge, würde er das Licht ausmachen und sofort schlafen. Das Affentheater, dachte er, das mit den Geburtstagen abgespult wurde, war unerträglich. Er selbst aber hatte alle Geburtstage seiner Freunde im Kopf und war der Erste, der gratulierte und sich besondere Geschenke ausdachte.

Dass da plötzlich Hubert von Goisern und die Alpinkatzen aufgetreten waren und loslegten! Wie im Märchen war das.

„Das hat mich ungehauen", bekannte er, „der Auftritt von Hubert und Zabine. Wo ich es schon immer schade fand, dass Hubert vor 20 Jahren neue Wege gehen wollte. Nee, dass die beiden jetzt ... das hat mich ... das war ... Kommst du bald? Ich mach schon mal das Licht aus. Bin dermaßen müde."

Er war ja nicht nur müde. Allein sein wollte er mit seinen Gedanken. Aber das ging nun nicht. Manchmal hatte er das Gefühl, zurückzustecken. Heute fiel es ihm schwer. Bellas wegen.

Licht ausmachen ist keine schlechte Idee, dachte sie. Wach war er ja. Sie kannte ihn. Als der Zeiger bei 24.00 angelangt war, hatte sie alles fertig. Auf einem Tablett brannten Teelichter, für jedes Jahrzehnt eines, und es standen zwei Gläser Sekt darauf. So betrat sie das Schlafzimmer und sang dazu ein Kindergeburtstagslied, das er sonst für andere sang: *Heute kann es regnen, stürmen oder schnein, denn du strahlst ja grade wie der Mondenschein ...*

Im Halbdunkel vermutete sie sein Grinsen und den Glanz in seinen Augen. Sie stellte das Tablett ab und umarmte ihn.

„Ich freu mich, dass es dich gibt", sagte sie, „jeden Tag freu ich mich."

Im Bett tranken sie. Nach einer Weile pustete er die Kerzen aus. Er schmiegte sich an ihren Rücken, wie sie es gern hatte, wenn sie miteinander geschlafen hatten.

„Harry, gehts dir gut?"

„Ja."

„Bist du jetzt weiser als jemals zuvor?"

„Unbedingt."

„Ich glaube, du liebst die Menschen mit zunehmendem Alter mehr, oder?"

„Ich bedauere es, dass mein Einfluss darauf, das Leben der Menschheit lebenswerter zu machen, sehr gering ist."

„Meinst du deshalb, dass man pessimistisch sein muss, weil das Leben determiniert ist? Und weil man unfähig ist, ohne eine illusionierende Unterstützung, sei es eine Ideologie oder Religion oder die Stärke eines anderen Menschen, durchs Leben zu gehen? Unselbstständig also. Oder weil er Macht über andere ausübt, was ihn befriedigt?"

Er streichelte ihren Bauch.

„Du willst eine weise Weisheit des weisen Harry hören?"

Sie schubberte sich an ihm.

„Ja, bitte! Was 70-Jähriges und Erfahrungserhärtetes."

„Und danach verschonst du mich mit weiteren Reife-Checks?"

„Nein."

„Hätte mich auch gewundert. Der denkende Mensch also ... der schlägt alle Abhängigkeit in den Wind und findet die Kraft, das Leben zu akzeptieren in sich selbst und freut sich prinzipiell seines Lebens. O.k.?"

„Danke, mein alter Harry. Du wirst mir immer unersetzlicher." Er streichelte ihre Brüste. „Und was bedeutet da ein geliebter Mensch für so einen Selbstfinder?", wollte sie wissen.

Harry gab ein Geräusch von sich, das wie ein Glucksen klang.

„Jetzt hast du mich am Wickel. Er ist, würde ich sagen, die passende Ergänzung."

„Mmh", seufzte sie, „ergänz mich. Morgen auch und übermorgen und überübermorgen."

„Wenn deine kultivierten Pläne uns Zeit lassen."

„Apropos kultiviert. Was sagst du dazu, dass jetzt drüben Phili schläft? Macht dich das nicht an? Ich geb zu, die Frau ist wahnsinnig erotisch. Ihre Bewegungen, ihre Stimme, ihr Aussehen. Alles von innen heraus."

„Jetzt sag nicht auch noch unschuldig."

„Doch! Kein Wunder, dass ihr Johan zu Füßen lag. Und jetzt dieser Till Seeberger. Aber er hat wenig Chancen, glaub ich, sie für sich einzunehmen."

„Wer hat die denn? So einen gibts nicht."

„Du hast die vielleicht. Ich muss aufpassen. Sie hat was Geheimes. Wenn du willst, krieg ich das noch raus."

„Deshalb hast du sie eingeladen?"

„Ach, was du denkst! Ich mag sie. Ich mag auch, wie sie sich körperlich äußert. Findest du nicht, sie hat einen phantastischen Hintern? Wenn sie geht, ist das doch, als ob alles an ihr ruft: Komm mit!"

„Jetzt willst du von mir hören, dass du mir die Worte aus dem Mund nimmst. Ja?"

„Warum nicht! Dir machts ja auch Vergnügen, dir das vorzustellen. Kannst du nicht verbergen, ich spürs. Willst du nicht zu ihr rübergehn?", gurrte sie. „Bestimmt wartet sie und ist auch schon ganz feucht vor Lust. Frauen und Suppen soll man nicht warten lassen, hat meine Oma gesagt, werden sonst kalt. Der Mensch ist eben nun mal ein ewiger Lustsucher."

„Das ist richtig nett von dir und von deinem Intimus Nietzsche, mich zu ihr zu schicken, geliebte Hexe. Rück näher."

***

Früh am Morgen war sie wieder am Strand, Tana, diesmal in anderen Gedanken. Gestern war sie hier eingetroffen mit dem Gefühl, Salzwasser und Salzluft würden ihrer Haut guttun. Heute war sie voll Unruhe. Schuld war ihr Lebensretter, der braunhäutige und schrecklich gut aussehende und sympathische Junge. Ohne nachzudenken lief sie der Stelle zu, an der sie gestern gelegen hatten. Sie war im Sportdress. Das Badetuch hatte sie um die Schultern gewunden. Genau wie gestern und die Tage zuvor wollte sie erst ihre zwei Kilometer laufen, am Strand entlang, ehe sie ins Wasser durfte. Um sich wieder retten zu lassen, dachte sie, und um sich wieder mit einer Umarmung bedanken zu können bei diesem Apoll, der so herrlich auf sie ansprach und verwirrt war und sich beherrschte.

Sie lief leicht und locker und dachte, dass sie zusehen musste, ihren Kleinen schnell in einem der hiesigen Kindergärten unterzubringen. Er sollte ein Teil dieser pazifistischen und neutralen Republik sein, in der jeder seine Eigenheit bewahrte. So wie ihr Retter von gestern sollte er werden. Auch so zupackend. Dass man hier nach buddhistischem Vorbild die Kinder in Selbstverteidigung unterwies und dass die Kleinen das begeistert mitmachten, auch das Meditieren, das war für sie einer der Gründe, die Stelle hier anzustreben.

Mit diesen Überlegungen kam wieder Ordnung in ihre flatterhaften Gedanken. Ordnung brauchte sie. Bisher hatte sie alles Unwägbare von ihrem Leben ferngehalten. Wie sonst wären Kind und Mann und Dienst auf die Reihe zu kriegen gewesen. Und doch ... Sie spürte ihn geradezu, wie sie lange nichts mehr gespürt hatte, diesen kräftigen Burschen, wie er sich mit ihr aus dem Wasser herausarbeitete.

Schluss jetzt, befahl sie sich und lief am Saum des Wassers entlang, die Sonne im Rücken, lief in ihren Schatten hinein und dachte Schritt für Schritt und Punkt für Punkt ihre anstehenden Aufgaben durch.

Da war also dieser Brief ans Theater gekommen. *Wenn Sie dieses verlogene Stück aufführen, bekommt Ihnen das schlecht. Wir lassen nicht zu, dass die historische Leistung des großen Führers Stalin beschmutzt wird.*

In weiten, federnden Sätzen lief sie. Die Wellen plätscherten an den Strand. Gern patschte sie ins Wasser.

Musste die Aufführung abgesagt werden? Das kam bei den Republikanern nicht gut an. Niemals! Denen verbot keiner den Mund. Und weder die stalinistischen Grausamkeiten, die im Stück erwähnt wurden, noch das Propaganda-Abrakadabra der Sowjet-„Sozialisten" sollten verschwiegen werden.

Das war kein antirussisches Machwerk. Sie hatte nachgelesen. Es ging um Unmenschlichkeit, ausgeübt in blinder Unterwürfigkeit vor Stalin. Er hatte den Weg eines humanistischen Sozialismus verlassen. Das war der Knackpunkt. Der große Sozialistenführer wurde entlarvt.

Was Tana beim Laufen hier draußen besonders mochte, war der wassergesättigte Grund, in den die nackten Füße sich andeutungsweise hineingruben, und war die Ungestörtheit am Morgen und war die unbeschreibliche Luft, die ihre Lungen füllte, und war das immergleiche Geräusch des Heranflutens.

Für sich nannte sie den Verfasser des Drohschreibens bekloppt, um seine Gefährlichkeit abzuschwächen. Erheblich waren die Gegenmaßnahmen. Erstens dass sie die Räumlichkeiten des Theaters auf den Kopf stellte. Inklusive des weitverzweigten Gängesystems unterhalb des Gebäudes. Da war nichts versteckt. Noch nicht? Zweitens die Kontrolle aller am Theater Beschäftigten, einschließlich der Gastakteure und Statisten. An die hundert Personalakten hatte sie durchgelesen. Drei Russischstämmige gerieten ins Visier. Zu Unrecht. Dann politische Extreme. Dann als gewalttätig Aufgefallene. Gespräche waren geführt worden. Ergebnislos, glücklicherweise. Die Menschen hier liebten ihre Republik und waren ehrlich.

Sie langte am Wendepunkt an, machte Dehnübungen und lief zurück, der Sonne entgegen. Auf dem Wasser schaukelten Millionen Silberschuppen. Alles wäre wunderschön, dachte sie, wenn nicht der Bekloppte dazwischenpfuschte. Was blieb zu tun? Leibesvisitationen aller Beteiligten und Besucher. Noch einmal eine penible Gebäudeuntersuchung. Ab

Mittag würden sie beginnen. Der Bürgerrat hatte ihr hierfür verdiente Bürger als Unterstützung zugesagt. Hilfsscherifs. Auch rings um das Gebäude war ein Kordon von Abwehrbereiten vorgesehen. Noch niemals, hatte ihr Dr. Mattison lobend versichert, hätten so akribische Vorkehrungen stattgefunden.

Wie schön! Aus der Ferne sah sie ihren Retter, dessen Namen sie noch nicht mal kannte. Ihr Herz schlug schneller. Er näherte sich. Er hatte Interesse, sie wiederzusehen. Sie fühlte sich leicht, sie fühlte sich unbeschreiblich gut.

Und doch wollte sie Dr. Tana Ulmens bleiben, die Frau, die sich stets analysierte und Kontrolle über sich und alles haben wollte. Sie verschwendete sich nicht und lechzte nicht hemmungslos. So war ihr klar, im Näherkommen, nicht nur, dass es der magische Reiz der unvermuteten nackten Berührung war, der ihr gestern den Sinn verwirrt hatte, sondern dass sie beide, die sie jetzt angezogen waren, sich nicht einfach so entkleiden durften, um den gestrigen Reiz wieder zu erleben, und sich womöglich dabei zusahen, sondern dass sie nackt im Wasser sein mussten, wie gestern. Ein Wunder musste das bewirken. Oder ... Sie wusste, was zu tun war. Noch trennten sie bestimmt 50 Meter. Sie hielt an. Er merkwürdigerweise auch. Wo sie war, zog sie sich nackt aus und ließ die Sachen im Sand liegen und ging langsam ins Wasser. Zu ihm hatte sie nicht mehr hingesehen. Dann schwamm sie und schlug nach einer Weile wieder die Ostrichtung ein, allerdings ohne sich zu verausgaben. Die Strömung sorgte dafür, dass sie nicht von der Stelle kam.

Er trieb durch die glitzernde und kippelnde Wasserfläche auf sie zu. Es war zum Verrücktwerden, sie spürte ihn schon am ganzen Körper, ehe er überhaupt angelangt war.

Nach einem *Guten Morgen!* von ihm und einem vielleicht unvorsichtigen *Ich freue mich, dass du da bist* von ihr schwammen sie nebeneinander, schwammen im Bogen, aber meist auf der Höhe ihres Badetuches. Sie wussten nicht, wie sie beginnen sollten.

„Jetzt fühl ich mich sicher", sagte sie.

„Kannst du. Ich bin hier großgeworden." Und er erklärte ihr Strömungsrichtung und -geschwindigkeit bei Flut und Ebbe. Ausführlich tat er das, wie um nicht von anderem reden zu müssen, was ihm aber wohl auf der Zunge lag. Selbst das Belangloseste, was sie sagten, schien ihnen verräterisch.

„Willst du noch mehr über unsere Strömungen wissen? Nicht dass du irgendwann in einem Mahlstrom zum Mahl der Fische wirst."

„Besser wohl, ich vermähle mich mit dem Meister der Wogen. Sinnbildlich gesprochen."

„Wir hatten da mal eine Sandbank mit einer Lücke, und da hindurch ist das Wasser ins Meer zurückgeströmt. Wenn du in so einem Rippstrom gefangen bist, kommst du nicht dagegen an, Kannst höchstens an seine Seite und damit rausschwimmen. Ist aber sehr anstrengend."

„Hört sich schlimm an."

„Es gibt Rippströme, die ziehen dich in 5 Minuten einen Kilometer weit raus."

„Die gehören verboten", sagte sie und wunderte sich über ihr albernes Gerede.

„Sind äußerst selten. Aber ständig entstehen Sandbänke und verformen sich und verschwinden. Doch die Wasserwacht wacht. Keine Gefahr also."

„Überhaupt keine? Nicht vielleicht Wassermänner, die wehrlose Frauen abschleppen?"

Ihm gefiel der Wassermann-Vergleich. Obwohl ... Fast hätte er seine Ablehnung von Mythen bekannt. Er hielt es für arrogant, sich auf so was zu beziehen. Auch wenn es im Scherz war. So wie diese schöne Frau das womöglich nur so dahingeplaudert hatte.

„Nur in bedrohlichen Fällen", entgegnete er und kam sich unbeholfen vor. Geübt in frivoler Konversation war er nicht.

„Da hab ich ja Glück im Unglück gehabt", antwortete sie.

Nach einer Weile wurde sie ruhiger und genoss es einfach, ihn mit dem Wasserglitzern auf seiner braunen Haut neben sich zu haben. Und wie er immer wieder einen Blick für sie hatte. Für diesen streng frisierten Kopf mit dem weichen Gesicht und für die schmalen Schultern und die sanft gerundeten Arme. Die Arme seiner Mutter sahen auch so aus. Überhaupt dürften beide wohl im gleichen Alter sein, dachte er und wollte etwas Schmeichelndes sagen, so sehr gefiel sie ihm. Aber nichts Galantes. Er hatte gelesen, das gefalle dummen Frauen, Kluge fänden das abgeschmackt. Aber was sagte man den Klugen?

„Hast du auch einen Namen?", fragte sie.

„Will."

Sie drehte sich und ließ sich auf dem Rücken zurücktreiben. Allen Mut hatte sie zusammengenommen, um das zu tun. Für ihn wirkte es, als fühle sie sich ihm gerade sehr zugehörig, weil sie so ohne Scham sein konnte. Sie hielt die Augen geschlossen. Auch das rührte ihn. Es war das erste Mal, dass er dachte, er müsse dieses wache und liebe Gesicht berühren, sonst fehle ihm etwas.

Bei ihr aber hatte ein anderer Grund dazu geführt, sich ihm ungeschützt zu zeigen. Ihr wurde kalt. So, hoffte sie, würde die Sonne sie wärmen. Längst hätte sie aus dem Wasser gemusst. Aber wie ging es dann weiter? Abtrocknen, anziehen, Strand verlassen? Unmöglich. Ganz unmöglich. Zumal morgen, am Sonntag, Familie angesagt war. Ihr war, als werde ihr etwas vorenthalten.

„Haben dich die Kräfte verlassen, musst du gerettet werden? Von einem zufällig Vorbeikommenden?", fragte er, wofür sie ihm dankbar war.

„Aber von wem? Niemand ist da ... außer dir."

„Muss also ich wieder ran."

Und wie gestern schlang er seinen Arm um sie und zog sie langsam uferwärts. Viel langsamer als gestern. Sie genoss es und nahm so viel wahr von ihm wie möglich. Und er spürte die stabile Weichheit ihrer kalten Brüste und sah, wie sich ihre Haare im Nacken kräuselten.

Als er stehen konnte, ließ er sie los. Sie aber ergriff seine Hand. Etwas von diesem Menschen neben sich musste sie festhalten.

Wieder lagen sie im Sand. Der leichte Morgenwind hüllte sie ein. Erst hatte Will die Stärke seiner Empfindungen erschreckt, als er zurückgesunken war. Dann tröstete ihn der Gedanke, wie sie kürzlich im Philosophieseminar über Camus' Hedonismus gesprochen hatten. Für diesen Mann war Nacktheit ein Beweis rebellischen Stolzes. Das nahm auch der unübersehbaren Erregtheit das Animalische, dachte er. Er durfte das Nebeneinander genießen.

Sie wagte es, als er ruhiger atmete, sich auf den Ellenbogen zu stützen und ihn zu betrachten, ihren Heros. Er lag, sonnenbeschienen, wie in goldener Rüstung, lag und streckte sich, ihr Apoll, der die Augen geschlossen hielt. Vielleicht spürte er ihren Blick, der über ihn streifte. Sein Glied zuckte. Sie malte sich aus, wie sie sich auf ihm niederließ. Ihr Körper war bereit. Sie seufzte.

Er ahnte, dass dieser Laut ihm galt und auch all denen, die sich aus der Leere des Strandes heraus um sie scharten, Menschen aus ihrem Leben, von dem er nichts wusste.

Sie zog ihr Badetuch über seine Hüften. Er sah sie an. Sie hatte das Gesicht der Raffaelmadonna, die er mochte. Ihr Lächeln versprach etwas, wovon er nichts wusste. Auch ihr geöffneter und nass glänzender Mund. Da fiel ihm ein Satz ein, der wunderbar passte, den er laut aber nie sagen würde: Die Lippen der Frau sind das schönste Tor zu ihrer Seele. Ihre Lippen und Zähne, denen er sich zum Fraß vorwerfen wollte. Doch das war nicht alles. Da waren ihre Augen, die dunkel umrandeten blauen Augen. Blanke Fenster zu einer unbekannten Seele. Auch das konnte nicht gesagt werden. Unbedingt. Keine Kitschromantik! Nur Körper, nur heftiges Atmen. Wortlose Aufregung, über die sie hoffentlich hinwegsah.

Doch geriet die Welt aus den Fugen. Ihre Hand legte sich auf sein Herz. Leicht. Federleicht. Am ganzen Körper aber spürbar.

„Es schlägt", stellte sie leise fest, als habe sie das Gegenteil für möglich gehalten. Oder war sie ebenso durcheinander wie er? „Gleichmäßig und kräftig."

Zerbrach nicht ihre Stimme wie die kleinen Wellen, die sich überschlugen? Er überwand tausend Hürden, ohne Zeitverzug, und legte seine Hand auf ihr Herz und schob sie ganz vorsichtig auf ihre Brust. Sie erstarrte, ließ es jedoch zu, lächelte sogar. Wieder ihr ferngerücktes Lächeln, das etwas versprach.

„Deines schlägt heftig", sagte er und war in einem Taumel, „es ist, als würde ich es in der Hand halten."

„Ja", flüsterte sie, „aber das ist was anderes, was du in der Hand hältst" und hob sie beiseite, behutsam tat sie das, und stand auf und ging, um ihre Sportsachen zu holen. Nach ein paar Schritten drehte sie sich um.

„Am Montag wieder?", fragte sie.

Eine Riesenwoge riss ihn mit ins Unbekannte. Meer und Sonne und die Schönheit der Frau wurden eins.

Der Frau, die federnd lief, mit weiten Sätzen, mit unerschöpflich scheinender Spannkraft, durch gehärteten Sand und Wasserzungen lief, die über den Sand leckten. Ihre Füße tauchten ein, von kleinen Aufspritzern begleitet. Selbst in der Ferne wurde die Frau nicht unsichtbar.

Und sie war entschlossen, sich die drei Russen noch mal vorzuknöpfen. Hatte nicht kürzlich der Moskauer Supermann angekündigt, wo auch immer in der Welt sich seine Landsleute aufhielten, stünden sie unter dem Schutz Russlands. Vielleicht fühlte sich einer der drei schutzbedürftig? Mit invasiven Folgen.

Als sie der Großen Seebrücke näherkam, schlug sie das Badetuch um den nackten Leib und steckte es fest und bewegte sich gemessen und genoss die Rauheit des Tuches und die Erinnerung an die Hand ihres Retters.

***

An ihm lag es nicht! Er war sehr früh auf den Beinen. Hörte sich beim Frühstück Hennys Beschreibung von den Sprungkünsten ihres Pferdes an. Sah ihr zu, wie sie sattelte und losritt. Und endlich war Till soweit, dass sie losfahren konnten.

Es war sicher eine halbe Stunde über die Zeit, als Robin schließlich das geliehene Rad an der Friedhofsmauer abstellte. Vielleicht war sie noch da.

Und wieder verausgabte sich die Sonne und ließ sich von ein paar Wolkenhäufchen nicht beirren. Von Norden her kam frischer Wind und mischte sich in den Geruch nach altem Grün in diesem Friedhof, den Chawa sich ansehen wollte. Der war eine ausgedehnte und finstere Anlage. Riesige Eichen, Kiefern und Buchen wuchsen oben zusammen. Überall rankte Efeu. Moosgrüne alte und oft schiefe Grabsteine ragten wie Zahnstümpfe aus dem Dunkel.

Robin ging immer tiefer hinein in die Wildnis, in die die vereinzelten Rufe der Menschen von der Straße her nur schwach hereintönten. Raben krächzten. Er beeilte sich. Manchmal raschelte es in den Büschen. Hin und wieder fielen Sonnenstrahlen schräg durchs Laub. Wenn Chawa wieder gegangen war, weil er sich verspätete, hatte er wenigstens diesen verwunschenen Ort kennengelernt, tröstete er sich.

Doch er sah sie. Sie schien lieber unentdeckt bleiben zu wollen, wie sie zurückgezogen in einer Baumnische kauerte. Eine riesige Eiche war am Fuß ausgehöhlt. Mit angezogenen Knien saß sie darin und blickte vor sich hin. Ihre Sandalen hatte sie abgestreift. Die bloßen Füße versanken in weichem, grünem Polster. Ihn hatte sie nicht bemerken können, so leise er über den bemoosten Weg kam.

Eine Weile betrachtete er sie. Gestern, auf der *Dakota Liberty*, war sie ein Sonnenwesen, auf dem Empfang dann, ehe sie verschwunden war, war sie unruhig und wie am falschen Ort. Jetzt schien sie traurig. Unentschlossen näherte er sich. Sie sah auf.

„Tut mir leid", fing er an.

Sie schüttelte den Kopf, und er behielt für sich, was ihm leid tat.

„Soll ich gehn?"

„Spinnst du!" Er legte sich ins Moos und lehnte den Kopf an den Stamm und versuchte seine Nervosität in den Griff zu kriegen. Phili hatte ihm für solche Gelegenheiten einen Satz empfohlen. *Three witches watch three swatch watches.* Das musste man schnell und natürlich lautlos aufsagen. Jetzt fand er das zu doof. Von unten sahen die Bäume, die über die Friedhofswildnis hinausragten, noch mächtiger aus. Die Kronen waren fast undurchdringlich. Er horchte in das Rascheln der Blätter hinein.

„Die Stille hier ...", sagte er nach einer Weile zögerlich, denn vielleicht war ihr nicht nach Reden, „sie ist ... ", fing er an, wusste aber nicht, womit sie vergleichbar war, „... bist du deshalb gern auf Friedhöfen?", fragte er einfach.

Sie ließ sich Zeit.

„Manchmal brauch ich das wirklich. Die Stille ... sie ist voll Lebendigkeit, voll Gelebtem. Weißt du, was ich meine? Das spürt man. Aber meistens brauch ich sie nicht, die Stille. Heute schon. Doch gut, dass du da bist. Ich hab an dich gedacht."

An ihn? Das sagte sie einfach so. Nie hätte Robin solchen Mut wie sie aufgebracht. Aber sie sagte es, als sei es das Normalste der Welt.

„Du bist gestern einfach verschwunden", lenkte er ab, statt zu sagen, dass auch er an sie gedacht hatte. Sogar fast nur hatte er an sie gedacht. Was gar nicht zu verstehen war.

„Gestern – ja." Sie schwieg wieder. „Ich wollte weg. Und Bella ist mir nach. Wir sind aufs Schiff gegangen."

„Warum wolltest du weg? Oder magst du nicht darüber reden?"

„Doch. Ich bin froh, dass du fragst."

Wieder die uralte Stille. Sie wich seinem Blick aus.

„Hab ich was Dussliges gesagt?"

„Nein. Du doch nicht. Ist was anderes."

Sie brauchte Zeit.

„Ich weiß nicht ... Es ist so, dass ich einen Opa habe, Wolfgang, in Sant Arno Pescador, in Spanien. Er hat immer alles anders gemacht als andere. Früher war er ein Hippie. Hat auf Kreta in einer Höhle gelebt. Mit seiner Freundin Eva, und Bella ist da geboren worden. Aufgewachsen ist sie aber bei den Eltern von Eva, also bei meinen Urgroßeltern, in Hannover."

„Warum haben Wolfgang und Eva sie weggegeben?"

„Weil Eva bald nach Bellas Geburt gestorben ist. Da ist Wolfgang mit ihr nach Hannover. Doch er hat es dort nicht lang ausgehalten und ist wieder in den Süden, nach Spanien, und ist Fischer geworden. Dort hat man ihn El Lobo genannt."

„Und Bella?"

„Ist dageblieben, notgedrungen. Ist nach dem Abitur sofort weg, nach Marokko. Und hat dort einen schwedischen Archäologen kennengelernt und ist mit dem nach Schweden. Und ich wurde geboren."

„Ist deine Bella-Mutter sauer auf ihren Vater, den Hippie?"

„Keine Spur!"

Chawas Zehen hatten sich, während sie redete, ins Moos gebohrt. Ihre Hände umfassten die Knie.

„Bis gestern war auch alles wunderbar. Und ich wollte in einer Woche wieder nach Spanien. Zu meinem Großvater ..."

Das sagte sie sehr nachdenklich.

„Und gestern?", fragte er.

„Von einer Sekunde zur andern hat sich alles geändert."

Sie schwieg wieder.

„Du machst es spannend."

„Also auf dem Empfang ... Ich hab mich schon immer gewundert, was Bella dauernd mit diesem Harry Voss zu reden hatte. Ich wusste gar nicht, dass sie den kannte. Da bin ich also hin ..."

„Und?"

„Sie haben geflüstert. Und weil Bella ganz erschrocken aussah, hab ich näher zugehört."

„Ich denke, sie haben geflüstert."
„Ich kann Flüstern auf hundert Meter hören, wenn es um was Wichtiges geht."
„Natürlich."
„Na ja, ich war vielleicht einen halben Meter entfernt. Sie haben mich nicht wahrgenommen. Und sie haben laut geflüstert."
Sie zögerte.
„Und dann?"
„Harry Voss hat erklärt, wie das vor Bellas Geburt war mit seinem Freund Wolfgang und ihm und Eva. Beide Männer waren in sie verliebt. Und erst war Eva mit ihm zusammen, und dann musste er weg, war ja im deutschen Außenamt irgendwas, und Eva ist ihm untreu geworden mit Wolfgang. Nur – sie war schon schwanger. Von ihm! Hat er aber nicht gewusst. Wolfgang aber hat es gewusst und niemandem gesagt. Kein Wort. Jetzt hat er es geschrieben, und Harry musste schwören, den Mund zu halten."
„Den Schwur hat er gebrochen?"
„Ja. Und erst dachte ich, sie stehlen mir meine Kindheit und dass alles Lüge war. Aber dann hab ich an Bella gedacht. Die sah echt geschockt aus."
„Was hat sie dir danach gesagt?"
„Nichts."
„Komisch."
Sie nickte.
„Also ist Harry dein Opa ..."
„Keine Silbe hat sie gesagt. Sie wird es auch nicht tun, weil sie denkt, dass meine Welt dann auseinanderbricht. Und weil ich El Lobo so liebe."
„Bist du ihr deshalb böse, dass sie nichts sagt?"
„Nein, ich versteh sie. Ich hoffe, dass Harry nicht vor anderen und mir auf Vater und Tochter macht, weil sonst Bella denkt, ich werfe ihr insgeheim vor, dass sie mir das verschwiegen hat. Ich weiß, dass es ihr dann schlecht geht."

„Irgendwie ist das ein Chaos. Hattest du bisher nie Zweifel?"
„Jetzt denke ich mir, wir hätten was merken können."
„Wieso?"
„Hast du gesehen, dass Harry zwischen den Vorderzähnen eine kleine Lücke hat?"
„Ja."
„Und dass das bei Bella auch so ist?"
„Wenn, dann viel weniger. Und du, du hast keine."
„Doch."
„Zeig!"
„Niemals." Sie presste die Lippen aufeinander. „Ich hab gelesen", mümmelte sie kaum verstehbar, „dass die Lücke ein Zeichen für einen Lügner ist."
„Gut zu wissen."
„Aber in Afrika sagt man: Die Lücke ist eine Öffnung für Gott. Und ein Zeichen für Weisheit."
„Oh Mann, aber du hast nur eine sehr, sehr winzige. Hab ich gesehen. Das heißt also ... wenig Weisheit."
„Du hast gar keine!"
„Irrtum der Natur."
Ihre Hand lag immer noch auf seinem Arm.
„Aber sag mal, müsstet ihr nicht so schnell wie möglich weg, damit Bella sich sicher fühlen kann", fragte er, wieder ernsthaft und erschrak. Wenn sie das wirklich täten ... Schlagartig fühlte er Traurigkeit. Er kannte dieses Mädchen doch erst ein paar Stunden ...
„Aber es würde mir ganz viel fehlen, wenn du plötzlich nicht mehr da wärst, ich meine ... zum Reden und Ansehen", sagte er, plötzlich ganz mutig.
Sie fasste nach seinem Arm.
„Das ist komisch, dass du das sagst."
„Warum?"

„Weil ich das auch denke, weil ich es fühle. Ich kenne so was nicht."
„Ich auch nicht. Als ob ich krank wäre, ist das. Ich will noch nicht weg", sagte sie leise und halb in den Baum hinein. „Morgen müssen wir sowieso wieder ablegen – wenn Bella nicht andere Pläne hat. Das passiert öfter."
„Und wir fahren nach Hannover zurück", kam es von ihm.
„Ich bleibe im Baum. Für immer."
„Ich bring dir Essen vorbei."
„Im Winter brauch ich meine Pelzjacke."
„Weihnachten häng ich dir Kerzen in die Tanne", sagte er und wies mit dem Kinn auf einen kleineren Baum, der aus einem Grab wuchs.
„Ich sing dir dafür das Lied von der Santa Lucia."
„Und wenn es noch kälter wird, dann pack ich deine Pelzjacke und dich zusammen und bring dich zu mir nach Hause. Da leben Phili und ich in einer kleinen Wohnung, du kannst dich in meinem Zimmer einrichten, ich schlaf auf dem Sofa im Wohnzimmer, so ist das in den Filmen auch immer, und dann führ ich dich durch Hannover, wo Bella großgeworden ist und El Lobo es nicht ausgehalten hat."
„Da war ich noch nie", gab sie zu. „Und danach wärmen wir uns in Spanien auf, bei El Lobo, der wird dich genauso mögen, wie er mich mag – und wie ich dich mag." Das Letzte sagte sie wieder in den Baum hinein, dass er es sich eigentlich nur zusammenreimen konnte. Vielleicht hatte er es sich auch nur gewünscht, dass sie so was Schönes sagte.
„Und jetzt", sagte sie, „muss ich zur *Dakota*. Bella will in der Mittagspause kommen und mir sagen, was ich alles einkaufen soll für die Rückfahrt."
Sie brachen auf. Chawa trug ihre Schuhe. Sie lief offenbar gern barfuß.
„Ist bestimmt bald Mittag", sagte er, „da kommt Phili auf den Markt, wir treffen uns beim Italiener. Johan und Hendrikje und Lucette sind auch da. Komm doch auch!"
„Ach, Lucette, deine Pariserin ..."
„Meine Halbschwester. Und am Abend ist die Theateraufführung. Da sollen alle hinkommen, sagen Esther und Linh. Und Harry soll nicht

wissen, dass die Premiere ihm zuliebe heute ist. Das sagte Phili. Ist geheim."

„Wieso ist Lucette deine Halbschwester und lebt in Paris? Ist das auch geheim?"

„Von meinen Geheimnissen erzähl ich dir dann im Winter, wenn dir in deinem Baum die Zeit lang wird."

„Mit dir wird mir die Zeit nicht lang. Das weiß ich."

Sie wollten auf die Räder steigen, da wurde eine Frau inmitten einer Gruppe von Jugendlichen im Friedhofseingang auf die beiden aufmerksam.

„Chawa, hallo! Hallo, Robin", rief die Frau, in der er Harrys Frau Esther erkannte. Chawa winkte, als habe sie es besonders eilig und fragte schnell, ob er am Nachmittag zum Boot komme und fuhr los. Offenbar war sie nicht erpicht auf Harry Voss' Angehörige. Robin aber saß in der Falle. Denn schon kam ein von der Frau geschickter Junge und bat ihn dazuzukommen.

Esther war sehr nett. Sie mache mit ihrer 11. Klasse gerade das Projekt *Naturgewordene Ruinen*. Und auf dem Friedhof hier dürften die Schüler nach Herzenslust stöbern.

„Hast du Lust, dich ein bisschen mit umzusehen? Carl begleitet dich und erklärt dir, was wir machen?"

Von welchem Misstrauen waren eigentlich manche Erwachsene und vor allem Lehrer befallen, dass sie meinten, so einen 15-Jährigen wie ihn dürfe man nicht ohne Aufgabe umherlaufen lassen, er langweile sich ansonsten zu Tode?

„Wie stehn meine Chancen, dem zu entkommen?", fragte Robin, der auf keinen Fall unhöflich sein wollte. Dabei würde ihn schon interessieren, was die Klasse da anstellte. Und etwas Zeit wäre noch. Aber er wollte keine Beute der Pädagogin sein. Esther war offenbar überzeugt davon, sie tue ihm was Gutes.

„Gleich Null, leider!"

Er entschloss sich, die Situation witzig zu finden und trottete hinter dem langen Carl her, der mit seinen strubbelig verschnittenen, kurzen Haaren und Intellektuellenbrille ein netter Mensch zu sein schien.

„Ich knipse ein bisschen", verkündete Carl, der ein schiefes Gesicht hatte, das rechte Auge war höher als das linke, der Mund senkte sich dagegen rechts nach unten und links zeigte er nach oben, „so Motive des Verfalls – und damit hat sich's. Dann verkrümeln wir uns und schnacken ein bisschen, wenn du Lust hast."

Während er fotografierte, erklärte er, dass der 11. Jahrgang der Frida-Winkelmann-Schule die Patenschaft für die Grabsteine innehabe. Er finde das hip. Altes erhalten, den Kontext verstehen, das Neue strukturieren – das passe in sein Verständnis von Leben.

Nach der Fotografiererei schlugen sie sich in die Büsche. Carl kannte sich aus. An der Westmauer fand sich eine freie Stelle. Sie ließen sich in der Sonne nieder. Carl rollte sich eine Tüte und inhalierte. Er hatte lange, feine Finger. Rauch schlängelte sich in die Blätter. Carl hielt ihm die Tüte hin. Robin wollte nicht ziehen.

„Mach dich geschmeidig!", ermunterte ihn Carl.

„Hab nichts davon", beharrte Robin.

„Muss man immer was davon haben? Kosten-, Nutzenrechnung... Bist du ein Profit- und Erfolgsjunkey?"

„Quatsch!" Ehrlich gesagt, hatte Robin noch nicht prinzipiell darüber nachgedacht, nur – das klang sehr negativ. Carl lehnte sich zurück. Es schien ihm gutzutun, was er machte. Aber Robin und Orhan hatten sich vorgenommen, mit Rauchen, welchen Stoff auch immer, gar nicht erst anzufangen.

„Der neoliberale Kapitalismus und seine Wachstums- und Rohstoff- und Umweltzerstörung, inklusive Bevölkerungsexplosion, machen die Erde unbewohnbar", dozierte Carl mit halb geschlossenen Augen. „Und die Prekarisierten sind durch ihre Alltagsdrogen lahmgelegt. Aber wir hier sind gegen die Glücksversprechen des Kapitalismus immun. Wir wissen, dass sie unerfüllt bleiben. Oder ... wie ist das bei euch? Platzen in deinem Dunstkreis die Leute vor Glück?"

Robin überlegte. Orhan, ja, der war glücklich, wenn nicht alles täuschte. Seray, seine Schwester, die auch. Doch die führte andere gern hinters Licht. Herr Mete, der Vater, der auf jeden Fall. Phili auch. Phili oft sogar.

„Platzt denn bei euch ständig irgendwer?", fragte er zurück.

„Jetzt hast du es mir aber gegeben." Das klang ironisch. Oder bildete Robin sich das nur ein? Dazu lachte Carl lauthals, und sein asymmetrisches Gesicht verlor alles Schiefe und wurde übermütig.

„Glücklich", sagte Robin, „glücklich sind einige, denke ich."

„Sind die wohlhabend?"

„Ob sie ... reich meinst du? Nee, aber sie fühlen sich wohl. Zum Beispiel mit anderen Menschen."

„Also ... die sind bescheiden, kann man das so sagen?"

„Weiß nicht, ja ..."

„Im Denken ist nicht das Sein enthalten, laut Kant."

„Was meinst du?"

„Der Furor der Lebensgier und des Konsums und des Willens zur Macht muss gedämpft werden durch eine Kultur der Askese und des Verzichts. Das sagt Schopenhauer. Bloß keine Unterwerfung mehr! So oder so implodiert der Kapitalismus eines Tages. Die Lämmer müssen zu Löwen werden und den Neolib-Sumpf austrocknen. Andernfalls gehen wir alle vor die Hunde. Auch wir. Sind zu dicht dran. Deshalb müssen wir den Aufstand schüren und gleichzeitig die Alternative leben. Wir sind das Prinzip Hoffnung. Aber erst mal müssen wir eure Antifa unterstützen. Weil Antifa auch Kampf gegen den Kapitalismus bedeutet. Der brutale Kapitalismus ist Faschismus."

Robin schwirrte der Kopf. Carl spielte sich enorm auf, fand er. Aber ihm gefiel, dass er mit ihm philosophierte. Offenbar traute er Robin zu, dass der ihn verstehe. Höchste Zeit, sich in solche Themen reinzuknien.

„Die Antifa kenne ich", sagte Robin. Meine Freunde und ich waren bei der Demo *Bunt gegen Braun*. Und da kam der schwarze Block. Sah aus wie eine römische Legion beim Angriff."

„Das ist manchmal nötig, so ein martialischer Auftritt. Signalisiert festen Willen."

Robin dachte aber schon an was anderes. Das mit der Alternative war von Carls hochgestochener Rede am stärksten hängengeblieben.

„Wenn ihr wisst, wie es besser läuft und die Alternative habt, warum lasst ihr dann nicht viel mehr Leute in die Republik?"

„Viel mehr?"

„Da wird ausgewählt, hab ich gehört."

„Stimmt. Weil unsere Möglichkeiten eingeschränkt sind. Wenn wir beliebig viele einbürgern, klappt es mit der Ernährung nicht mehr."

Robin irritierte an dem Jungen, dass er bequem dasaß und verkündete, wie die Welt zu funktionieren hatte.

„Ist doch ungerecht gegenüber armen Flüchtlingen, oder? Niemand in der Welt will sie haben", hakte Robin nach.

„Ungerecht, ja. Aber noch mal: Würden wir alle aufnehmen, würden wir zu existieren aufhören. Aus einem kleinen Suppentopf können nicht wahllos viele verköstigt werden. Aber es gibt die Möglichkeit, nach unserem Beispiel unzählige weitere, politisch selbstbestimmte Republiken mit kooperativem Wirtschaften zu gründen. Das ist das Ziel. Und Kooperativen gibt es ja schon einige."

„Ihr habt euer Schäfchen eben im Trocknen", resümierte Robin und war bemüht, keine Verurteilung mit anklingen zu lassen. Dabei stieß ihn noch immer das Schwurbelige in Carls Worten ab.

„Wir sind in ein Paradies hineingeboren worden, das stimmt." Als Carl das sagte, sah er aus, als beneide er sich selbst um sein einfaches Glück. „Zufall! Aber das verpflichtet. Denk nicht, dass wir auf der faulen Haut liegen – so wie ich gerade."

Sagte es, lachte über sich selbst, drückte die Glut seiner Zigarette in einem Döschen aus, schob es in die Hosentasche und erhob sich. „Nein, unsere Alten können in aller Ruhe alt werden. Sie haben gekämpft und gesiegt. Wir Jungen denken jetzt über so eine Art Aufbruch in die Welt nach. Dorthin, wo das Leben noch nicht menschenwürdig ist."

In Gedanken hörte Robin prompt Tim Bendzko sein gewichtiges *Muss nur noch schnell die Welt retten* singen. Seray spielte den rauf und runter. Als Orhan und er sich mal darüber lustig gemacht hatten, hatte sie geschworen, niemals mehr ein Wort mit ihnen zu sprechen. Fünf Minuten hatte das Niemals gedauert.

Carl wirkte stolz auf seine Heimat. Robin wäre nicht im Traum darauf gekommen, dass ein Junge so sein könne.

„Ihr brecht auf – wie Che Guevara nach Bolivien?"

„Nein, ich werde Erzieher und helfe den Kleinen auf den richtigen Weg."

„Ihr politisiert hier wohl ohne Ende."

„Ach was. Du, Robin Hood, bist da bestimmt nicht anders. Uns macht die Ungerechtigkeit in der Welt fassungslos, wie dich bestimmt auch. Das kann doch zum Beispiel nicht so bleiben, dass die 85 reichsten Honks der Welt genauso viel besitzen wie die dreieinhalb Milliarden ärmsten Menschen der Welt. Und die Politik tanzt nach der Pfeife der Honks. Das ist ein Verbrechen an der Menschheit."

Er stand auf. Robin fand gut, was Carl zum Schluss sagte. Carl war 17 und wusste schon, welche Aufgabe er haben wollte. Beneidenswert. War er in einem Jahr auch soweit?

Allmählich aber hatte er jetzt das Gefühl, sich zu verspäten, und beschloss, auf schnellstem Weg den friedlichen Urwald zu verlassen. Er lud Carl ein, ihn im kapitalistischen Hannover zu besuchen, und rannte über die verschlungenen Pfade zum Ausgang.

Esther war nicht zu sehen. Er fuhr los.

***

Lavendel machte sich zum *Mauroleum* in der Gützkowerstraße auf. Die Bücherkaserne war von Vittoria aus nur einen Katzensprung entfernt. Er wollte sich einen Überblick verschaffen, inwieweit das hier gesammelte DDR-Schrifttum mittlerweile komplettiert und digitalisiert worden war. Digitalisiert, weil das sehr holzhaltige und übersäuerte Papier der Bücher zu zerfallen drohte. Mit dem Anspruch war der Antiquar Jasper Ruf einst angetreten. Diesem Antiquar hatte Heide Hattorf früher mal nahegestanden, wovon sie aber heute nichts mehr wissen wollte. Und doch hatte sie ihn gebeten, sich Rufs Werk ein bisschen anzusehen.

Ruf war in Sachen Bücheraufkauf unterwegs. Ein Assistent führte den Gast herum. Tatsächlich war man nahe daran, sämtliche Druckwerke aus den 44 Jahren SBZ und DDR beisammen zu haben. Schließlich wurde Lavendel von dem jungen Mann, der eher nach orientalischem Essen als nach Büchern roch, im einstigen Exerzier- jetzt Lesesaal alleingelassen. Es herrschte Stille. Die hohen Wände waren mit buchbestückten Regalen versehen und über ein mehretagiges, stählernes Galeriesystem zugänglich.

Lavendel sah sich um. Er fühlte sich wohl zwischen den Abertausenden Zeugen vergangener und vielfach auch enttäuschter Sehnsucht nach einer gerechten Gesellschaft. Viele Tische waren belegt. Bücher häuften sich. Studierende verschwanden dahinter. Lavendel fand einen freien Platz und sah sich in einem Notebook einen Filmbericht über das *Mauroleum* an. *Mauroleum* hieß es, weil hier alles hinter den DDR-Mauern Geschriebene seine letzte Ruhe finden sollte. Er erfuhr, dass das Magazin auch zahllose Manuskripte beherbergte. Schätze also.

Eine Frau setzte sich neben ihn und berührte ihn flüchtig am Arm. Er nahm den Kopfhörer ab.

„Entschuldigen Sie", flüsterte sie, „ich bin Ava Wood. Gestern hab ich Sie auf der Bühne des Foyers gesehen. Sie also sind der Lavendel aus Andrés Roman *Babylon*. Ich arbeite mit André zusammen. Vielleicht wissen Sie davon. Haben Sie Lust auf eine kleine Kaffeepause?"

Er ging hinter der hübschen Frau her, die sich in der ehemaligen Kaserne auskannte. Sie hatte offene lange schwarze Haare, passend zu dem einfachen Kleid. Ihre Augen hatten eine unbestimmbar dunkle Farbe. Ihre Füße steckten in roten Wildlederstiefelchen.

„Der Roman ... Wissen Sie, am meisten bewundere ich Ihren Mut, und den von Phili, dass Sie sich dieser Aufarbeitung gestellt haben. Oder war da Exhibitionismus im Spiel?"

„Wie kommen Sie darauf? Im Übrigen ist die Geschichte vorbei."

„Nie ist was vorbei. Geschichte hat ihre dauerhafte Präsenz", behauptete sie.

„So ist es. Und doch bin ich raus. Emotional, zeitlich, örtlich."

„Verstehe. Raus sein ..." Sie überlegte und sagte lächelnd: „Ich dachte, auch ich wäre raus aus religiöser Zuspitzung. Hat André mit Ihnen über uns gesprochen? Dass ich eine religiöse Totalitaristin sei."

„Andeutungsweise."

Sie nickte.

„Hier tolerant zu sein ist Standard", sagte sie. „Aber in Jerusalem ist Toleranz tödlich. Noch. Man ist von fanatischen Andersgläubigen umstellt. Erst müsse Israel das ganze heilige Land bewohnen, dann könne man sich Toleranz erlauben, hab ich gelesen. Was meinen Sie? Wenn ich das hier laut überlege, bin ich persona non grata."

„Ja."

„Wie meinen Sie das?"

„Falls Sie den Gedanken, Toleranz sei am Ort der Handlung erst nach der Landnahme vorstellbar, nach der gewaltsamen, wirklich in Erwägung ziehen, dann widerspräche das jeder aufklärerischen und völkerrechtlichen Übereinkunft. Wie wollten Sie eigentlich mit so einer Prädisposition das Projekt fortsetzen?"

„Wir haben die Chance, einen realistischen *Nathan* zu machen."

„Realistisch gesehen, im Lessingschen Sinn, ist das mittelalterliche Jerusalem unter arabischer Herrschaft. Und die war religionstolerant."

„Unser Nathan müsste sich seiner Haut wehren."

„Wenn Sie mich fragen: Ein faktischer Widerspruch! Gestützt auf fragwürdige Ansprüche findet ein Beutekrieg statt, der zugleich ein Religionskrieg ist. Nathan hätte keine Chance."

„All das müsste in dem Stück auftauchen", beharrte sie. Und nach einer Pause: „Schade, dass Sie die gleiche judenfeindliche Sichtweise wie André haben."

„Judenfeindlich? Das ist ein absoluter Irrtum, und das wissen Sie."

Sie erhob sich.

„Ein Irrtum von Ihnen, ja. Eine passion criminelle! Sie haben keine Ahnung!"

Mit verschlossener Miene verließ sie den Raum, ihre abschließende Feststellung sollte wohl unanfechtbar bleiben. Sie wusste wohl, dass sie auf brüchigem Eis unterwegs war. Lavendel folgte den Hinweisen in den Lesesaal zurück.

***

Im Theater vermisste ihn keiner. Und er hatte die Moderation problemlos an Dr. Mattison abgeben können. Während jetzt alle den Jubilar in wechselnden Gratulationsgruppen wähnten, sich hochleben lassend, beflügelt von einem zum anderen Jubel eilend, währenddessen lag Harry im Gras. Lag an der Einmündung des Ryck in den Greifswalder Bodden, wo er sich von Zeit zu Zeit gern aufhielt, lag weitab vom Getriebe und nahe einem abseits festgemachten plumpen Kajütschiff, das seit ein paar Wochen hier ankerte, sah dessen leichtes Schwanken, sah die kleine Amorfigur, die als Galionsfigur diente, sah der Wäsche beim Trocknen zu, den Hemden und Röcken auf der Leine zwischen der Takelage. Der Wind, vom Bodden her, blähte sie, hielt sie sogar waagrecht in der Luft, ließ sie launisch zurückfallen, um sie sogleich wieder aufzublähen, die losen Ärmel prall zu stopfen wie bejammernswerte Gänsehälse, und sie erschöpft doch wieder fallen und baumeln zu lassen, sie aber doch nach kurzem Atemholen mutwillig wieder mit Luft anzufüllen.

Er sah das, wenn sein Blick nicht den Wolken folgte, den niederen, deren kurzlebiges Weißgrau mit dem Seewind zog und zerrupft wurde und sich im Ferneren auflöste. Oder den höheren, die unbewegt schienen, als breite Streifen, langsam, wenn er genau hinsah, aber von Nord nach Süd zogen. Den Möwen, die die sich kreuzenden und vergänglichen Wolkenlastenschiffe weit oben missachteten, sondern willkürlich herumkurvten, schenkte er keine Aufmerksamkeit. Nicht ihrem herrischen Schreien. Auch nicht dem Juchzen der Kinder vom Strandbad her. Er lag im Gras, lag weich, lag behütet, lag im Herzen seines Elysions, für das er Jahrzehnte gelebt hatte, lag in Abrahams Schoß, im Paradies.

Dass er diese vertraute Abgeschiedenheit gesucht hatte, war höchste Zeit. Er war beschämt. Aus dem Überschwang des gestrigen Nachmittags hatte er Bella seine Vaterschaft bekannt. Aufgedrängt hatte er sie ihr. Stolzgeschwellt von all der öffentlichen Zuneigung. Er hatte diese schöne Frau gesehen, die nicht wusste, dass sie seine Tochter war. Die El Lobo als Vater liebte. Seine Eitelkeit, sein Stolz, seine Zuneigung hatten ihm den Verstand geraubt, als er sich entschloss, sie aufzuklären.

Nun war es mal geschehen. Und er würde so gern die Herzen dieser Frau und ihrer Tochter Chawa gewinnen. Wirklich gewinnen. Wie großartig allein schon, das denken zu können. Und unvermutet. Und aufregend. Abgelenkt zu sein damit auch von Erendira, die zusammen mit den Theaterproben wie ein Meteorit vom Himmel und wieder in sein Leben gefallen war. Und die nach dem *Kukuli*-Stück wieder verschwunden sein würde. Wie auch Bella und Chawa.

Harry streckte sich. Ben Arsing, der papageienhafte Regisseur, hatte Erendira angeschleppt. Seine letzte Arbeit in Dresden, *Die Räuber*, sei so mitreißend geworden dank ihres Bühnenbildes. Er wolle sie, nur sie:

Erendira, noch immer wie eine der Musen Gustav Klimts aussehend und leicht vorstellbar in einem Meer von Blumen. Harry hatte sie in sich bewahrt, nie etwas von ihrer überwältigenden und nie ganz zu einer gemeinsam gewordenen Gegenwart weggegeben. Dankbar war er, dass sie ihre Aufgabe erledigte, dass sie bewundernswert mit präzisen Entwürfen und perfekter Ausarbeitung vor Ort war, niemals aber das Gespräch mit ihm suchte. Auch er tat das nicht. Es war, als seien sie sich jetzt erst begegnet. Vielleicht hatte sie ihn für sich ausgelöscht. Dabei war sie ihm wieder verwirrend gegenwärtig, und ihre Ausstrahlung war verführerisch und wohltuend. Und er musste auch ihretwegen häufig zu den Proben. Er wollte sie sehen und hören, etwa wenn sie einem Techniker etwas erklärte mit ihrer vollen und sinnlichen Stimme. Das Gemeinsame ihrer Vergangenheit würde jedoch unausgesprochen bleiben.

Auf dem Deck des alten Seglers, an dessen Bug vorn das aufgepinselte *Ajuscha* ausbleichte, gingen zwei Frauen in historischen venezianischen Gewändern auf und ab, ins Gespräch vertieft. Dann setzte sich die ältere, die andere kniete daneben, ihr Rock floss über die Planken, sie legte den Kopf auf die Beine der Sitzenden, die wiederum mit ihrer Hand tröstend über den Rücken der Knienden strich. Es wirkte, als probten sie eine Szene, geprägt von Demut und Mitleid. Sie erstarrten in der Pose. Zwei ebenso altertümlich gekleidete Männer erschienen, postierten sich hinter den Damen. Beide hielten eine Flöte an die Lippen. Man hörte keinen Ton. Als Harry sich erhob, belebte sich die Sitzende und winkte herüber. Er winkte zurück. Der museale Segler schaukelte.

***

Dass sie auch kurzfristige Termine bekam, war Tana mittlerweile gewöhnt. Diesmal kam der Anruf aus dem Bürgerhaus. Herr Volker Völksen, der Zweite Bürgerbeauftragte, bat sie auf einen Sprung herüber. Zwar war sie gerade dabei, nach Hause zu fahren und nach dem Rechten zu sehen sowie sich vielleicht auch eine Dusche zu gönnen, um sich dann voll und ganz dem minutiös verplanten Nachmittags- und Abendprogramm widmen zu können. Auf ihrer Haut spürte sie noch das Salzwasser der See. Auch die Blicke ihres jungen Helden spürte sie über sich hinwandern. Und seine Hand auf ihrer Brust. Sie atmete tief ein. Nein, das war sie ihrem Amt aber schuldig, sagte sie sich, immer bereitzustehen.

Volker Völksen war ein umgänglicher Mensch. So hatte Tana ihn schon mehrfach erlebt. Er hörte zu und überlegte, ehe er antwortete. Und er hatte Grübchen in den Wangen.

„Ich hoffe", sagte er, nachdem Gert Fermann und Tana einander in seinem Büro vorgestellt waren, „ich hoffe, wir bringen das schnell über die Bühne. Der Vollzugsrat legt Wert auf penible Einhaltung der einzelnen Schritte des Vorgangs."

Seine Gäste nickten. Diese Einleitung hätte er sich im Grunde ersparen können, schoss es der Schnelldenkerin Tana durch den Kopf.

„Die Faktenlage: Angedacht ist die völlige Umgestaltung der Energieversorgung der FRG. Sämtliche Vorgänge unterliegen der Geheimhaltung. Herr Fermann, seines Zeichens Bergbauingenieur, hat sich bereit erklärt, an der geplanten Umgestaltung mitzuwirken und kommt gerade vom ersten Planungsgespräch mit unserem Ingenieur Chris Reichert. Bitte bringen Sie uns auf den neuesten Stand, Herr Fermann! Und inwiefern Sie involviert sind, Frau Ulmens, das ergibt sich dann."

Gert Fermann strich sich langsam über die sehr kurze Stoppelfrisur, vor und zurück. Überstürztheit kannte er nicht. Dann fasste er das Bauprojekt des subterranen Fallwindkraftwerks in der Ostsee zusammen und teilte auch die denkbaren Planungsschritte mit und den eventuellen Baubeginn und -abschluss. 10 Jahre Minimum bis zur Einweihung.

Tana kam sich kurze Zeit wie in einen Science Fiction-Film versetzt vor. Doch die beiden Männer waren ernstzunehmen. Ein 800 Meter tiefes Loch von 200 Metern Durchmesser. Völliger Wahnsinn! Oder doch nicht? Würdig einer auch sonst die starre Denkordnung verlassenden Freien Republik. Plötzlich war sie stolz. Was für ein gigantisches Vorhaben! Einmalig!

„Und Sie, verehrte Frau Ulmens, Sie würden – zuzüglich zu ihren sonstigen Obliegenheiten – die Verantwortung für die Sicherheit des Unternehmens haben, beginnend nicht erst mit dem ersten Spatenstich, sondern schon mit der Planung. Daher müssten Sie sich bereitfinden, ständigen Kontakt mit dem Planungsteam zu halten und entsprechende Sicherheitsvorkehrungen zu treffen. Wirklich gewaltig dürften die Ansprüche an den Schutz dann mit Einsatz der Bautätigkeit werden. Sie müssten ein Konzept für alle Phasen erarbeiten. Bedarf an Personal und der finanzielle Aufwand – alles muss vorliegen, dem eigentlichen Geschehen stets vorausgehend."

Ein Konzept? Wieder drängten sich die Russen vor. Angenommen, einer dieser Freunde war zwar schon in dritter Generation deutscher Staatsbürger, fühlte sich aber in seiner ewig russischen Seele missachtet und rief sogleich den russischen Zaren zu Hilfe und der sandte feurige Unterstützung, beispielsweise in Form einer Sprengbombe in den Windkamin und erklärte die Ruine zu russischem Territorium, bestünde doch verwandtschaftlicher Beziehungen der Katharina der Großen wegen uralter russischer Gebietsanspruch, angenommen all das, was konnte sie, Dr. jur. Tana Ulmens, da konzeptionell und vorhersehend gegensteuern?

„Ich übernehme das", sagte sie resolut. „Und absolute Geheimhaltung innerrepublikanischer Belange ist in meinen Diensteid eingeschlossen."

Was blieb ihr auch anderes übrig, als so zu reagieren. Man traute ihr diese Aufgabe zu, also würde sie das auch schaffen. Allein war sie damit jedenfalls nicht. Volker Völksen strahlte, was seinen Grübchen freundliche Entfaltung erlaubte.

„Sie beide kennen sich jetzt und verabreden das Erforderliche und informieren bitte im Wochenturnus den Vollzugsrat. Am besten in Gestalt meiner Person. Schriftlicher Bericht genügt. Hier", er deutete auf eine leere Wand, „hier wird ein Regal aufgestellt, das nur den Akten des FWKs dient. Auch Ihre jetzt analog genannten Berichte finden hier Platz. Geheimhaltung heißt auch, altertümlich verschriftete Erkenntnisse. Wir schützen uns vor digitaler Ausspähung. Sie wissen, wovon ich spreche. Alle Geheimdienste sitzen uns im Nacken."

Gert Fermann und Tana verließen das Büro. Sie sah auf die Uhr. Es reichte noch für einen schnellen Besuch zu Hause. Eine Dusche hatte sie jetzt nötiger denn je. Auf sie wartete der verlockendste und ausgeklügeltste Technikwahnsinn – wenn sie den heutigen Abend überstand.

***

Robin war zu früh. Er sah sich auf dem Markt um. Stände waren aufgebaut, an denen Erzeugnisse aus Privatgärten angeboten wurden. Er sah ein paar Jungen zu, die an einer steinernen Sitzanlage ihr Skaterglück versuchten. Dann entdeckte er Till, der den Friedensbrunnen mitten auf dem Platz umkreiste, die beste Perspektive auf den Engel obendrauf zu finden. Er war unentschieden, da erschien Lucette mit schimmerndem Bernsteinhaar und schlug vor, sie mit dem Engel zusammen auf ein Foto zu nehmen, als Zeichen der gelungenen Völkerversöhnung. Till fand die Idee glorreich und wunderte sich, dass sie Genaueres über den Brunnen und die Figur wusste.

„Hat uns Tante Vittoria erzählt. Den Wandel vom Siegesengel über die Franzosen 1871 zum Altmetall auf einem DDR-Schrottplatz und zur Wiederauferstehung als Friedensengel heute."

„Das ist wie *Schwerter zu Pflugscharen*", flocht Robin ein.

„Am besten, ihr klettert beide hoch, und ich krieg euch auf ein Foto. Die vereinten Geschwister Frankreich und Deutschland zu Füßen des republikanischen Friedensengels."

Robin fand das kitschig. Aber er war Till dankbar, dass er sie beschäftigte, denn er war über sich erschrocken, wie wenig er mit der neugewonnenen Schwester anzufangen wusste. Aber natürlich freute er sich, sie endlich zu sehen. Und sie sah super aus. Das Einfachste wäre, dachte er, wenn ihre Hirne aneinander angeschlossen werden könnten und jeder in Blitzesschnelle das Leben und Fühlen des anderen, alles aus 14 langen Jahren, automatisch gespeichert bekäme. Aber jetzt ... Immerhin kletterten sie gemeinsam am Brunnen hoch. Pluspunkt für Till. Der fotografierte wie wild.

„Ich seh Papa", meldete Lucette auf einmal. Es dauerte, bis bei Robin der Groschen fiel. Sie meinte ja auch seinen Vater. Er entdeckte im Markttrubel Phili und Johan. Die ließen sich Zeit, blieben stehen, schauen sich Krimskrams an, gingen wieder ein paar Schritte, standen wieder. Einmal umarmten sie sich, als verabschiedeten sie sich, gingen aber zusammen weiter. Wirklich gut, dass Till das nicht mitbekam, dachte Robin. Er sah zu Lucette hinüber. Die blickte staunend auf die beiden.

„Unser Vater", sagte sie und lächelte Robin verschmitzt zu. So nah wie in diesem Augenblick hatte er sich seiner an einer eisernen Überlaufschale hängenden Schwester noch nie gefühlt.

„Wollt ihr da oben bleiben? Ich geh schon mal ins *La Gioconda*, einen Tisch organisieren", rief Till.

Sie kletterten runter.

Till hatte einen Tisch ergattert, an dem zur Not sechs Personen Platz fanden. Phili tat, als habe sie ihren Sohn jahrelang nicht gesehen, so viele Fragen hatte sie. Dafür hatte Till das Nachsehen. Aufgekratzt war sie, seine schöne Mutter. Das musste doch auch Till bemerken, dachte Robin. Was Lucette dachte, wenn sie in Philis Gesicht forschte, konnte sich Robin vorstellen. Ihm ging es mit Hendrikje jedenfalls so, dass er sich fragte, was Johan dazu gebracht hatte, mit ihr zusammenzusein. War es, weil sie so ganz anders als Phili aussah? Die eine dunkel, die andere hell. Er nahm sich vor, zu Hause jetzt doch den dicken *Babylon*-Wälzer von André zu lesen, von dem Phili gesagt hatte, den solle er mit 16 lesen. Er hatte sich bisher an ihre Empfehlungen gehalten.

Die Mittagspause war knapp bemessen. Daher bestellten Johan und Phili. Und Hendrikje, die verspätet eingetroffen war, weil der Museumsbeauftragte sie aufgehalten hatte, wollte sich erst nach dem Essen den zweien anschließen. Lucette und sie aber waren mit Vittoria verabredet, das hatte Hendrikje vergessen, sie wollten nach Usedom, wollten den Greifswalder Maler Torra besuchen, der sich gerade dort aufhielt. André hatte den Besuch organisiert. Hendrikje wollte ihn zu den Fassadenbemalungen der DDR-Zeit befragen, überhaupt zur Kunst im öffentlichen Raum der FRG.

Da habe der Mann Großes geleistet, sagte Hendrikje, die wohl alles wusste. Viel wurde hin- und hergeredet, und dabei reichte man sich Brotkörbe zu und schenkte Wasser in Gläser und knüllte Servietten, und Nahrung wanderte von den Tellern in die Münder. Robin kam alles wie es sehr bewegtes Schauspiel vor. Man spielte fröhliches Essen, und der Glanz der Sonne lag auf den Gesichtern.

„Wie wärs denn zum Abschluss des schnellen Essens mit dem berühmten *La Gioconda-Dessert*?", fragte Hendrikje dann, „hat meine Cousine empfohlen."

„Keine Zeit, keine Zeit!", sagten Phili und Johan wie aus einem Mund. Das war ihnen so unangenehm, dass sie dann doch mitbestellten.

Phili wollte ihren Sohn mit nach Usedom schicken. Lucette hatte nichts dagegen, au contraire. Unerklärlicherweise, als habe er etwas Verbotenes vor, fiel es ihm vor Lucette schwer zu sagen, er habe sich mit Chawa verabredet. Vielleicht befürchtete er Enttäuschung. Aber sie zuckte nur mit den Schultern.

„Du kommst ja bald nach Paris", sagte sie, „und da bist du nur mit mir verabredet. Genieß deine Freiheit, solang du sie noch hast."

Das rief Gelächter hervor. Robin war erleichtert, und alle machten sich über den servierten Nachtisch her, ein buntes süßes Wunderwerk aus Karamellpudding und Vanilleeis und Weintrauben.

Als Till anfing, zur Käthe Kollwitz-Zeichnung auf dem Plakat des Symposiums Fragen an die Kunstkennerin Hendrikje zu stellen, die aber passen musste, als es um den momentanen Aufenthalt des Originals ging, und als andere auch nichts dazu zu sagen wussten, beendete Johans Ruf „Oh, da ist er ja! Rodewald Stoeberlin, wie er leibt und lebt!" das Grübeln über den Verbleib. Robin hielt es sowieso für gleichgültig, wo es hing. Und wahrscheinlich hatte Till das nur gefragt, um nicht allzu sehr ins Hintertreffen zu geraten. Denn er war bisher schweigsam gewesen.

Johan hatte sich erhoben und war an einen wenig entfernten Tisch getreten, an dem sich besagter Rodewald Stoeberlin, den Robin nicht kannte, ebenfalls erhob. Der Korpulente neben ihm blieb sitzen. Eine Weile unterhielten sich die beiden, dann kam Johan zurück.

„Rodewald ist heute Abend auch im Theater."

„Sieht doch gar nicht weltfremd aus, dieser Gelehrte", wunderte sich Till. „Wer hat denn gesagt, er sei so was wie ein Menschenfeind geworden und scheue jeden Umgang?"

„Ach", meinte Johan, „das hat André in die Welt gesetzt, die Fama. Stoeberlin wohnt ja immer noch in Andrés Mietshaus in Hannover. Wie vergraben in einem Bücherberg hause er da."

„Und wieso ist er hier? Zu Harrys Empfang gestern wollte er nicht kommen."

„Er arbeitet in einer Kommission mit. Zu so was lädt man ihn gern ein. Er weiß zu allem was. Gute Lyrik macht er auch. Da hab ich Beispiele vor Augen gehabt, ist lang her."

„Und der Mann neben ihm?", fragte Phili.

„Den hat er nicht vorgestellt. Aber er hat ein Namensschild am Revers. Zeh. Mehr weiß ich nicht."

„Zeh? Kommt mir bekannt vor", überlegte sie.

Teller und Schüsseln waren leergegessen. Man brach auf. Nächster Treff im Theater, halb acht, wurde vereinbart. Phili gab ihrem Sohn ihre FRG-Scheckkarte, die sie heute nicht brauche. Und er könne vielleicht was damit anfangen. Hier laufe vieles bargeldlos.

„Eis essen mit deinem Rendezvous", empfahl Lucette pampig. Oder hatte sich Robin den Beiklang eingebildet? Sie gingen auseinander.

Dr. Zeh aber hatte das kurze Gespräch mit dem Herrn Lavendel nicht sehr gefallen. Vor allem nicht das Achtungsvolle im Tonfall des Fremden. Von den Werken dieses Autors Stoebin oder so, der sich ihm hier ans Bein band, war ihm reinweg nichts bekannt.

Er griff den Faden des vorigen Gesprächs über die einseitige mediale Präsenz in dieser Republik nicht wieder auf, zumal der Herr Stoebin dazu wenig beizutragen wusste. Es sei denn, man interpretierte die *Hm* und *Aha* des Herrn als gewichtige Mitteilung. Er fing hingegen an, von Hiddensee zu berichten, wo er am Grabmal des großen Gerhart Hauptmann gestanden habe, und es ihm gewesen sei, als habe der Gottbegnadete zu ihm gesprochen und ihm abverlangt, ein Werk ins Leben zu rufen, das sich nur um ihn und die Fleckenlosigkeit und Unsterblichkeit seiner kindlichen und jungweiblichen Kunstfiguren kümmern solle. Ausgangspunkt: Rautendelein! Apotheotisch Ida Orloff im Sinn. Verführerin im Blütenalter. Ida, die sechzehnjährige Geliebte. Was zwar noch nichts sei gegen ... gegen ... ja, sei nicht im Irak gerade ein Gesetz in Kraft getreten, demzufolge Mädchen mit neun Jahren geehelicht und geschwängert werden dürften? Ganz in der Tradition der neunjährigen Aischa, mit der der ehrenwerte Abul Kasim der Überlieferung nach die Ehe vollzogen habe. Davon abgesehen ... jedenfalls ... mit diesem Vermächtnis weile er nun hier und vertue seine Zeit lehrend vor leeren Köpfen. Nur damit der werte Herr Stoebin ahne, was in einem wie ihm vorgehe.

Die Aufforderung hätte er sich ersparen können, denn Stoeberlin hatte sich in dem großen Restaurantfenster entdeckt, wie er da gebeugt über seinem Teller saß. Da saß ein Unbekannter. So hatte er sich auch auf den

Bildern seines Freundes Gunnar aufgefunden. Auf dessen Tagbildern. Die Nachtbilder dagegen waren giftfarbene Gemetzel. Tags, wenn man Glück hatte, verhalfen die Bilder einem zur Wiederentdeckung seiner selbst.

***

„Alle Sinne sind angespannt."
„Warum haben Sie mich nicht wieder in Ihre Folterkammer bestellt? Hier in die Ruine ... und Touristen und Kameras überall?"
„Wir sind Sandkörner in der Wüste."
„Was? Trotzdem ..."
„Die Ruinen von Eldena mahnen. Wie wir. Bereit?"
„Immer bereit! Wie oft fragen Sie noch?"
„Ab jetzt nicht mehr."
„Mir gehört das Objekt von 1910 bis 2000 und von 2010 bis 2015, um es militärisch exakt einzugrenzen."
„Es wird ein Inferno?"
„Sie wollen es so."
„Jede Sekunde lache ich."
„Ihre Entscheidung. Ich lös mich in Luft auf. Noch eins: Sie nehmen Ihre Gäste in Geiselhaft: Woher kommt Ihr unendlicher Zorn?"
„Zorn? Nein, nicht Zorn. Man muss trunken sein, immer trunken. Sagt Baudelaire. Im Rausch erfahren Sie sich. Da seh ich meinen Traum einer veränderten Welt. Der Träumer will immer noch mehr ..."
Er endete mit unverständlichem Murmeln.
„Im Rausch? Das kann mir gleich sein."
„Apropos: Nicht durch Zorn, sondern durch Lachen tötet man. Sagt der von Sils-Maria. Vielleicht ein frühchristliches Vermächtnis. Jesus, behauptet man, habe nie gelacht, der gestandene Christ tut's also auch nicht. In totalitären Systemen ist Lachen verpönt."

„Das ist mir zu hoch. Wenn ich nicht wüsste, dass Sie zu gescheit sind, um religiös zu sein, würde ich sagen, Sie sind ein religiöser Fanatiker. Treibt Sie eine düstere Sehnsucht?"

„Lassen Sie das Spekulieren!" Die Stimme gewann etwas Schneidendes. „Am Ende diagnostizieren Sie eine Version von Koro."

„Was?"

„Regeln Sie das mit der Technik und verdünnisieren Sie sich!"

***

Der Autor hielt sich im Dunkel des Zuschauerraumes auf. Man wusste, dass er da war, weil hin und wieder ein asthmatisches Hüsteln zu hören war. Und vereinzelt das Knacken der PEZ-Box. André war mal ein Pfefferminz angeboten worden, er hatte abgelehnt. Wer der Mann sei, wurde André mal gefragt, und der hatte geantwortet: alle und niemand. Er interpretierte und gab des Autors Meinung wieder. Hauptsache, der aufklärerische Impetus bleibe gewahrt und die Protagonisten, die den menschlichen Sozialismus vertreten, würden nicht unterschlagen.

Immer war er am Ende der Proben verschwunden. Kurz davor sah man ihn im Licht der geöffneten Saaltür, umrisshaft. Ihn, Hercule Poirot oder Kommissar Sperling, ihn, der alle sein wollte oder vielleicht auch niemand.

Der junge Regisseur Ben Arsing versuchte gegen Dilhan Sönmez aufzubegehren, denn eigentlich hatte sie das Ruder an sich gerissen. Sie und André. Texttreue stand auf ihrem Banner. Auch das grämte den aufstrebenden Regisseur. Aber er wollte es sich nicht mit den beiden verderben. Daher tat er meist so, als sei jeder Vorschlag ganz in seinem Sinn. Er habe ihn auf seiner To-do-Liste ganz oben stehen. Das war leicht zu durchschauen, und André bedauerte den rückgratlosen Mann im Stillen.

Heute war der Regisseur mit seinem Einfall, alle Folterräume des Gefängnisses, in dem das Stück angesiedelt war, in einem einzigen zusammenzufassen, angetreten. Das erspare dermaßen viele Wege und Kulissenarbeit. Zu spät!, wurde ihm zweistimmig Bescheid gegeben.

Kurz darauf fing er wieder an. Diese Fratze der kruden Direktheit, bemängelte er, von der halte er grundsätzlich nichts. Man müsse das Schreckliche abstrahieren, es im Kopf des Betrachters sich noch schrecklicher formen lassen.

Das rüttle aber an des Autors festen Vorstellungen, wies Dilhan Sönmez ihn zurück.

„Ein Kreuz ist das, wie hartleibig der Mann ist", murmelte Ben Arsing, „hält fest am Bild des Weltgerichts, das sich da abspielt, mittelalterlich geradezu, mit Fegefeuer und Teufeln."

„Sagen Sie es ihm."

„Er ist nicht erreichbar. Steht einem gegenüber – aber man spricht gegen eine Wand", hob er zu weitreichender Klage an, als müsse man nicht jede Sekunde probend nutzen.

„Hier zu arbeiten ist die Hölle. Überall Minen. Alle kennen die treffendste Darstellung besser als ich. Und erst recht die Schauspieler, wie könnte es anders sein, da weiß natürlich jeder über seine Figur Tiefgründigeres. Wenn ich sage: Schrei!, dann flüstert er, weil das im Kontext das einzig Erklärliche sei. Wozu, frag ich mich und euch, wozu bin ich engagiert worden? Ihr macht alles unter euch aus. Und wenn ihr mich zur Verzweiflung gebracht habt, ermuntert ihr mich: Lass es raus! Brüll! Schlag um dich! Das passt zu dem Grauen dieses Stücks! Ihr tut so, als sei ich ein Teil der Aufführung und als laufe die schon lang. Ich unter den Spielern. Nichts für ungut, aber die sind irre, der Autor und eure Spieler. Und die Schauspielschüler genauso. So was lernen die hier: kooperatives Spiel, herrschaftsfreie Entfaltung. Meine Anweisungen werden zu Vorschlägen degradiert."

„Ja, die leben ihre Figuren und stimmen sich gegenseitig ab …"

„... und sind ihre eigenen Regisseure. Sag ich ja. Verdammt! Aber nein, das zieh ich jetzt durch", wütete er, „keiner kriegt mich klein. Das Stück ist irre, der Autor ist irre, die Spieler sind irre, und ihr ..."

„So muss das rüberkommen", bekräftigte Dilhan Sönmez wohlwollend.

Harry war oft da. Auch er saß dann im rückwärtigen Zuschauerraum. Und auch er hielt sich aus Diskussionen heraus. Es sei denn, André und Dilhan Sönmez bezogen ihn mit ein. Etwa wenn es um ideologische Zuspitzungen ging. Immer stellte sich heraus, dass an der Vorlage des Autors keine Abstriche zu machen waren.

Auch Harry also im Dunkeln. Und er wusste nicht, ob er nicht vielleicht nur kam, um hier in diesem spannungsgeladenen Darkroom in Ruhe nachdenken zu können. Oder ein Nickerchen zu machen. Jedenfalls hatte Linh das im Spaß vermutet.

Man versicherte sich gerade, dass man ab jetzt keine folgenschweren Änderungen an der Inszenierung vornehmen wolle, als die Seitentüren sich öffneten und Sicherheitsleute den Saal betraten. Tana kam an die Bühne, auf der sich die gefangenen Frauen, schrecklich verwahrlost jetzt schon aussehend, wie sehr erst nach der Maske!, auf den Schlafbrettern in der Zelle drängten. Die RES-Chefin bat um volle Beleuchtung des Saales. Harry erhob sich. Vom Autor keine Spur.

Höflich legte Tana den Anwesenden nahe, eine Pause einzulegen. Sie und ihre Leute wollten noch einmal alles gründlich inspizieren, vor und auf und unter und hinter der Bühne. Dilhan Sönmez forderte dazu auf, ihr ins Büro zu folgen, auch Harry. Doch der erklärte, er habe anderweitig zu tun und entfernte sich. André begleitete ihn. Als sie gegangen waren, halfen die Schauspieler den Sicherheitsleuten bei der Arbeit.

„Hoffentlich hält André unseren guten Harry davon zurück, noch mal hierherzukommen. Wir müssten ihm sonst den Zugang verwehren", sagte Dilhan Sönmez und klatschte in die Hände.

„Meine Lieben, Generalprobe! Wir gehen ohne Unterbrechung alles einmal durch. Und heute Abend bieten wir Harry dann ein Feuerwerk, Theaterkunst vom Feinsten. Seid ihr dabei?"

„Ja!", schrie es überzeugt. Die Frische wollte so gar nicht zu den schrecklich verwüsteten Gesichtern passen.

Man ließ sich nicht von den Kontrollierenden stören, sondern begann wieder. Die Frauen lagen im Halbdunkel. Man sah Lenja an einer Mauer horchen.

„Ein Transport ist eingetroffen. 58er aus den Lagern von Kolyma. Todkranke sind dabei", gab sie weiter.

„Vielleicht unsere Männer?", stieß Sonja Brinkova hervor.

„Meiner hat geschworen: Wir sehn uns wieder", seufzte Lenja hoffnungsvoll.

„Das war vor fünf Jahren ...", zweifelte Sofia Michailowna.

Die Dramaturgin und der Regisseur saßen einträchtig in der siebten Reihe, die provisorische Tischplatte mit Lämpchen daran und mit Aufzeichnungen darauf vor sich.

Irina horchte an der anderen Mauer. „Die sind jetzt auf dem Hof." Einige Frauen sprangen auf und halfen sich gegenseitig, die Fenster zu erreichen ...

***

Ohne einen Blick aufs leergefegte Blau des Himmels ging Robin über Holperpflaster zum Hafen. Umwege einlegend, denn widerstreitende Gefühle setzten ihm zu. Aufgeregt war er und froh und traurig und ratlos. Er hatte endlich das gefunden, wovon er gar nicht gewusst hatte, dass er es gesucht hatte. Es war ein zerbrechlicher Fund. Plötzlich hing sein Glück davon ab, was sie sagte oder was ihr Gesicht ausdrückte oder ob sie anwesend war. Chawa, wer sonst.

Die *Dakota* dümpelte. Die Schwedenflagge hatte sich der Wind gegriffen. Alles, was nicht niet- und nagelfest war, war in leichter Bewegung und klapperte, knatterte und ächzte. Von allen Schiffen ringsum kamen gleiche Geräusche.

Auf dem jenseitigen Ufer lagerte wieder ein bunter Haufen junger Menschen. Es sah fröhlich aus. Nur Robin war bedrückt. Aber er wollte es sich nicht anmerken lassen, denn noch mehr gefiel ihm doch, wie Chawa auf dem Vorderdeck hockte und ihm zuwinkte.

„Hab schon gewartet", gestand sie. Das hörte sich an, als sei auch ihr jeder Augenblick, den sie hier noch verbrachte, wichtig. Vielleicht sogar: mit ihm verbracht? Solche dummen Gedanken, auf die es keine Antwort gab, waren ihm neu. Und lästig.

„Wir haben gegessen und gegessen", versuchte er eine Erklärung und verschwieg natürlich, dass er aus Scheu vor dem Treffen nicht direkt hergerannt war, wie sie es vielleicht getan hätte.

„Ich hab mir Pfannkuchen gemacht. Willst du noch einen? Teig ist übriggeblieben."

Leider war er satt.

„So was kannst du auch?", stellte er respektvoll fest. „Ich dachte, in Schweden isst man immer Knäckebrot und Kötbullar aus Elchfleisch."

„... mit Preiselbeerkompott und Kartoffelbrei." Sie lachte herzhaft. „Schon zum Frühstück, ja. Aber jetzt komm an Bord!", forderte sie ihn auf und reichte ihm die Hand, um ihm herüberzuhelfen. „Gut, dass du Sportschuhe anhast. Bella ist da so ... Mit Lederschuhen kommt keiner an Bord."

„Ist sie wieder beim Symposium?"

„Sie ist nicht gut drauf. Kommt bald zurück. Macht dir das was aus?"

Er schüttelte den Kopf. Wieso dachte sie, dass ihm das was ausmachte? Machte es ihr was aus? Wäre sie lieber allein mit ihm? Wenn er ehrlich war: Er wäre es. Aber das ließ sich nicht laut sagen.

Sie zeigte ihm das Schiff. Das ging schnell. Alles war aufgeräumt, alles verstaut. Und die vielen Schnüre, die über Rollen liefen und fixiert waren. Er hätte sich nicht ausgekannt.

„Ihr habt klar Schiff gemacht. So heißt das doch, wenn alles zur Abfahrt bereit ist, oder?", fragte er in der Kajüte.

„Alles hat seinen Platz. Muss man nicht lang suchen. Und an Bord gilt Bellas Gesetz. Sie ist der Skipper."

„Diktatur also. Hast du schon mal an Meuterei gedacht?"

„Wozu? Meuterst du gegen Phili?"

„Ist unnötig. Jedes zweite Wort bei ihr ist Fairness. Daran hält sie sich. Und ich hab die Lizenz zum Fehlermachen. Danach bügelt sie die wieder aus, mit mir zusammen, die Fehler."

„Die Idealmutter ..."

„Deine Bella offenbar auch."

„Auf jeden Fall."

„Wir haben also Idealmütter und sind bestimmt Idealkinder ..."

„Eines der Ideale des Idealkindes Chawa ist es, auf dem Deck zu liegen. Wir könnten aber auch schwimmen. Das Wasser ist ideal."

„Oder wir tun beides. Der Reihe nach."

„Dann zieh ich mich um. Und du?"

„Geht schon", sagte er und stieg nach oben und zog sich aus. Chawa kam in Shorts und T-Shirt und lief zum Heck und hopste ins Wasser und prustete. Robin wollte was über Leichtsinn hinterherrufen, weil sie doch gar nicht wissen könne, was da unten los sei, dann wurde ihm klar, dass sie ins Fahrwasser gesprungen war. Und schon rief sie: „Sei mein Frosch, komm!"

Sehr vertrauenerweckend sah die Brühe nicht aus, grünlich und erdig. Doch Chawa kraulte vergnügt kreuz und quer. Sie waren die einzigen Schwimmer, am jenseitigen Ufer, vielleicht vierzig Meter entfernt, stieg keiner rein. War vielleicht verboten. Aber es war kein Schild zu sehen.

Sie schwammen. Wurde er langsamer, verlangsamte auch sie das Tempo. Und umgekehrt. Eine Strecke lang begleiteten sie einen großen Ausflugssegler, der heimkehrte. Dann hatte sie genug.

Er beobachtete, wie sie die Heckleiter hochstieg. Als sie oben war und sich ihm zuwandte, sah es aus, als sei sie nackt, so klebte der Stoff an ihrem Körper. Phili hatte er schon oft unbekleidet gesehen, aber das hier, die Brüste Chawas, die sich abzeichneten, das war etwas anderes. Als sie seinen Blick bemerkte, drehte sie sich sogleich weg. Er bereute, sie angesehen zu haben, weil es ihr unangenehm war. Und bereute es zugleich auch nicht.

Praktisch war, dass das Boot ans Frischwasser des Hafens angeschlossen war. Sie spritzten sich mit einem Schlauch gegenseitig ab. Danach lagen sie auf dem Verdeck. Er ließ sich von der Sonne trocknen. Chawa hatte sich in der Kajüte umgezogen und die Badeteile über die Leine, die zwischen Mast und Schwedenflagge gespannt war, gehängt.

Gerade, als sie beide lagen, traf Bella ein. Sie beneidete die beiden. Leider habe sie zu tun, sagte sie und stieg in den Schiffsbauch.

„Jetzt sitzt sie bestimmt wieder am Notebook", vermutete Chawa leise, „und chattet mit Mister Unbekannt. Ist ihr lebenswichtig, denk ich manchmal."

„Sie hat doch Björnarne und Lasse?"

„Manchmal bleiben sie über Nacht. Lasse oder Björnarne oder beide. Aber das ist es nicht für Bella, glaube ich. Die sind unzuverlässig. Und unberechenbar. Probieren oft was Neues aus. In Indien hat Björnarne sich zum Beispiel von einer Brillenschlange in die Zunge beißen lassen, weil andere am Strand geschwärmt hatten, das sei wie Morphium. Man schlafe und schlafe und wache high auf. Dann war Lasse dran. Bella schimpfte, weil viele auf die Weise sterben, aber die beiden hörten nicht auf sie."

„Mit wem von beiden ist sie denn zusammen?"

„Bella sagt, sie könne mehrere Männer lieben. Gleichzeitig. Hat sie gesagt."

Bei Phili war es offenbar auch so, dachte Robin. Jeden liebte sie wahrscheinlich auf andere Weise.
„Hörst du?" Sie stieß ihn an und legte den Finger auf den Mund.
Robin sah sie an und hatte keine Scheu dabei. Es gab Gesichter, das hatte er erlebt, da erschrak man, wenn man die ansah oder war mitgerissen von dem Fieber, das von ihnen ausging. Da musste man wegsehen. Und dann gab es solche Gesichter wie das von Chawa, in denen konnte man versinken und man wollte bei ihnen bleiben.
„Hörst du nicht?"
Er achtete auf die Stimmen von gegenüber und auf die Geräusche der vertäuten Schiffe.
„Was genau?"
„Ich höre, wie Bellas Fingernägel auf die Tasten auftreffen, das Klicken. Klick, klick ..."
So leise sagte sie das, dass er heranrücken musste, um sie zu verstehen. Im allgemeinen Geräuschegemisch konnte er das Klicken jedoch nicht hören.
„Vielleicht bilde ich es mir auch ein, weil es immerfort so abgeht, wenn wir zu Hause sind. Seit Neuestem. Und gestern Abend und heute früh. Sie kann nicht sein ohne ihren roi soleil", flüsterte sie.
„So nennt sie ihn? Bist du eifersüchtig?"
„Ich? Nein. Er nimmt mir nichts. Aber schon komisch, Bella hat noch kein Wort über ihn gesagt."
„Woher weißt du dann, dass sie keinen Roman schreibt zum Beispiel?"
„Genau so was ist das, glaub ich. Die schreiben sich ihren eigenen Roman, ihr roi und sie."
„Denkst du dir das aus?"
„Ab jetzt schweige ich wie ein Grab."
Ihr Mund verschloss sich daraufhin tatsächlich wie für alle Ewigkeit. Robin musste lachen, sozusagen auch im Flüsterton.

„Und wenn ich mir vorstellen kann, woher du das weißt und jetzt nicht sagst, weil du dich schämst? Nickst du, wenn ich recht habe?"
Sie nickte.
„Du schämst dich, weil du heimlich mal was gelesen hast, was sie und er schreiben?"
Wieder nickte sie.
„Es war unabsichtlich, das Lesen?"
Heftiges Nicken.
„War es denn wie ein Roman geschrieben?"
„Nein", sagte sie jetzt, „sie unterhalten sich. Aber wie ein Liebespaar im Film, so Ewigkeitsschwüre und totale Unterwerfung. *Ich geb dich nie wieder her* hat sie geschrieben. Und er: *Du bist Tag und Nacht bei mir.* Oder: *Mach mit mir in deinen Träumen, was du willst.* Stell dir vor, das hat Bella geschrieben."
„Hört sich abgedreht an, echt wie bei einem Liebespaar."
„Aber die sehn sich nie." Sie krauste die Stirn und schüttelte den Kopf. „Ich versteh sie nicht. Warum wollen die sich nicht sehn? Und dann schreiben sie von Liebe ... Vielleicht haben sie Angst vor irgendwas."
„Ich weiß davon nicht viel. Ist Liebe verbunden mit Angst?"
„Glaub ich nicht."
„Bella", vermutete er, „und ihr Du-bist-Tag-und-Nacht-bei-Mir möchten einfach nur reden. Das reicht ihnen schon."
„Du meinst, auch aus Angst?", überlegte Chawa. „Vielleicht weil sie sich was vormachen und denken, der andere durchschaut das, wenn sie sich wirklich gegenüberstehen."
„Sie bilden sich alles ein. Dass sie sich lieben, träumen sie. Kann doch sein. Dann lieben sie ihre Träume. Und der Typ liebt Bella gar nicht. Oder sie ihn nicht."
„Weil sie ja Björnarne und Lasse hat ... Nee! Ist super kompliziert", sagte sie und prustete plötzlich los. „Mit dir kann man klasse herumspinnen", freute sie sich und stieß ihn in die Seite.

„Das hab ich mir von dir auch gedacht. Aber Vorsicht, du störst jemanden beim Denken."

„Oh. Das da neben mir, meinst du, das denkt?"

„Im Ernst, was ist denn, wenn Bella unglücklich ist, weil sie ihren roi nicht zu Geicht kriegt?"

„Bella ist oft deprimiert, stimmt. Dann fehlt ihr jemand zum Anlehnen. Björnarne und Lasse helfen ihr da wenig. Und ich bin auch kein Ersatz. Dann fühle ich mich auch ein bisschen schuld."

„Das kenn ich."

„Deshalb freu ich mich, dass sie den roi gefunden hat. Aber dass sie sich nicht treffen …Wirklich, ich weiß nicht … Ich möchte ihr helfen, dass sie zusammenkommen. Schon damit sie mit ihm über ihren neuen Vater sprechen kann."

„Jeder muss jemanden haben, mit dem er so schwierige Erlebnisse bespricht."

„Hast du jemanden?"

„Orhan. Er ist mein Freund. Und Phili."

„Ich meine, einen Menschen, dem du auch mal was Liebes sagst oder von dem du so was zu hören kriegst?"

„Etwas Liebes?", wiederholte er überrascht. Er konnte doch nicht sagen, dass er niemanden hatte, bisher, der so was … Und dass ihm niemand gefehlt hatte. Sie würde ihn für zurückgeblieben halten. Oder für einen, der anderen gegenüber widerlich war. Besser, er lenkte ab.

„Und du?", wagte er zu fragen, was er seit gestern schon wissen wollte, „hast du …" Er war unsicher, wie sich das fragen ließ, ohne dass sie seine Befürchtung heraushörte, sie könne etwas antworten, was er nicht hören wollte, was er jetzt, wo sie nebeneinander lagen und sich fast berührten, schon gar nicht hören wollte, dass sie das sagte. „… und du, hast du?", nahm er neuen Anlauf.

Sie wartete geduldig. So schien es wenigstens. War womöglich gar nicht interessiert daran, was er wissen wollte. Aber als er jetzt nichts

hinzuzufügen wusste, fragte sie: „Ob ich zwei Männer gleichzeitig ...? Nein, das willst du nicht wissen", sagte sie, weil er den Kopf geschüttelt hatte. „Also, ob ich jemanden habe, der für mich da ist?"
„Na ja, so ungefähr."
„Ja, ja. Bella. Die ist da für mich. Und El Lobo. Ich kann ihm meine Probleme auftischen."
„Hast du welche?"
„Ich erzähle ihm alles, nicht nur Probleme. Jetzt hab ich keine. Das heißt ..."
„Was?"
„Ich erzähl ihm, dass ich einen total Irren getroffen habe, der auf meine phantastischen Pfannkuchen verzichtet, aber Schifferknoten kann. Das wird ihm gefallen, weil er ja Fischer war."

Chawa hatte ihren Kopf auf die verschränkten Arme gelegt, ihr Gesicht ihm zugekehrt.

„Also hast du keinen Freund?", traute er sich zu fragen.

Sie überlegte. Vielleicht lächelte sie sogar, aber das konnte er nicht richtig einschätzen, weil ihr Gesicht sich verschoben hatte, seit der Kopf auf den Armen lag.

„Doch", sagte sie.

Schlimm. Er sagte nichts mehr. Was sollte er auch darauf sagen. Sie wartete auch. Ihm war bewusst, dass ihm das schon vor seiner Frage klar war: Dieses hübsche Mädchen hatte natürlich einen Freund, bestimmt einen älteren und lebenserfahrenen, den sie traf, mit dem sie einfach so rumhing und Quatsch machte oder mit dem sie Dinge anstellte, die er sich nicht vorstellen konnte, den sie danach anrief, dem sie schrieb, und der wusste, dass sie an ihn dachte. Sie spielte in einer anderen Liga. Er hätte nicht fragen sollen.

***

Bella, in der niederen Kajüte und nur wenig von den Kindern oben entfernt, das war ihr bewusst, las auf dem Monitor Stoeberlins Satz „Wir haben so viel verpasst. All die Jahre wollte ich mit dir zusammensein. Jetzt ist es zu spät."

„Warum hast du es mir damals nicht gesagt, dass wir zusammengehören, dass ich keine Angst haben muss, dir nicht zu genügen. Denn Angst hatte ich."

„Hättest du mir geglaubt? Du hast dich gesträubt. Wolltest eigene Entscheidungen treffen. Aber die waren oft nur blanker Widerspruch. Und dann bist du verschwunden."

„Ich hab es gewusst", schrieb sie, „was du für mich empfunden hast. Es hat mich überfordert. Jetzt aber, jetzt will ich dich sehen und spüren."

„Ich weiß nicht ..."

„Wegen meines verlebten Körpers? Weil ich nicht mehr deine Bella von damals bin?"

„Nein, nein. Vor allem bin ich nicht mehr der Stoeberlin von damals. Du bist wunderbar. Ich hab dich gesehen. Aber besser, wir bleiben Romanfiguren."

„Kommt nicht in Frage. Ich sehne mich so lang schon nach diesem klugen Mann und seinem Lächeln in den Augen, und jetzt möchte mein Körper eins sein mit ihm. *Und die Wunder der Liebe geschehn Tag für Tag, und auch dir, und auch dir sind diese Wunder gemacht* ... Stell dir das gesungen vor!"

„Wie gesungen?"

„Ist aus *Nabucco*, Gefangenenchor. Bisschen hochgestochen, zugegeben."

„Ach, Bella. Du bist unnachahmlich, und ich bin dein Gefangener, egal ob du Abigaille oder Fenena oder Bella bist. Oder zur La tierra geworden bist, rund wie die Erde. Aber lass mich beim Symposium im Kulturhaus kurz was vortragen und bleib so lang auf dem Boot."

„Nein."

„Bitte!"

„Und heute Abend?"

„Es wird betörend sein, dich unberechenbare Frau im selben Raum zu wissen – und dich zu sehen, in der Pause."

„Du siehst mich, ich dich aber nicht? Das ist unfair. Und wieso rund? Wieso rund?"

***

„Möchtest du seinen Namen wissen?" Das fragte Chawa schließlich gelangweilt.

„Von diesem ...? Muss nicht sein", brachte er heraus.

Die Segelschnüre schlugen an den Mast. Das Schiff schwankte. Den Arm dieses Mädchens an seinem zu spüren, war einer der schönsten Augenblicke seines Lebens, sagte sich Robin. Ihre schmalen Füße waren braun. Die Zehen sahen aus, als ob man sie, jeden einzeln, davor bewahren müsste, irgendwo anzustoßen. Sie zu betrachten und dabei zu denken, dass er das nur heute konnte und auch nur heute ihre Finger mit seinen verschränkt fühlen könnte und ihr Gesicht sehen und den Mund, der auf einmal so anziehend aussah – all das verursachte ein dumpfes Gefühl unendlicher Traurigkeit, das sich in seinem ganzen Körper ausbreitete, und war zugleich auch unbändige Freude darüber, dass sie jetzt so beieinander lagen.

Die Möwen flatterten und schrien, mal kurz und keifend, mal lang anhaltend und klagend. Das Wasser war leicht gekräuselt. Eine Möwe schaukelte wie eine Ente darauf.

„Ich will ihn dir aber sagen, gerade dir, den Namen", drängte Chawa.

„Bin ich nicht dafür die falsche Adresse?"

„Bist du nicht. Weil er heißt wie du: Robin."

„Ach nee ..."

„Ich schummle nicht: Robin."

„Ein Schwede?"

„Nej."
„Ist auch egal."
„Mir nicht."
„Logisch."
Sie war richtig high. Das war nicht zum Aushalten. Auf die Ellenbogen gestützt, sah sie ihn triumphierend an.
„Sprechen wir von was anderem", bat er.
„Geht nicht."
Sie war grausam. Er sah hoch zu ihr, in ihr entwaffnendes Lächeln. Von ihr ging etwas aus, das er nicht verstand, das ihn verzweifelt und glücklich machte, gleichzeitig.
„Ich hab ihn auch erst seit gestern den Freund", sagte sie. „Er weiß es noch nicht."
„Seit gestern?" Endlich verstand er. Sie war ein Quälgeist. „Er weiß es noch nicht?"
„Ja." Sie strahlte. „Frauen wissen das eher."
Er schloss die Augen. So also fühlte es sich an, wenn eine Frau einen glücklich machte. Orhan hatte nichts dazu zu sagen gewusst. Nur, dass er glücklich sei, wenn seine Schwester Seray ihn in Ruhe lasse.
„Nimmst du gern andere auf den Arm? Du bist …"
„Was soll ich sein?"
„Du bist unmöglich!"
„Also – willst du?"
„Dein Freund sein? Wenn es unumgänglich ist …"
„Ist es. Und jetzt?"
„Was?"
„Der Kuss. Gehört der nicht dazu? Ich hatte so was noch nicht … einen Freund, einen richtigen."
„Ich auch nicht."
„Bella wüsste es. Aber vielleicht denkt sie, ihr Kind sollte das noch gar nicht wissen wollen. Ich wette aber, sie würde es tun. Küssen."

„Phili würde es nicht tun. Till jedenfalls kriegt keinen Kuss. Dabei ist sie, wie soll ich sagen, sie ist voll von Liebe. Das spür ich. Es muss was Besonderes sein, jemand, den man sehr mag, zu küssen."
„Steht also unentschieden. Aber ich möchte es."
„Ich glaube, ich auch. Aber ich hab keine Ahnung, was ich tun muss."
„Ich auch nicht. Muss ich auch nicht, denn ich werde geküsst. Der Mann küsst die Frau. Das hab ich auch bei Bella gelesen. Natürlich auch zufällig."
„Was hast du da gelesen?"
„Ach so, da hat sie gesagt, sie finde es beim Vorspiel schön, nur zu spüren, ohne gleichzeitig was zu machen. Augen zu und fühlen, wie er mit den Lippen und der Zunge über ihren Körper husche."
Das überforderte ihn.
„Ich hab daraus gelernt", sagte Chawa, „dass die Frau die Augen schließt und dann geküsst wird."
Doch, dass sie jetzt so viel darüber redeten, das nahm ihm die Gehemmtheit. Eigentlich war es lustig, so zu reden. Und Chawa war lustig. Und er hatte einen solchen Dusel, dass er sie getroffen hatte.
„Warte", sagte er, „ich versuch es jetzt. Aber lach mich nicht aus!"
Sie sagte nichts, sondern legte sich auf den Rücken. Die Augen waren geschlossen. Die Lider zuckten ein wenig, sah er. Sie hob die rechte Hand. Ihr gekrümmter Zeigefinger wies ihn an näherzukommen. Ihr Mund ... Noch nie hatte er einen Mund so nahe gesehen, dachte er, so bebend, so aufregend, so unberührbar eigentlich. Mit großer Behutsamkeit näherte er seine Lippen dieser Unberührbarkeit.

***

Die Sonne stand tief. Sie spiegelte sich in den Westfenstern der Sibylla-Schwarz-Allee und wurde als Flammenball zurückgeworfen. Die lanzettförmigen Blätter des zwischen den Bäumen violett blühenden Phloxes zeigten helles Grün. André und Linh gingen die Allee hinab. Noch fielen keine Blätter. Sie genossen den gemeinsamen Gang. Radfahrer machten einen Bogen um sie. Nur kurz traten sie aus dem Schatten der mächtig gewordenen Kastanien-, Eschen- und Lindenriesen, dann tauchten sie in den nächsten. Es war warm. Linh hatte sich in eines ihrer phantastischfarbenen Tücher gewickelt. André hatte ihr zugesehen. Jede ihrer Bewegungen und Handgriffe waren vertraut und wertvoll.

Die Warnung, die angedrohte Bombe oder so war kein Thema mehr. Die RES-Chefin hatte das Unterste zuoberst gekehrt. Da sei absolut nichts, hatte André Linh wissen lassen.

Außer Rufweite sahen sie Meister Torra, den Maler, mit seiner Begleiterin. Das Paar ging langsam. Noch vor dem Theater würden sie es eingeholt haben, dachte André und erinnerte sich des letzten Gesprächs mit dem Vierundneunzigjährigen, in dem er ihm und Linh das Werden seiner Kunst anvertraut hatte. Erst habe er dienlich sein wollen, dann habe er verändern wollen, jetzt wolle er nur noch die Wahrheit weitergeben, das Wissen um das unabänderliche Vergehen und Sich-Erneuern von Etwas, das wie ein Geschenk sei. Linh, hatte André da gedacht, Linh war genau das für ihn, ein Geschenk. Er war gerührt. Und wunderte sich nicht, als der Maler mit einem Blick auf sie beide sagte, über allem werde die Liebe stehen.

„Was ist?", fragte Linh. Er sah sie nur an. Als lese sie seine Gedanken, lächelte sie.

***

Noch hingen weder Jalousien noch Vorhänge vor den Fenstern. Sah holländisch aus, man konnte rein- und raussehen und man überblickte die Straße. Tana sah öfter hinaus. Da tat sich nichts. Manchmal fuhr ein

Trecker vorbei. Vor allem kam Hans nicht, der sie längst hätte ablösen sollen, um den Kleinen, der gegessen hatte und gebadet war, zu übernehmen. Um das Kind nicht ihre Nervosität spüren zu lassen, stellte sie das Auf- und Abgehen ein und blätterte mit ihm ein Bilderbuch vom Leben auf einem Bauernhof durch.

Endlich das Geräusch des Fahrrads auf der kiesbestreuten Einfahrt. Hans war ein kräftiger Mensch mit wettergegerbtem Gesicht. Man glaubte ihm den Landmann sofort. Sein Traum war es immer gewesen, in einem alten Bauernhaus zu leben. Sie hatte nachgegeben. Jetzt sollte er aber auch was daraus machen, fand sie.

„Wird Zeit! Auf mich wartet ja niemand!", empfing sie ihn vorwurfsvoll.

„Dann ists ja gut", tat er, als habe er ihren ironischen Hieb nicht verstanden.

Sie war festlich in Schwarz gekleidet, in eine engsitzende Leggin und ein armfreies Spitzentop. Als sie einen weißlichen Sabberflecken vom Füttern auf dem Top entdeckte, rieb sie ihn an der Spüle heraus.

„So willst du losziehn? Wie zu einer deiner Tangonächte in Berlin. Als verruchte Willfährige. Mit Blicken wie glimmende Feuerlohen."

„Klingt poetisch."

„Hättest du gern! Ist das der übliche Aufzug in der Nomenklatura? Oder sollte ich sagen: Auszug? Als wärst du nackt. Als hättest du nichts als Body Painting am Leib."

Erstaunlich, wie Hans sich auskannte, fast hätte sie geschmunzelt. Der Mann hatte aber doch kein Gespür dafür, dass es Tage gab, in denen frau wirklich am liebsten nackt herumlaufen würde.

„Weißt du, dass man deine Reiterhosen sieht?", nörgelte er wie nebenbei.

„Was?"

„Deine lüsternen Schenkel. Bist fett geworden!"

„Was ist mit dir? Ärger in der Verwaltung? Im Übrigen hab ich solche Hosen nicht, die du erwähnt hast. Hast du auch noch nie gesagt."

„Hab mich zurückgehalten. Bist ja bisher auch nicht allein zu Festivitäten gegangen."

„Mumpitz! Im Vordergrund steht die Sicherheit der Veranstaltung. Dafür bin ich verantwortlich. Und entsprechend unauffällig festlich bin ich gekleidet."

„Unauffällig? Ich lache", er tat es aber nicht, „wenn du mal nicht das erste Sicherheitsrisiko bist."

Sie trocknete die nasse Stelle auf dem Top mit einem Tuch.

„Ich nehm das als Kompliment. Ist zwar etwas schäbig, aber bemüht."

„Machst sowieso, was du willst. Musst aber aufpassen: Du hast Fett angesetzt."

„Ich? Danke! Das hört frau gern."

Er lachte klirrend. „In den ersten Jahren ist die Ehe Honig, in den späteren Essig, hab ich mal gelesen." Er ließ sich auf die Knie nieder zu dem Kind. „Würde sagen, das haut hin."

Sie sagte nichts darauf. Er war nicht davon abzubringen, sie zu verletzen. Besser, sie ging schnell. Sie suchte nach den Schlüsseln und nach ihrer Tasche und überprüfte deren Inhalt.

„Die meisten Männer", sagte er, „werden Lügner, weil ihre Frauen sie mit Erwartungen bombardieren. Da machen sie ihnen eben den Hof. Aus Mitleid, weshalb sonst. Um die tausend Leiden zu verhindern, die sich die Frauen sonst noch einfallen lassen würden."

„Hans, du bist ein erfahrener Mann, aber ich habs verdammt eilig. Sags mir später noch mal", tat sie, als hätte sie seine neue Spitze überhört. Sie verließ das Wohnzimmer. Der Kleine weinte. Die zwei sahen ihr nicht nach, wie sie bemerkte.

Statt auf der kurzen Fahrt ins Zentrum Greifswalds die Schwerpunkte des Sicherheitskonzeptes zu rekapitulieren, dachte sie erschrocken darüber nach, wie unversehens zwischen langjährigen Partnern ein böses Verletzenwollen aufkommen konnte. Man bezeichnet etwas am anderen als ekelhaft, vielleicht in der Annahme, der andere sei desto dankbarer, weil er trotzdem als Partner geduldet werde. Andererseits erwartet dieser Verletzende, der selbst verletzt ist, bestimmt, dass er umsorgt wird. Wenn er nicht sogar mit Liebesentzug droht, falls man sich nicht besser um ihn kümmert. In der Rolle erlebte sie Hans.

Manchmal, wurde ihr bewusst, war ihr dieser Hans Ems, mit dem sie sich Bett und Kindesfürsorge teilte, sehr fremd. Und, wie zum Trost, wurde ihr bewusst, dass ihr der junge Wassermann vom Morgen kein rätselhafter Unbekannter mehr war, weil sie am Vormittag per Computer in der Meldekartei sein Passfoto entdeckt hatte. Will Tran hieß der 23-Jährige, wohnhaft bei der berühmten Linh Tran, Mutter, und dem ähnlich berühmten André R. Leroschy. Da hatte sie ja einen Fang gemacht. Sie musste extrem vorsichtig sein. Auch seine Handy-Nummer hatte sie. Allein die Zahlen anzusehen war verwirrend. Wie etwas Verbotenes und umso Verlockenderes.

***

Keine fünf Minuten nach dem Anruf Heides stand diese mit dem Tandem, von Linh besorgt, vor dem Gästehaus am Karl-Marx-Platz, das eingehüllt in das Rauschen der hohen Linden und Eichen lag. Es war kurz vor sechs, Zeit für Betty, ins Theater zu fahren. Gern zusammen mit Heide und ihrem immer alle Zweifel zerstreuenden Zureden. Das würde ihr in den nächsten Stunden ein Rückhalt sein, dachte Betty und zog die Freundin fest an sich. Dann traten sie in die Pedale. Schweigend fuhren sie auf dem Wall Richtung Platz der Freiheit.

Heide drückte ihrer Freundin eine kleine Kastanie in die Hand, zum Festhalten. Sie verabschiedeten sich ohne großen Aufwand.

„Ich glaub, es wird die Hölle", rief Betty über die Schulter.
„Das Stück?"
„Auch. Und mein Singen. Alles so trist ..."

„Passt doch. Gibt's da nicht so einen Spruch: Das Singen des Huhns, das Pfeifen der Frau, das Brüllen der Kuh schallen bis in die Hölle."
„Sehr passend. Danke!"
Betty kam noch einmal zurück, um Heidi erneut zu umarmen.
„Du hast immer herzergreifenden Trost parat", sagte sie.

***

„Wohin lotst du mich?"
„Siehst du gleich."
„Nicht wieder zu einem Empfang, hoffe ich."
„Kein Empfang. Versprochen!"
„Frauen und ihre Geheimnisse. Besser man forscht nicht nach. Sollte ich wissen."
„Stimmt. Jemand mit solchem Verschleiß an Geheimnisträgerinnen."
„Da wird unsäglich aufgebauscht."
„Natürlich, mein lieber Harry. Weiß ich doch. Ich hab dich unangetastet gekriegt."
„Kann man so sagen."
Sie blieb stehen und sah ihn an. Inmitten der Schwärme von Radfahrern auf der Sibylla-Schwarz-Straße, die sich grün und blumenbunt erstreckte.
„Ich hab so eine Ahnung, das wird ein unvergesslicher Abend", sagte sie.
„Wie jeder Abend mit dir." Er lächelte charmant. „Und mit den Ahnungen sind wir beim nächsten unantastbaren Frauenmysterium, an das man besser nicht rührt."
„Ach, Harry!"
Im Weitergehen wehte sie der Duft der Blumenbeete an. Nur flüchtig, der Wind von der See her nahm mit, was nicht festgehalten wurde. Seit dem Frühling blühte es hier, immer wieder und überraschend neu und

anders. Harry erinnerte sich an die Bauerngärten seiner Kindheit und an die sommerlichen und leichten Düfte und die Formen der Löwenmäulchen und wie ihm seitdem bei solchen vorüberfliegenden Düften unweigerlich die fröhliche Liedzeile *Narzissen und die Tulipan, die ziehen sich viel schöner an* in den Sinn kam.

Er liebte es zu leben.

***

Vorhin war von zu Hause der Anruf gekommen, vor dem der Redakteur Brugge sich gefürchtet hatte.

„Jetzt ist es endgültig, Parsi. Unser Doc hat alles wieder und wieder gecheckt, es bleibt dabei: Positiv. Wir beide."

Es war ein kurzes Gespräch. Keiner wusste dem anderen etwas Tröstliches zu sagen. Alles hätte falsch geklungen. Ihre Angst hatte jetzt einen Namen. Und wäre er nicht selbst betroffen, dachte Brugge, dann würde er sich mokieren, wie klischeehaft sein Leben sich aufzulösen begann.

Im Treppenhaus stieß er auf den wortkargen Ingenieur Fermann. Erstaunlicherweise sprach der ihn an.

„Wissen Sie, wo das Stadttheater ist. Gestern war ich ja mit im Foyer, hab aber nicht aufgepasst, wo und wie ich das Gebäude wieder finde. Ich wollte Mania fragen, aber die zeigt unserem indischen Freund Samir Dange die Filmstudios der Republik. Ich möchte in die Uraufführung eines Stückes, von dem ich nichts weiter weiß, als dass Mania es empfohlen hat und dass ein Geheimnis darum gemacht wird."

Brugge sah den Mann an, der die Welt in ihrer Tiefe kannte und wusste nichts zu antworten, so sehr war er in seinen Gedanken. Fast wäre er dem ruhigen Mann um den Hals gefallen und hätte geschluchzt. Er riss sich zusammen.

„Ich bring Sie hin", sagte er. „Ist bestimmt nicht die schlechteste Art, den Abend zu verbringen. Dort, im Musentempel. Kommen Sie!"

Sie gingen wortlos. Gert Fermann dachte darüber nach, wie Mania von ihrer in den letzten Jahren erwachten Leidenschaft, in der Ostsee zu tauchen, geschwärmt hatte. Dabei war eine ungetrübte Freude in ihrem Gesicht. Sie hatte schließlich über die tückischen Geisternetze geschimpft, die auf dem Grund lagen, hängengebliebene, abgerissene Netze der großen Fangschiffe. Wehe, man verheddere sich da in einem. Einzige Rettung sei da ein superscharfes Messer.

So kam es, dass der Tiefbauingenieur unter den mächtigen Eichen und Kastanien auf dem Wall dahinschritt, aber in Wirklichkeit mit Mania langsam über den sandigen Boden der Ostsee glitt.

Brugge lief schweigsam mit.

***

„Nein!", sträubte sich Lucette. Auch ihre Haare sträubten sich. „Was soll ich da?"

„Dein Bruder ist da", versuchte es Hendrikje.

„Ach, der hängt doch mit der Schwedin rum. Sieht mich gar nicht."

„Und wenn schon! Da werden noch eine Menge interessanter Leute kommen."

„Gammelfleisch."

„Wie du willst ... Bleibst du eben im Schmollwinkel."

„Euch ist es ja egal, wie es mir geht", zeterte sie, „ihr liebt euch und zeigt es aller Welt, und ich bin der Dreck unter euren Fingernägeln. Und der Wimpernstift schmiert. Ich seh fürchterlich aus."

„Johan, bitte bestätige du deiner Tochter, wie fürchterlich sie aussieht."

Johan nahm seine Tochter in Augenschein. Lucette gab ihm ein Tempotuch.

„Wisch weg, was zu viel ist", bat sie kleinlaut.

„Wo denn? Ach da ..." Und er wischte leicht an einem Unterlid entlang.

„Du machst mich noch hässlicher", verzweifelte sie, „spür ich doch."

„Schöne Menschen kann man verunstalten, aber man sieht ihre Schönheit noch immer und ist höchstens gerührt, wenn da was aus dem Rahmen fällt."

„Das hast du von Mama. Ist einer ihrer Sprüche für Hilfsbedürftige."

„Du wirkst rührend, mein Küken. Dich mag man." Er griff in ihr Haar und verwirrte es.

„Mama, sind alle Männer so grob?"

„Natürlich. Aber dein Vater ist der sensibelste Grobe."

„Na gut, Mami, ich komm mit. Kann dich ja mit dem Ungeheuer nicht allein lassen. Und außerdem: Was soll ich hier?"

Als sie in der Rosa-Luxemburg-Straße waren, überlegte Hendrikje laut: „Ich hab mich das noch nie gefragt, Johan, mon ami: Würde man mir hier die Bilder meiner Galerie und mein volles Konto wegnehmen? Ist doch Sozialismus hier."

„Die Verfassung garantiert dir dein Vermögen, soweit ich weiß. Musst aber hohe Abgaben bezahlen."

„Und das befolgen die? André zum Beispiel, der hat im Westen doch einiges Vermögen. Sind das hier alles steuerliche Engel?"

„Bestimmt. Die Good-Willigen aller Länder vereinigen sich hier", lachte er schnell. „Und wer das hier nicht mag, kann doch woanders seine Zelte aufschlagen. Luxemburg oder Panama und so."

„Völlige Freiheit also, auch die Freiheit, sein Geld in die Gemeinschaftskasse zu geben. Ich mag die Vorstellung. Ist das dann Sozialismus?"

„Hast du nicht noch tiefschürfendere Fragen?"

„Du musst nicht ..."

„Schon gut. Ich erinnere mich an eine Schrift von Harry Voss, da beruft er sich auf den Anarchisten ..."

„Proudhon? Ich weiß ... Hast du mal ..."

„Diesmal nicht. Sondern Augustin Sonchy."

„Ihr führt immer so mitreißende Gespräche", meldete sich Lucette in gelangweiltem Ton.

„Sonchy? Muss man den kennen?", ließ Hendrikje sich nicht abbringen.

„Der hat 1920 Lenin erklärt, dass der sowjetrussische Sozialismus ohne Freiheit überhaupt kein Sozialismus sei. Stell dir das vor! Herrschaftsfreiheit war für ihn unabdingbar."

„Mutig."

„Damals durfte man das noch sagen. Später war das tödlich. Gewaltlose Ordnung hat er propagiert, und Harry Voss hat das übernommen. Von Proudhon hat ihn Esther etwas abgebracht. Der Mann hat die Frauen ja in die Küche verbannt."

***

Robin begann sich unwohl zu fühlen – in Jeans und T-Shirt. Er war kein Freund von Verkleidung, beobachtete aber die Wohlgekleideten, die sich wie aus einem Bildband gerissen dem altprotzigen Theatergebäude näherten, und fühlte sich, als kritisiere er die Festlichkeit der Besucher, die ein Spiel spielten, dessen Regeln er nicht genau kannte.

Bella hatte ihn wegkomplimentiert. Die Frauen würden sich jetzt feinmachen für den Abend, da seien männliche Wesen fehl am Platz. Chawa hatte vergebens protestiert.

Als Till auftauchte, auch in feinerem Zwirn, hatte er Robins Sakko dabei. Phili habe den Tipp gegeben. Robin war erleichtert, was ihn irgendwie aber auch ärgerte. Doch wollte er sich jetzt darüber keine Rechenschaft ablegen.

Chawa war nicht in Sicht. Ihr Gesicht war ihm trotzdem gegenwärtig. Und plötzlich hatte er schrecklichen Hunger, obwohl er vorhin erst eine Pizza gegessen und er die Düfte der Pizzeria noch in der Nase hatte. Vielleicht ja deshalb. Er würde alles verschlingen, hatte er das Gefühl, was man ihm vorsetzte. In seinem Magen wütete er, dieser riesengroße Hunger, sich windend wie ein gefangenes Tier und lautlos brüllend. Till wies ihn auf das Bistro neben dem Theater hin, doch Robin konnte sich nicht von der Stelle bewegen. Er kannte sich selbst nicht wieder.

***

Noch war der erste Gong nicht erklungen, noch waren die Saaltüren geschlossen, die Spieler der ersten Szene waren auf ihren Plätzen, sie memorierten hinter dem Vorhang ihre Texte oder sangen sich ein, wie Betty es tat. Wütend eine: „Ich hasse dich mit aller Wut meines Herzens." Einfühlsam: „Wie alt ist dein Bubele?" Markig: „Alle Kraft liegt im Kollektiv!" Blaffend: „Haben Sie vergessen, dass die Partei immer recht hat?" Fauchend: „Ich schlag dir die Zähne ein, du Miststück!"

Durch den Klumpen von Uniformierten und zuckenden Leibern in grauen Lumpen, von fuchtelnden Armen, durch einen Wust von Wut und Hohn und Leid bahnte sich im kärglichen Deckenlicht der Beleuchtungsmeister einen Weg.

„Habt ihr Osram gesehen?"

„Wen?"

„Meinen Assistenten."

Einige Frauen in ihren Stofffetzen und mit schmutzigen Gesichtern richteten sich auf dem Lattenrost ein, andere liefen auf engstem Raum durcheinander. Die Uniformierten zogen sich zurück.

„Stimmt was nicht, Meister?", fragte Axenja Jegorowa, die Starosta im Stück.

„Kann man sagen."

„Da hinten ist der Regisseurowitsch", zeigte sie, „die Blümchenweste."

„Der Arsing kann mir da wenig helfen", nahm er geringschätzig an, „Osram aber …"

Trotzdem steuerte der Beleuchtungsmeister an den Rand der Zellenkulisse, wo der Regisseur damit beschäftigt war, einer Darstellerin das Lumpengewand zu raffen.

„Das muss nuttig aussehn, richtig ordinär", forderte er und musterte den Beleuchter durch eine Brille mit blauen Gläsern. Scharf: „Wieso sind Sie nicht auf Ihrem Platz?" Er schüttelte fassungslos den Kopf.

„Wär ich gern. Aber es gibt keine Tausender und höher. Alle Birnen sind rausgezogen. Ersatzbirnen fehlen."

„Was? Fehlen? Kapier ich nicht."

„Irgendwer hat das Zeug geklaut."

„Geklaut?" Arsing starrte den Alten an und tat dann, als müsse er sich ausschütten vor Lachen, schrill und stotternd. Ringsum hatte sich die Hektik gesteigert. Manche lagen sich in den Armen oder änderten was am Aussehen eines Gegenübers. Vierzig Frauen drängten und schoben und quetschten sich in der Zellenkulisse. In den offenen Räumen darüber jetzt die Uniformierten.

„Also?", fragte der Techniker.

„Mich wundert gar nichts mehr", Arsing hob die geblümten Schultern und ließ sie fallen. „Schicken wir die Leute nach Hause …"

„Was?"

„Sollen wir ohne Licht spielen?"

„Wir haben das alte Rampenlicht und das Hintergrundlicht und zwei 4000er-Verfolger", zählte der Beleuchter auf.

„Rampenlicht! Rampenlicht!", stöhnte der Regisseur und breitete die Arme pathetisch aus und gab ein kurzes irres Lachen von sich, hektische Laute waren das jetzt, alle auf einer Tonhöhe. „Tenebrae factae sunt", fügte er mit hohler Stimme an.

„Heißt das, dass wir es mit dem Rest machen? Wenn die Verfolger … die Klappen fast zu …, gedimmt …"

Der Regisseur winkte ab und verschwand nach hinten. „Mist, Mist, Mist!" hörte man ihn schreien.

„Völlig durchgedreht!", sagte Irina, die danebenstand. Der Beleuchter ging zur anderen Seite der Bühne. Zwischendurch hielt er an.

„Es stinkt bei euch nach Schweinestall, ehrlich, das gab es hier noch nie. Der Arsing hat sie doch nicht alle."

„Mir ist auch hundeschlecht", ächzte Nastassja Kulikowa.

„Infam ist das!", sagte Carola Neher, um Fassung bemüht.

„Vielleicht hat Arsing die Hosen voll", überlegte Fedora Kutschina.

Die grauen Frauen drängten sich jetzt auf dem Lattenrost. Der Beleuchter war verschwunden. Der erste Gong ertönte. Das Deckenlicht über der Bühne wurde heruntergedimmt. Schlagartig herrschte Stille, gespenstische Stille. So angespannt war die Stille, dass das leise Rauschen der Klimaanlage hörbar wurde. Und verhaltene Geräusche aus dem Zuschauerraum. Der rattenhaft graue, unförmige Haufen aus Leibern hinter dem Vorhang war in lautloser Bewegung. Es stank.

Auf der Vorderseite des Vorhangs erstrahlte der Kronleuchter, der schon zwei Kriege und mehrere Regierungswechsel überlebt hatte. Mehrere Birnchen waren defekt, doch das fiel Tana nur auf, weil gerade mit leisem Plopp ein weiteres den Lichtdienst aufgegeben hatte. Mit zwei Mitarbeitern, als RES nur kenntlich durch eine blaue Armbinde, kontrollierte sie zum x-ten Mal die Sessel und den Fußraum und stieg zu den zwei Rängen hoch. Alles ohne Auffälligkeit. Die Toiletten waren noch einmal inspiziert, Bühne und Hinterräume waren am Nachmittag gefilzt worden, hakte sie im Kopf die Liste ab. Nach ihrem Durchgang, versicherte die Dramaturgin Sönmez, sei ständig Personal anwesend gewesen. Altbewährt der Bühnenmeister und sein Techniker, zuverlässig bis auf die Knochen.

Die RES-Mitarbeiter postierten sich anschließend am Eingang des Theaters. Als sich die Tür öffnete, wurden Unbekannte abgetastet. Routiniert und schnell. Niemand sträubte sich.

„Da hat doch nichts in der Presse gestanden", wunderte sich Esther. Und Mania, die mit Samir Dange und Dirk Landor im Schlepptau erschien, meinte, in TV und Radio habe man auch nicht die vorgezogene Premiere von *Kukuli verbrennt* gemeldet. Doch die Flüsterpropaganda funktioniere eben wie am Schnürchen.

Die Herbeiströmenden bewegten sich vorsichtig, als ob sie ihre festlichen Hüllen zu beschmutzen fürchteten.

Es gab viel Händeschütteln und Umarmen und Austausch herzlicher Bemerkungen. Und alle blickten sich um, als seien sie auf nimmersatter Suche nach weiterer Umarmung. Gleichzeitig schien man von Harry angezogen. Um ihn ballte es sich. Er verzog kaum eine Miene. Auch nicht, als sich Brugge an ihn heranschob und wissen wollte, wie er sich heute fühle, ob ihm nicht Altersbeschwerden den Tag vergällten? Sei das Alter doch ein abscheuliches Massaker!

Harry wandte sich kommentarlos ab. Der Zeitungsmann ließ nicht locker. „Alle wollen das Greisenalter erreichen", sagte er, „aber wenn es soweit ist, dann klagen sie darüber. Wie leben Sie mit diesem Widerspruch?"

Mit gerunzelter Stirn drängte Esther den Unerwünschten beiseite. Harry hielt Ausschau nach seiner neu gewonnenen Tochter. Robin war schneller. Er entdeckte die zwei Schwedinnen und schob sich durch. Chawa sah aus wie aus einer anderen Welt. Sie hatte sich herausgeputzt. Das dunkle Haar war hochgesteckt. Eine Rosenblüte prangte darin. Er roch unfreiwillig daran, als er an sie herangeschoben wurde. Die Blume war aus Seide. Ihr Haar duftete unbekannt gut. Nicht mehr nach dem Wasser des Ryck, so wie seines vermutlich. Er beschloss, sich an sie zu halten und blieb dabei, als Harry Voss Bella heranwinkte, als leiste sie dem Folge – und sie das tatsächlich tat. Till folgte Robin. Danach auch Phili, die Robin umarmte und erklärte, sie sei froh, ihn endlich wieder zu haben. Und da waren auch Johan, Hendrikje und Lucette.

Das Theater war wie ein säulenumlaufener Tempel gestaltet, klassizistisch, mit kantigen Verzierungen. Sie nahmen mitten im Parkett Platz. Alle blätterten im Programm. Robin fand schon das Umschlagbild abschreckend, diesen haarumflossenen Frauenkopf, fast schwarz alles, und ein in der Schwärze verschwindendes Gesicht. Rote Buchstaben mit dem Titel *Kukuli verbrennt*. Ein Vergnügen würde auf der Bühne also nicht geboten. Und auf Trauriges war er nicht aus. Schon sonderbar, dass die Erwachsenen sich das antaten. Sie wussten doch, auf was sie sich einließen. Kamen alle, um sich ordentlich traurig machen zu lassen? Versammelten sich wie zu einem gemeinsamen Opferkult, weil sie sich schämten, dass es ihnen selbst gut ging? Und nach dem Opfer waren sie froh, dass nicht sie die Leidenden waren und es sich wieder ohne Schuldgefühl gutgehen lassen konnten? Schade, dass er jetzt nicht mit Chawa darüber reden konnte.

Der dritte Gong verhallte, der Gang rings um den Zuschauerraum war leer. Die Programmverteiler, Studierende wohl, zogen vier der fünf Doppeltüren von innen zu. Bis zuletzt blieb Tana draußen. Während der Aufführung sollten zwei Sicherheitsleute vor der Außentür postiert bleiben und zwei das Gebäude umrunden. Den leeren Gang hielt sie für sicher. Neben jeder der Flügeltüren saß innen unauffällig ein Mitarbeiter, sprungbereit. Und kurz vor Ende der Aufführung, gegen 22.15 Uhr, sollten die von der Außentür im Innengang patrouillieren, verstärkt durch die Mitarbeiter von innen. Kein Unbefugter würde sich Zugang verschaffen können. Alles war bedacht. Und doch zögerte sie. Den Grund hätte sie niemandem nennen dürfen: ein gewisser Will fehlte. Er war nicht unter den Premierengästen, hatte sie gesehen. Verlor sie den Bezug zur Realität? Sie sollte sich nichts vormachen: Für ihn hatte sie sich so freizügig angezogen. Hans hatte das richtig erkannt. Es war, als lese er ihre geheimsten Gedanken.

Die Dramaturgin kam heran.

„Alles in Ordnung?"

Tana nickte.

„Wir fangen an", sagte die Dramaturgin. Sie begaben sich in den Innenraum. Langsam erlosch der Kronleuchter. Ein Scheinwerfer flammte auf und erfasste Dilhan Sönmez. Ihr pailettenbesetztes, dunkelblaues Kleid glitzerte. Vor dem Vorhang stehend, begrüßte sie die Gäste zur Premiere und Uraufführung des Schaustückes *Kukuli verbrennt*. Zur vorgezogenen Premiere. Vorgezogen zu Ehren eines Mannes, der sich Ehrung verdient habe, dessen Namen sie aber nicht nennen werde, weil er nichts von solchem Ins-Licht-Rücken halte. Sie verneige sich in Dankbarkeit.

Der Scheinwerfer verfolgte die Glitzernde, als sie die Rampe verließ. Danach wurde er abgeschaltet. Im Zuschauerraum war es finster. Man hörte den Vorhang sich heben. Auf der Bühne war es fast ebenso finster. Als die Augen sich umgewöhnt hatten, traten die zerlumpten, verdreckten Gestalten der Frauen hervor, eng gepfercht in der verwahrlosten Zelle, nur schwach beleuchtet von hinten her, harte Schatten werfend. Oberhalb der Zelle, an den Seiten, lagen weitere Räume, nur ahnbar.

Grauenvoller Gestank breitete sich aus. Und es wurde warm. Man hörte Stöhnen und würgendes Husten im Publikum und auch von der Bühne her. Das Husten klang sehr verschieden, fand Robin, der neben Chawa saß, was kein Zufall war, und der mit der Bereitschaft im Theater saß, alles aufzunehmen. Mehr geschah aber zunächst nicht. Alle schienen vor Schreck gelähmt.

„Hat sich der Arsing das ausgedacht?", fragte Esther. Harry zuckte mit den Schultern. Er hatte kein gutes Gefühl. Er war in gewisser Weise für jede Eskalation verantwortlich, dachte er. Auf sein Drängen hin hatte Dılhan Sönmez das Stück ans Theater geholt. Nur weil ihn mit dem Autor angeblich eine jahrzehntelange Freundschaft verband. Oder hatte er etwas von „unverbrüchlicher Feindschaft" gemurmelt? Man wusste bei ihm auch nicht immer, woran man war. Den Regisseur allerdings hatte dann Dilhan Sönmez haben wollen. In der Annahme, er bringe seine Erfahrungen aus den Metropolen hier ein.

Aber wenn dieser Gestank, dieser gärende, fischige, fäkale, stechend faulige, scharfe, jauchige Gestank, den er bei den Proben nicht eingesetzt hatte, wenn der sein besonderer Beitrag war, dann war der Mann krank. Doch hatte man das nicht bei Handke und seiner Publikumsbeschimpfung vor einem halben Jahrhundert auch schon gedacht? Da ging es um Worte, hier aber, dieser heiße Gestank, der fraß sich ätzend in die Luftröhre.

Einige hielten sich Taschentücher vor die Nase. Es wurde unruhig im Publikum. Manche zogen sich die Jacketts aus.

Das Stück begann. Eine Frau, Lenja, wusste Harry, horchte auf ein Klopfen aus der Zellenwand.

„Ein Transport ist eingetroffen. 58er aus den Lagern von Kolyma. Kranke sind dabei", meldete sie.

„Was sind 58er?", wollte Esther leise wissen. „Ist meine letzte Frage, dann stör ich nicht mehr."

„Strafgesetzparagraph 58 in der UdSSR betrifft Vaterlandsverrat und so. Den meisten „Politischen" wurde das angedichtet. Zwangsarbeit war die Folge."

Frauen waren an der Rückwand hochgeklettert und versuchten durch das mit Brettern zugenagelte Fenster zu spähen. Ein schmaler Streifen Licht fiel durch einen Spalt.

„Oh Gott!", schrie Anna.

„Was ist?" Das war Rachil.

„Wilhelm!", schrie Anna, die sich streckte.

Es gab lautlosen Tumult unter den grauen Gestalten. Einige versuchten die am Fenster Hängenden herunterzuziehen. Andere hinderten sie daran. Andere kletterten auch rauf.

„Welcher ist es?", rief Rachil.

„Wilhelm!", schrie Anna durchdringend.

„Die schauen hoch. Sehen können sie uns nicht", teilte Rachil mit.

„Wilhelm!" Annas Rufen wurde immer verzweifelter. „Jetzt stolpert er."

Auf der Bühne fiel eine der Frauen im Vordergrund, eine Ältere, es war Alika Rapawa, die Traumdeuterin, zu Boden, ihre Beine waren eingeknickt. Sie war schweißnass. Die Haare klebten am Kopf.

„Luft!", ächzte sie, „macht Luft!" Ihr Stöhnen übertönte die Frauen am Fenster. Harry erschrak. Was hatte Arsing sich da ausgedacht! Das gehörte nicht dazu. Keiner reagierte aber. Man hielt das für einen Teil des Stückes.

„Er legt seine Hand aufs Herz", war Tatjana zu hören.

„Luft!", entrang sich Alika Rapawa vorn.

Rasselnd drehte sich in der Zellentür links der Schlüssel. Riegel wurden zur Seite geschoben. Ein Uniformierter trat ein, der Schließer Ruvim Danilov, wie Harry wusste.

„Weg vom Fenster!", befahl er. Alle stürzten herab und krümmten sich stumm auf dem Lattenrost.

„Das hat Folgen!" Er verschwand. Die Tür knallte zu. Alika Rapawa vorn erhob sich torkelnd und wankte zur Seite, als ob sie die Szene verlassen wollte. Eine hielt sie an ihren Lumpen zurück.

„Ich ertrag das nicht." Alika Rapawa würgte.

„Wir alle ertragen das nicht", kam es von einer der Frauen.

„Nein, da ist doch ... Nie war so'n infernalischer Gestank. Ich hab Asthma."

Plötzlich war es still auf der Bühne. Man hörte nur das Reißen von Stoff, als sich die Frauen Fetzen aus ihren Lumpen trennten, um sie vor das Gesicht zu halten.

Wieder öffnete sich die Zellentür mit Rasseln, und der Natschalnik, dick, mit Uniform, stürmte herein.

„Sind Sie verrückt?", brüllte er. „Sie versetzen das Haus in Aufruhr. Zelle 2 erhält für zwei Tage halbe Brotration und kein Wasser!"

Allgemeines Stöhnen antwortete.

„Ist Ihnen das noch zu viel Brot?", fragte der Dicke zynisch.

Eine Frau stand auf, die Zellenälteste, die Starosta.

„Wir haben Kranke. Sie brauchen Wasser und …"

„Wir müssen alle Opfer bringen", hielt der Natschalnik dagegen. Er öffnete seinen Kragen. Einige schluchzten. Auch die Festgehaltene vorn weinte.

„Versteht doch", schluchzte Alika Rapawa, „mir geht's hundeschlecht. Ich hab Angst, ich kollabiere."

Eine stand auf, Yulia, und zischte zu Anna:

„Deinetwegen! Du mit deinem faschistischen Wilhelm!"

Eine andere Frau kämpfte sich nach vorn durch, Oksana war es, die eine jugendliche Prostituierte darstellte.

„Alika hat recht", keuchte sie. Alle wandten sich ihr zu. Das nutzte die Festgehaltene, um sich loszureißen.

„Das halten wir nicht durch. Ich jedenfalls nicht. Ich geh!"

Wieder erstarrten alle. Bis plötzlich die Zellenälteste nach vorn trat und „Wer ist dafür verantwortlich?" rief. „Kommen Sie! Unsere Lage … Kommen Sie sofort!"

Das Publikum reagierte verunsichert. Viele husteten und riefen „Ist heiß hier wie in der Hölle!" oder „Wollt ihr uns umbringen?" Andere klatschten.

Rodewald Stoeberlin hatte sich vorhin erst hereingeschlichen, als die Dramaturgin ihre Begrüßung abgeschlossen hatte. Er saß ganz hinten. Das Stück kannte er, hatte auch dem Autor bei dessen Recherchen zu Carola Nehers Russlandjahren geholfen. Das jedenfalls, was auf der Bühne geschah, war nicht das Original. Der Regisseur hatte wohl alles umgemodelt. Machen die ja gern, in ihrer Selbstherrlichkeit, dachte er. Oder sollten die Akteure ihre Rolle nach Belieben durchbrechen? Eine Renaissance der Brechtschen Verfremdung? Und Willkür! Regietheater – der Horror eines jeden Autors.

In Begleitung der Krikyna kam Carola Neher durch die Zellentür, in Uniform die eine, in Lumpen die andere. Die Krikyna stand kerzengerade vor dem aufsässigen Haufen, als ob nichts sie aus der Fassung bringen könne.

„Bürgerinnen, Frauen, ich bin die neue Inspektorin in der kulturerzieherischen Abteilung."

„Das ist doch jetzt ohne Belang", fiel ihr Ljudmila Morosowa ins Wort, „Sie sehen doch ..."

„Nein, sollen wir hier verrecken?"

„Mein Name ist ...", stotterte die Krikyna. „Ich bin überzeugt davon, dass gesellschaftliche Tätigkeit dazu beiträgt, schädliche Denkweisen zu beseitigen."

„Der Gestank ist schädlich, nichts sonst!", begehrte jetzt auch Carola Neher auf. Unter diesen Bedingungen bin ich nicht bereit ..."

Ljudmila tat entzückt: „Leck mich, eine Göttin steigt zu uns herab. Hier ist die Kacke am Dampfen."

Genau so stank es. Mit Petroleum vermischt. Da lief was aus dem Ruder.

„Ich komm aus dem Gefängnis in Orel", rief Carola Neher.

„Was, aus der Hölle von Orel?", tat Sonja Brinkowa ungläubig. Jetzt waren sie wieder im Text, dachte Harry hoffnungsvoll. Er spürte, wie ihm der Schweiß in den Kragen floss. Schon aber wurde er eines anderen belehrt, als die Prostituierte Oksana Anna ins Wort fiel, die ganz richtig „Wen hast du, wer erwartet dich?" vortrug, und „Das ist kein Spaß mehr. Wir brauchen einen Sanitäter!" dazwischenrief und die Krikyna, die zusammengebrochen war, in die Arme schloss und wiegte.

Da passt nichts. Jeder agiert, wie er will, dachte die Dramaturgin. Offenbar gelangte der entsetzliche Gestank zusammen mit der Hitze durch die Belüftungsanlage in den Raum und fiel von den Luken oben auf die Menschen herab. Sie war aufgesprungen und ging unentschlossen im Seitengang auf und ab. Sollte sie das Stück abbrechen? Wegen eines technischen Fehlers oder wegen Rebellion der Schauspieler? Oder hatte etwa der novitätengierige Arsing in letzter Sekunde seinen Darstellern Anarchie anempfohlen? Die Textvorlage sabotierend?

Da stürzten neben der Kulisse zwei Feuerwehrleute hervor. Sie trugen Mund- und Nasenmasken aus weißem Vliesstoff, wie es länger schon in chinesischen Städten üblich war. Einer hatte ein Sauerstoffgerät dabei und drückte der ohnmächtigen Krikyna die Atemmaske aufs Gesicht. Die Ankunft der Helfer war vom Lichtkegel des Verfolgers begleitet worden, der erst auf einen der oberen Räume in der Kulisse gerichtet war, und zwar auf einen Uniformierten, der hilflos umherblickte. Die Dramaturgin wusste, was schieflief: Da oben müsste die ausgefallene Krikyna mit dabei sein.

„Die Genossin Krikyna wurde hierher abgeordnet", improvisierte der Uniformierte, im Dunklen, vom Verfolger im Stich gelassen, denn der hob den Rettungsakt unten hervor.

„Sie meint, das heißt das NKWD meint, dass man Erwachsene wie Kinder formen könne. Zum sozialistischen Neuen Menschen."

Die Krikyna kam zu sich, richtete sich halb auf und schob den Helfer beiseite und versuchte in ihren Dialog hineinzufinden.

„Das ist die Absicht!", rief sie mit zitternder Stimme nach oben. Ein Hustenanfall unterbrach sie.

Robin fühlte sich bestätigt. Wie das Cover des Programms, so der düstere Ablauf, vom Gestank ganz zu schweigen. Dass Erwachsene sich so etwas freiwillig antaten und es für was Hochkultiviertes hielten, würde er nie begreifen.

Vorhin hatte Lucette ihn mit Küsschen begrüßt, wie Bruder und Schwester das natürlich taten, täglich mehrmals und umständlich, weil er den Kopf verdrehen und sie sich strecken musste. Lucette beugte sich jetzt vor und flüsterte: „Je trouve horrible!" Da waren sie einer Meinung, er fand auch alles Horror. Aber jetzt galt es durchzuhalten. Denn Phili links und Chawa rechts folgten wie gebannt den Ereignissen.

Der eine Feuerwehrmann hatte der Krikyna wieder die Atemmaske aufgesetzt, der andere fächelte der würgenden Alika Rapowa Luft zu. Auch andere drängten heran. Und aus dem Publikum kam der Ruf: „Hilfe!". Ein Mann erhob sich im Parkett: „Hierher, bitte, kommen Sie zu meiner Frau, ihr geht es schlecht!"

Das war das Signal. Plötzlich sprangen überall Leute auf und riefen um Hilfe. Die Feuerwehrmänner sahen sich ratlos an. Einige Frauen auf der Bühne hatten das Sauerstoffgerät ergattert, benutzten es und reichten es unter sich weiter.

Da hielt es Tana nicht mehr auf ihrem Platz. Sie stürzte zur Tür und wollte sie öffnen. Vergebens. Rütteln half nicht. Die Tür war arretiert. Auch die nächste. Und die übernächste. Alle. Sie waren eingesperrt.

Keine Panik, Tana, beruhigte sie sich. Sie griff nach dem Handy und wählte die eingespeicherte Nummer der Außenposten. Nur Rauschen und Knistern. Kein Kontakt. Sie wählte andere Nummern, auch die von Hans. Nichts. Dilhan Sönmez neben ihr war auf die gleiche Idee gekommen.

„Ich komm nicht raus", presste sie hervor. Einer der Feuerwehrmänner hielt auch das Handy ans Ohr. Schüttelte es, hielt es wieder an – und steckte es weg.

Der Uniformierte oben in der Kulisse wollte das Stück retten und überschrie den Aufstand zu seinen Füßen:

„Auch wir hier lesen in der Prawda, was die Sonne der Menschheit, unser genialer großer Führer, unser Vater der Völker, Stalin, kundtut."

Tana fasste für sich zusammen: Sie waren eingesperrt, es gab keine Verbindung nach draußen. Es kamen unmäßige Hitze und vielleicht vergiftete Gase in den Raum. Das war die Sachlage. Was war zu tun? Tür aufbrechen? Womit? Aussichtslos. Störsender außer Kraft setzen? Aussichtslos. Zufuhr des heißen Gestanks beenden. Dazu musste man an die Klimaanlage des Hauses. Mit Sicherheit war auch der Zugang hierzu blockiert. Was nachzuprüfen war. Auch blieb zu klären, wie möglichst schadlos auszuharren war bis zur Rettung. Und während dessen die Frage zu beantworten: Wer hatte das alles veranlasst – und zu welchem Zweck? Bestand die Chance, vom Tatort aus Kontakt zum Verursacher herzustellen? Sie musste handeln.

Unverzüglich begab sie sich auf die Bühne. Zum Glück war der Beleuchtungsmeister präsent und verließ den stalinistischen Offizier und hielt mit dem Verfolger auf sie: 4000 Watt auf die RES-Chefin. Sie hob die Arme.

„Das Unkraut muss mit der Wurzel rausgerissen werden ...", schrie der Offizier aus dem Dunkel heraus und verstummte.

Im Saal und auf der Bühne war es still. Alle starrten auf die Frau, schwarz gekleidet, lebensstrotzend vor dem Haufen kläglicher Geschöpfe rings um sie, marienhaft schön und energiegeladen.

„Ich bin die Leiterin des Republikschutzes, Tana Ulmens. Erlauben Sie mir ..."

„Lassen Sie die Türen öffnen!", wurde sie unterbrochen.

Sie wartete kurz, doch folgten keine weiteren Rufe.

„... unsere Lage zu erklären. Erstens: Unbekannte haben die Türen verrammelt. Sie sind von innen nicht zu öffnen. Zweitens: Unbekannte nutzen die Klimaanlage, um hier ätzenden Gestank einzuleiten. Drittens: Der Handyverkehr ist gestört."

„Viertens", schrie es von oben, wo die Scheinwerfer aufgereiht waren, „viertens sind die Scheinwerfer fast alle unbrauchbar gemacht worden."

„Welchem Zweck dient die Sabotage? Gibt es eine Botschaft?", wurde gerufen.

„Bevor wir uns hier in Fragen nach der Botschaft eines Irren verlieren, sollten wir versuchen, die Zufuhr des Gestanks zu stoppen", schrie einer.

„Die Steuerung der Klimaanlage ist für uns unerreichbar", sagte die Dramaturgin, die gleichfalls auf die Bühne getreten war, „sie wird im Hausmeisterbüro vorgenommen."

„Dann verstopfen wir die Öffnungen, durch die der Gestank eindringt!"

„Da kommen wir nicht ran", wies die Dramaturgin in die Höhe.

Weinen war zu hören.

„Der erhitzte Gestank wird mit Druck hereingeblasen", erklärte Tana, „das Gemisch breitet sich überallhin aus. Wer es noch nicht macht, sollte sich schleunigst ein Tuch vor die Nase halten, hilfreich kann auch eine Jacke über dem Kopf sein. Spätestens nach dem offiziellen Ende der Aufführung werden die Außenposten auf unsere aus dem Ruder gelaufene Situation aufmerksam werden. Wir haben bis dahin noch 90 Minuten zu überstehen."

Erwartungs- und vertrauensvoll waren ihr alle Blicke zugewandt. Etwas wehmütig dachte Harry, dass das mal seine Rolle war, in einer solchen Situation dort oben zu stehen, und dass sich jetzt gerade der Wechsel vollzog. Die nächste Generation übernahm. Und sie tat es so, dass er sich doch in all dem Chaos geborgen fühlte. Die Frau traute sich. Sie hatte Charisma. Sie war die Heilige Johanna im heraufziehenden Chaos. Sie personifizierte den Willen zur Wahrheit, sie war mütterlich besorgt, sie nahm der Angst das Uferlose. Ein Dr. Mattison, von dem jetzt nichts zu sehen war, hätte mit all seiner intellektuellen Gedankenschärfe nichts ausrichten können. Das schoss Harry durch den Kopf, und er wusste natürlich, dass er sich die Frau da oben so wünschte, wie er sie sah, weil die Theaterbesucher und überhaupt die Republik solch eine Madeleine jetzt und künftig brauchten.

„Wenn wir schon dabei sind, unsere fatale Lage zu analysieren, dann hab ich was, das mir schon lang zu denken gibt." Der Redakteur Osswald war aufgestanden. „Ich hab den Autor des Stückes interviewt. Und da sagt er, ich zitiere aus dem Kopf: Am fairsten wäre es, wenn die Zuschauer des Stückes genauso leiden, wie die Frauen und Männer damals in sowjetischer Haft im unerträglich heißen Sommer an der Grenze von Kasachstan. Man solle die überfüllten Abortkübel in der Zelle riechen, hat er gesagt, und das Petroleum, wenn die schmierigen Bretter der Lagerstatt, der Wanzen wegen, damit überkleistert worden sind. Eine grausame Mischung, Tag und Nacht. Nur so erhalte man eine Ahnung davon, wie unendlich das Leiden der unschuldig inhaftierten und überdies gefolterten Menschen war. Man solle realitätsnah inszenieren, um ein Höchstmaß an Empathie und Mitleid zu erzeugen, sagte er und hat dabei wohl an Lessing gedacht. Aber das nur am Rande. Und jetzt ... die Situation ist doch exakt so, wie er sie sich vorgestellt hat. Kurz nach dem

Gespräch bat mich der Autor, das Interview nicht zu veröffentlichen. Ich glaube also, wir müssen nicht lang suchen, wer der Veranlasser dieses Geruchsbelästigung ist: Es ist der Autor."

Verrückterweise und ganz uneingestanden blitzte eine Art Stolz in Harry auf, dass in der kulturell nicht eben avantgardistischen Republik so etwas Ungeheuerliches stattfand. Er war aber vor allem entsetzt, dass seine Gäste, seine Freunde an diesem Tag derartigen Strapazen ausgeliefert waren. Vor allem Bella, die eigens die weite Fahrt auf sich genommen hatte. Das musste er wieder gutmachen.

Nach der Eröffnung des Redakteurs Osswald sahen sich alle um. Eine Frau, es war die Darstellerin der Alika Rapowa, verließ die Bühne und hockte sich, sie war schemenhaft nur zu sehen, auf den Boden des Seitenganges und zog die Beine an und legte den Kopf auf die Knie.

„Ich kenn den Mann gar nicht", schrie einer. „Wie sieht er aus?"

Harry und André und die Dramaturgin gingen herum. Der gewiefte Beleuchter ließ den Verfolger durch die Reihen wandern. Der Autor war unauffindbar. Zumindest nicht in einer seiner sonstigen Maskeraden.

„Hinter der Bühne?", fragte die Dramaturgin.

Der Regisseur Arsing kam nach vorn. Seine blaue Brille wirkte nicht zu seinen Gunsten. Er schwitzte. Jemand buhte.

„Hinten ist er nicht." Fast froh klang er. Denn es schienen ihm nur wenige das Desaster in die Schuhe zu schieben.

„Es ist der Gestank Satans", sagte Ava Wood zu André, als der bei ihr vorbeikam. Ihre Haare und Kleidung waren eins mit der Dunkelheit, ihr Gesicht war unbeschreiblich bleich und von erstarrter Schönheit.

Parsifal Brugge war abgelenkt. Er war froh darüber. Je länger das Spektakel dauerte, desto verschrobener wirkte die Attacke, mit der der Autor seine Reputation aufs Spiel setzte. Sein Name würde künftig nur mit dem vorangestellten „Scheiß-" fallen. Ihm imponierte der Mann. Dem ging es um die Sache. Er opferte sich. Not kennt kein Gebot. Respekt!

„Wir überprüfen die Garderoben im Keller", erklärte Harry. Und er verschwand mit André im Dunkel der Bühne. Entmutigt sahen sich Tana und Dilhan Sönmez an, als der Verfolger wieder bei ihnen zu stehen kam.

Inzwischen eilten die Feuerwehrmänner, längst im Unterhemd und nassgeschwitzt, von einem Problemfall zum anderen.

„Hier gibt es auch was zu tun!", schrie es vom ersten Rang herab. Ein Feuerwehrmann hob hilflos die Arme. Bald lagen auf den Gängen mehrere Frauen und Männer in sicherer Seitenlage und mit verhüllten Köpfen. Mehr konnte man nicht tun. Die RES-Leute im Raum kümmerten sich gleichfalls um Betroffene und lagerten sie auf den Gängen. Und Tana kündete an, Frau Dr. Sönmez und sie hätten die Lösung für ein heikles Problem gefunden. Einige Besucher hätten signalisiert, sie hätten das dringende Bedürfnis nach Erleichterung. Die Toiletten seien ihnen verwehrt. Deshalb schlage man vor, die Kübel, die in der Szene als Abortkübel platziert worden seien, jetzt auch als solche zu verwenden. Um den Betroffenen ein Mindestmaß an Intimität zu gewährleisten, sollten sie Begleiter mitbringen. Es lägen Teppiche bereit, die man als Sichtschutz verwenden könne.

Nach dieser Ankündigung bildete sich eine Schlange in einer Bühnenecke.

Da stand wieder einer im Parkett auf. Der Lichtkegel erfasste ihn, es war ein langer, dünner, nach vorn gebeugter Mann in den Zwanzigern.

„Ich möchte ... Wissen Sie, ich hab die Angewohnheit, Schriften, die ich erhalte, von hinten her zu lesen."

Von den Rängen hagelte es Hohn.

„Ein arabischer Schriftgelehrter!" oder „Genau das wollten wir wissen, gerade jetzt!"

Der Mann blieb unbeirrt.

„Mir ist jetzt der Schluss des Programms verdächtig. Das Zitat. Am besten, ich lese es vor." Er blätterte. Andere, die auch im Licht saßen, machten es ihm nach. „Hier: *Und er, der Freie, nach dem ich schreie, der*

Mensch, er kommt, ich bürge dafür. Ist angeblich von Majakowski. Ich habe versucht, das Rätsel zu lösen. Denn ein Rätsel ist der Satz, glaube ich. Er hat mich nämlich an die brandgefährliche Zeit erinnert, vor Jahren, als hier von der Ex-Stasi der Umsturz geplant worden ist. Und da hat ein Mann alles geklärt. Er hat eine verschlüsselte Nachricht entschlüsselt. Er ist hier, der Mann, nämlich Professor Leroschy, bei dem ich die Ehre habe zu studieren. Sie kennen ihn alle. Und er wird auch diesen Satz entschlüsseln. Darauf baue ich."

Damit setzte sich der junge Mann, und der Verfolger irrte über die Köpfe im Parkett. Offenbar war auch der Beleuchter der Meinung, jetzt sei der damalige Retter der Republik wieder gefragt und in der Lage, die rasche Befreiung herbeizuführen oder den Täter aufzuspüren.

Schließlich stand André unwillig auf.

„Dieses Zitat, Tim Mahler, ist ein wirkliches Majakowski-Zitat. Es birgt keine Geheimnisse. Es verweist darauf, dass die Idee vom sogenannten Neuen Menschen die sowjetische Gefangenenbehandlung mitbestimmt hat und der blanke Zynismus war, wenn man sie einem Gefolterten als Grund des Gefolterwerdens angab. Es erinnert an mittelalterliche Reinigungsfoltern durch die Inquisition. Solche Ideen hatten auch die Nazis, und überhaupt geistert sie durch die Köpfe vieler totalitär Herrschenden. Der Satz hilft uns aktuell nicht weiter. Ich stimme im Übrigen Frau Dr. Ulmens zu: Warten wir auf unsere Befreiung und atmen wir so flach wie möglich."

Er setzte sich. Der Verfolger huschte wieder zu der Erwähnten. Das Publikum wirkte gefasster. Das Husten hatte abgenommen. Man schien sich mit der Lage abfinden zu wollen. Einige legten so viel Kleidung ab, wie es noch schicklich war. Da erhob sich eine Stimme im Parkett. Der Lichtstrahl suchte und blieb an der Gestalt des allen bekannten Dr. Francisco Langa haften.

„Ich bin Zahnarzt. Das wissen hier manche. Und ich versichere allen Asthmatikern und allen Sensibilisierten: Es besteht keine Extremgefährdung. Atmen Sie flach, wie schon angeraten wurde, und atmen Sie geschützt. Im Übrigen habe ich den Eindruck, dass die Wucht des Gestanks nachlässt."

„Und als Ergänzung erlauben Sie mir bitte den Hinweis", so fing ein schlaksiger mittelalter Mann mit künstlerisch langem Haupthaar und gepflegtem Bart an, „dass die Gestankgase, seien das Methan oder Ammoniak oder Schwefelwasserstoff, immer eine geringere Dichte haben als Luft. Über kurz oder lang wird eine Entmischung stattfinden, die Gase steigen nach oben, und die Luft bildet die untere Schicht. Es wäre also empfehlenswert, die Ränge zu verlassen und den unteren Raum aufzusuchen."

Tana dankte für die Entwarnung. Als ob man das Gehörte jetzt erst selbst wahrnahm, setzte allgemeine Bewegung ein. Die hysterischen Laute waren verstummt. Es wurde leise geredet. Von den Rängen kamen die Besucher herunter und suchten sich Lücken.

„Macht weiter!", schrie es aus dem Gedränge. „Wenn wir schon nicht rauskönnen, dann spielt weiter!"

Der Regisseur schüttelte widerwillig den Kopf. Tana und Dilhan Sönmez berieten sich mit ihm.

„Der Vorschlag ist ...", Dilhan Sönmez überlegte, „ich schlage vor, dass sich die Schauspieler und der Regisseur ein paar Minuten beraten, ob die Gegebenheit stimmlich zu bewältigen ist und, im positiven Fall, die Aufführung fortgesetzt werden kann. Entscheiden Sie!"

Sie und Tana verließen die Rampe. Der Verfolger riss das Geknäuel von grauen Gestalten, in deren Mitte die Blumenweste Ben Arsings absurd blühte, in grelles Licht.

Es wurde laut. Einige versuchten sich daran, die Türen gewaltsam aus dem Rahmen zu sprengen, warfen sich gleichzeitig dagegen. Doch die einstigen DDR-Tischler hatten mustergültige Arbeit geleistet. Phili entschuldigte sich bei Robin, jetzt sei er bestimmt desillusioniert. Dabei könne Theater oft so wunderbar sein.

Er beruhigte sie, und sie verschwand wieder hinter ihrem Seidenschal. Er war sich mit Chawa einig, dass es hier wie in einem Irrenhaus zuging. „Verrückt!", sagte sie, ihr Gesicht lag im Fastdunkel. Sie fasste nach seiner Hand. Da beugte sich Phili über die beiden und fragte Bella, ob sie Beschwerden habe. Die verstand nicht richtig, der allgemeine Lärmpegel war gestiegen, und fragte, bei wem solle man sich denn beschweren? Der Autor habe sich offensichtlich in seinem Werk verloren. Till fragte Phili, was Bella gesagt habe. Das fragte Esther auch Harry, der mit André in der Reihe vor ihm gesprochen und ihm ausgeredet hatte, sich schämen zu müssen. Er müsse sich selbst dann noch viel mehr Vorwürfe machen. Aber für das Ausrasten des Autors könnten sie beide nichts. Immerhin, sagte Aida Valdes, jetzt kriege er ja, was er wollte, der Autor, denn sie seien doch mittendrin in Hitze und Mief. Fehlte nur noch, dass er Wanzen auf sie alle loslasse. Doktor Francesco Langa lachte leise.

„Glück gehabt!", sagte er.

„Wer?", antwortete es von vorn, und Mania drehte sich ihm zu, „wer hat Glück gehabt? Wir doch nicht."

„Ich", sagte Dirk Landor neben ihr, „ich hab Glück, dass ich das Desaster zusammen mit dir überlebe, ich schätze, es verbindet uns auf ewig."

„Was redest du da für Stuss?", entrüstete sie sich und wandte sich ihrem anderen Nachbarn zu, Gert Fermann.

„Du bist so still", stellte sie fest, „wie geht es dir?"

„Es ging mir schon schlechter", sagte er und wunderte sich über die Frage der jungen Frau und den weichen Ton in ihrer Stimme.

Solch eine Frage, die er aufgeschnappt hatte, hätte sich Brugge auch gewünscht. Er fühlte sich, seit er hier gefangen war, ohne Schutzhaut. Er spürte die vom Arzt attestierte Gefährdung doppelt in dieser neuen, von der er früher nichts geahnt hatte. Doch er wusste, dass seine polternde, invasive und oft verletzende Art es anderen unmöglich machte, zu ihm vordringen zu wollen oder sich gar um ihn zu besorgen. Er wollte sich ändern.

Ava Wood hatte sich durch die Reihe gezwängt und beugte sich von hinten zu Lavendel.

„Sorry, ich war heute Vormittag... ich war provokant. Die unglaubliche Idylle in dieser Friedensrepublik lässt mich manches überspitzen. Sorry!"

„*Idylle* ist gut", griff er ihre Worte auf und wandte sich um. Sie war verschwunden.

Rodewald Stoeberlins erste Sorge war, Bellas Blick standhalten zu müssen. Einem Blick, der ihn als Unbekannten streifen würde. Er hatte sie mit Harry zusammen gesehen und war verwirrt, dass diese unnahbar wirkende Frau ihm ihre Gedanken und Wünsche online offenlegte.

Heide Hattorf atmete unter Schmerzen, sorgte sich um Betty und war betört von dieser jungen RES-Chefin. Mit welcher Chuzpe die Frau das Dilemma in den Griff bekam! Sie selbst hätte das niemals so gemeistert. Und wenn das aufgewühlte Publikum ruhig wurde, hob die junge Frau zu sprechen an. Daher wünschte sich Heide, dass es unverzüglich atemlos still würde. Als Anerkennung für diese Frau.

Schon bei ihrer Bewerbung um die Stelle hatte Tana durch ihre Bedachtheit und Sicherheit alle für sich gewonnen, erinnerte sich Linh, die im Berufungsausschuss gesessen hatte. Unbedingt musste sie diese Frau einladen, dachte sie. Sie gefiel auch André, das hatte sie oft genug herausgehört.

André und Harry tauchten an der Rampe auf, im Gefolge die zwei Bühnentechniker mit durchgeschwitzten Hemden.

„Nichts!", sagte Harry und breitete die Arme aus, zum Zeichen, dass der gesamte Bühnenbereich durchsucht war, sich aber keinerlei Hinweise ergeben hatten.

„Wir haben die verriegelte Tür zum Keller aufbrechen können. Mit Hilfe der beiden Kollegen hier", sagte er zu Tana und der Dramaturgin, denn im Saal war er nicht mehr vernehmbar, der Geräuschpegel war angestiegen.

André hielt sich abseits. Ihn bedrückte die Situation nach wie vor. War er doch von Anfang an in dieses Projekt einbezogen, hatte der

Dramaturgin mit Rat und Tat beigestanden, was Textstraffung betraf. Und jetzt das! Was im Autor vor sich gegangen war, konnte er sich aber vorstellen. Denn mal hier, mal da seien aus dem Stück Teile herausgepolkt worden, so hatte sich der Autor beschwert. Und wie ein enttäuschter Autor zum reißenden Tiger werden kann, erlebten sie gerade. Dabei allerdings hatte er die Grenzen überschritten. Oder durfte ein Künstler die Zuschauer nach seinem Gusto quälen? War denn seine Kunst nicht sowieso erst existent im Austausch mit dem Publikum? War dessen gewaltsame Präparation also zulässig?

Dilhan Sönmez war zu ihm getreten.

„Das steuert auf einen Skandal zu", mutmaßte sie, „die außerrepublikanische Presse könnte das als Sensation feiern. Dieser Parsifal Brugge zum Beispiel, der hat eine Nase für Außergewöhnliches, aber auch für Katastrophen ..."

„Vergessen Sie es!", fertigte André sie ab und sah sich um, ob ihnen jemand zuhörte. Er blickte in Harrys ungläubiges Gesicht.

„Vergessen Sie es!", wiederholte er. Dilhan Sönmez entfernte sich. Die Arbeiter verschwanden nach hinten. Harry und André begaben sich wieder auf ihre Plätze.

Chawa war wie entschwebt. Bella ging es schlecht. Und Harry ... Ihr war, als wappne sich ihre ihm zugewandte Körperseite. Er bemühte sich. Seine Stimme wurde gütig, wenn er mit ihr sprach. Sie fühlte sich vereinnahmt. Es wirkte auch so, als schmücke er sich mit ihr. Und Rodewald? Sie hatte ihn zu sehen gehofft. Doch der Feigling wollte unauffindbar bleiben. Was ging in diesem Menschen vor? Sie spürte Wut.

Der Regisseur kam an die Rampe. Er schrie, das Stück werde fortgesetzt.

Keine Reaktion. Tana sorgte durch ein Heben des Armes für Aufmerksamkeit.

„Wir setzen die Aufführung fort", verkündete Ben Arsing aufgelöst, „eingeschränkt allerdings, denn manche aus der Truppe wollen sich die

Tortur nicht antun. Wir fangen deren Ausfall durch einen Erzähler auf. Das übernehme ich."

Es wurde geklatscht und gebuht gleichzeitig. Und es lösten sich aus der grauen Masse der Gefangenen einige und verließen die Bühne und suchten sich Plätze auf den Gängen. Tana war abgetreten. Vom oberen Teil der Kulisse, von einem der Einzelräume oberhalb der Zelle, ertönte eine scharfe Stimme.

„Sträfling 02431, Sie halten sich persönlich für unschuldig, sagen Sie. Vielleicht sind Sie es sogar. Ich hoffe es für Sie. Dennoch müssen Sie sich für schuldig erklären."

Der Verfolger tauchte einen Vernehmungsraum ins Licht. An der Wand ein Spruchband: *Menschen soll man pflegen wie Blumen (Stalin).* Ein Uniformierter stand an der Türe. Die hohen Stiefel des Sprechers, eines Offiziers, der hinter einem Schreibtisch saß, glänzten. Auch seine Orden glänzten. Vor dem Schreibtisch krümmte sich ein Sträfling in Lumpen.

„Warum?", erklang es schwach.

„Sie sind doch Parteimitglied!"

„Seit 1917!"

„Demnach stehen Sie in der Pflicht der Partei. In Treue bis zum Tod."

„Ja, schon. Aber ... wieso?"

„02341, ist die Partei Ihnen Rechenschaft schuldig? Stehen Sie etwa über der Partei? Haben Sie vergessen, dass die Partei immer recht hat?"

„Nein, aber weil ich doch ..."

„Na also!"

„... weil ich doch unschuldig bin."

„Halten Sie die Klappe! Sie sind egoistisch versaut."

Der Offizier stand auf und setzte sich auf eine Ecke des Schreibtisches. Seine Stimme wurde geduldig und als habe er Verständnis für den begriffsstutzigen Sträfling.

„Sie sind nur ein Sandkorn im Zement, der für den gewaltigen Bau des

Sozialismus benötigt wird, den unser Messias errichtet, unser Vater des Volkes, der Genosse Stalin. Jeder Sowjetpatriot steht da an seinem Platz. Und im Verhör sind nicht nur die tatsächlich Schuldigen zu überführen. Nein, die Verurteilung von Unschuldigen beeindruckt das Volk noch viel mehr. Und daran ist Ihnen doch gelegen, dass die Partei das Volk beeindruckt. Oder?"

„Die Partei ..."

„Unterschreiben Sie! Ihre Unterschrift fehlt noch in Ihrer Akte. Das muss in Ordnung gebracht werden."

Der Offizier legte dem Sträfling ein Blatt vor. Der sah darauf.

„Was steht da? Ich kann nichts lesen. Sie haben doch meine Brille konfisziert."

„Brille? Brauchen Sie nicht. Die Partei ist Ihre Augen. Oder trauen Sie den Sicherheitsorganen des NKWD nicht? Danken Sie so der großen Sowjetmacht für deren Fürsorge?"

„Nur ..."

Der Offizier gab dem Uniformierten ein Zeichen.

„Tritt ihn in den Arsch! Weg damit!"

Plötzlich, hinter der Kulisse, ein Schrei, der alle auf der Bühne und im Zuschauerraum erstarren ließ. Dem Schrei folgte ein Poltern.

„... weg damit in ...", versuchte der Offizier zu tun, als dürfe jetzt nichts mehr den Spielablauf aufhalten. Doch der gekrümmte Sträfling hatte sich aufgerichtet und sah in die Richtung des Schreies. Wie auch der Uniformierte, der schon Hand angelegt hatte an ihn.

Der Verfolger verließ den Verhörraum und streifte über die Zellenrückwand mit den verbretterten Fenstern. Tana, eskortiert von zwei RES-Mitarbeitern, sprang auf die Bühne und eilte hinter die Kulisse. Die Feuerwehrmänner folgten. Man hörte kurze Zurufe. Dann Stille. Dann Anweisungen Tanas.

„Kümmern Sie sich um den Verletzten! Und Sie, Sie sichern den Tatort. Nein, nicht Sie. Sie machen Fotos!"

Man hörte nichts weiter. Denn Tana führte die erste Befragung leise durch.

„Noch mal in aller Ruhe", forderte sie den Bühnentechniker auf, der noch immer schwankte.

„Sie haben ..."

„Ich hab die rückwärtige Kulisse sichern wollen, da war was losgerissen ... und da ... da hat sich was verhakt, hab ich gedacht und hab mit der Taschenlampe ... und da hab ich sie gesehen, die Schuhe, die kaputten, und hab mir als Erstes gedacht, aber ich war unter Schock, glaub ich ..."

„Sie haben geschrien."

„Ja? Ich weiß nicht. Hab gedacht: Der geht jetzt nicht mehr meilenweit mit seinen Camels. Entschuldigung, das hab ich gedacht."

„Und war sonst was Auffälliges?"

„Nein. Dann war Theo da."

„Du bist zusammengeklappt. Ich hab dich geohrfeigt", sagte der Bühnenmeister, „hab ich in einem Film gesehen, dass man das macht."

„Holen Sie ihn langsam runter und decken Sie ihn zu. Wir sind hier nicht im ... holen Sie ihn einfach runter!", sagte sie mit Blick auf die vielen Neugierigen, die um sie herumstanden. Denn die grauen Frauen hatten sich erhoben und hatten nach hinten gedrängt.

Der Regisseur dagegen kam an die Rampe und schüttelte den Kopf, wollte etwas sagen, fand keine Worte und setzte sich auf das von den Frauen verlassene Holzgestell und vergrub den Kopf in den Händen.

„Was ist los?", schrie es. Unruhe brach aus im zum Brechen überfüllten Parkett.

Tana kam nach vorn. Sie stand reglos an der Rampe, wie schon so oft an dem Abend.

„Ich muss Ihnen mitteilen", sagte sie, und man musste sich anstrengen, sie zu hören. Es war sehr still, „dass wir den Autor gefunden haben. Er ist nicht mehr am Leben."

Das Erste, was Rodewald Stoeberlin nach diesen Worten befürchtete, war, diese Nachricht würde hämische Bemerkungen nach sich ziehen. Aber es war bedrückend still, so still, dass die Klimaanlage wieder zu hören war, deren unheilvolle Tätigkeit fast in Vergessenheit geraten war. Tana wollte sich wieder abwenden, als die Frage „Wie ist er gestorben?" kam. Die Antwort darauf fiel ihr offensichtlich nicht leicht.

„Ein natürlicher Tod ist mutmaßlich auszuschließen."

Ein Raunen ging durchs Publikum.

„Er ist ... ermordet worden, wollen Sie sagen?"

„Wir werden die Umstände untersuchen."

„Wie ist er ...?"

„Er befindet bzw. befand sich in ziemlicher Höhe im Schnürboden. Einer der Arbeiter hat die Hängung der Kulisse nachbessern wollen, dabei stieß er auf die Leiche. Erhängt. In vier Metern Höhe. Ohne Beteiligung einer Zweitperson, die das um den Hals des Verstorbenen geknotete Seil arretierte, ist das undenkbar."

Danach wurde nichts mehr gefragt.

„Entschuldigen Sie, wir müssen die Spuren sichern." Die RES-Chefin wandte sich zum Gehen, verhielt aber den Schritt: „Wir können momentan nur notdürftig erkennungsdienstlich vorgehen. Deshalb überlassen wir die Leiche den Rechtsmedizinern in der Uniklinik. Haben Sie bitte Verständnis dafür", fuhr sie laut fort, „dass der Tatort hinter der Kulisse ab sofort nicht betretbar ist. Nichts darf verändert werden. Außerdem, wenn jemand im Raum sich mit Funktechnik auskennt, wäre das hilfreich. Es existiert ein Störsender, ein Handyblocker. Sie alle könnten in Ihrer Umgebung danach suchen. So ein Sender sieht aus wie ein Handy. Nur fehlt die Tastatur. Untersuchen Sie alles und lassen Sie sich die Handys Ihrer Nachbarn zeigen. Auffälligkeiten melden Sie bitte meinen Mitarbeitern! Wenn wir den Sender finden und abschalten, haben wir Kontakt nach draußen."

Jemand trommelte mit den Fäusten gegen eine Tür. Das fand Nachahmer. Bald wurde an allen fünf Türen getrommelt. Unaufhörlich. Es war auch sinnvoller, als nichts zu tun, fand Rodewald Stoeberlin, der nahe der mittleren Tür saß. Die Trommelnden mussten bald abgelöst werden. Wer abgelöst wurde, massierte sich die Hände. Dann gingen einige dazu über, die Schuhe auszuziehen und mit den Absätzen gegen das dicke Holz zu schlagen. Das verursachte großen Krawall.

Unterdrücktes Reden setzte wieder ein. Undeutlich durch die schützenden Tücher. Aberwitzige Theorien kursierten, was den Autoren das Leben gekostet haben könnte. Manche waren am Untersuchen ihrer Umgebung, Fußboden und Polsterstuhl wurden abgetastet, andere untersuchten die Holzpaneele der Wände. Robin und Chawa hatten sich unter seinem Sakko verkrochen und schwitzten gemeinsam und fühlten sich sicherer vor Gestank und Hitze, was beides sich abgeschwächt hatte. Ihre Stirnen klebten aneinander.

Till Seehofer konnte es sich nicht verkneifen, amüsiert auf die beiden zu zeigen, als ob deren Abschirmung etwas Witziges habe. Vermutlich, weil er das Gleiche mit ihr auch gern machen würde, dachte Phili, die die Vorstellung von sich wies. Johan Lavendel, den sie hinter sich wusste, wäre womöglich verletzt.

Denn sie, umgekehrt, hatte mit Befremden festgestellt, dass es sie schmerzte, Hendrikje und ihn untergehakt gehen zu sehen. Schleunigst sollte sie Abstand schaffen. Andererseits – die Einladung nach Paris, die Hendrikje ausgesprochen hatte, die würde sie schon gern wahrnehmen. Die Vorstellung eines ungestörten Zusammenseins mit Johan erschreckte sie nicht mehr. Sie hatte das Gefühl, sie hatte sich alles Denkbare verdient.

Das Jammern und panische Husten hatte nachgelassen. Die auf dem Boden gelagert worden waren, kehrten auf ihre Plätze zurück und verhüllten sich. Viele schienen das Warten als Geduldsprobe zu akzeptieren, sie saßen in sich versunken.

Das Trommeln an die Tür war zum ständigen Geräusch geworden. Tana wunderte sich, wie wenig tief sie der Tod des Autors aufwühlte. Lag das daran, dass auch sie von diesem Menschen bisher wenig wusste? Oder weil sie jetzt und hier schnelle Entscheidungen treffen musste?

Eine eingehendere Untersuchung des noch nicht steifen Leichnams hatte sie sich erspart. Eigentlich hatte sie den Autor lediglich über sein zerschlissenes Schuhwerk identifiziert. Als ihn der Techniker herabgelassen hatte, und sie den teigigen, fast amorphen Körper kurz am Hals berührt hatte, war dessen stumpfe Kälte abschreckend, und sie hatte schleunigst seine Bedeckung veranlasst. Schon allzu viel hatte das übliche Theatergeschehen durcheinandergewirbelt und sie Nerven gekostet. Sollten die Rechtsmediziner der Uniklinik sich um den Toten kümmern. Was sie und ihre Leute anging, so würden sie die Leiche unversehrt übergeben. Jetzt lag sie abgeschirmt im Halbdunkel.

Sie trat wieder ins Licht des Verfolgers. Das Reden und Trommeln verstummte. Ihr anfänglicher Überschwang war dahin.

„Die Spuren am Tatort sind gesichert, soweit das unter diesen Umständen möglich ist", bemühte sie sich um eine sachliche Darstellung. „Die Todeszeit ist per Augenscheinnahme nicht eindeutig zu bestimmen. Frühestens gegen 19 Uhr, zuvor habe ein Techniker die Anlage überprüft. Jetzt erledigen wir zweierlei. Erstens beginnen wir mit der Befragung derjenigen, die sich während unserer unfreiwilligen Haftzeit hinter den Kulissen aufgehalten haben. Zweitens untersuchen wir die Vorderbühne. Das Brettergerüst, das den Sträflingen zum Sitzen und Schlafen dient, muss angehoben werden, die Kulisse wird hochgezogen. Wir suchen den Störsender. Für diese Aktion benötigen wir Hilfe."

Prompt hoben sich unzählige Arme. Sie bat die Freiwilligen aus den ersten Reihen nach oben. Ohne Rücksicht auf ihre feine Kleidung machten sich Frauen und Männer an die Arbeit und versuchten das große Holzgestell in seine Einzelteile zu zerlegen und an die Wände zu lehnen. Die Schauspieler halfen mit. Angeleitet wurden sie von Erendira, sah Harry, die das alles ja entworfen hatte. Von Erendira, die in den vergangenen Wochen des Probens hin und wieder anwesend war, aber Abstand zu ihm gehalten hatte. Da hatte sich einiges Unausgesprochenes zwischen ihnen über die Jahre der Distanz hin angesammelt. Sie wollte es dabei belassen, schien es Harry. Oder erwartete sie, dass er das Schweigen brach?

Die Arbeitenden hatten schmutzstarrende und verklebte Hände. Der Gestank von Petroleum intensivierte sich. Tana trat mit einer Liste an die Rampe. Sie erklärte erst, dass es keine weiteren Erkenntnisse zur Person des Autors gebe. Sie las die Namen derjenigen vor, von deren Aussage man sich Aufklärung verspreche: André und Harry, Frau Dr. Sönmez und Ben Arsing, Erendira Hidalgo und die Bühnentechniker sowie sämtliche Schauspieler, die auf ihrem Weg von den Garderoben her etwas gesehen haben könnten.

Das Fäuste- und Schuhtrommeln setzte wieder ein. Der Verfolger sprang von einer Tür zur anderen und wieder auf die Bühne. Die Genannten sammelten sich in der Bühnenmitte, wo Platz geschaffen war, denn die gesamte Konstruktion von Frauenzelle und Verhörräumen war mittlerweile nach oben gehievt worden. Von mehreren Mitarbeitern wurden die Aussagen notiert.

Tana entfernte sich aus der Gruppe und verzog sich ins dunkle Kulissenlager. Sie schwitzte und hätte viel dafür gegeben, sich jetzt ins Meer stürzen zu können. Aber auch fünf Minuten unter der Dusche zu stehen, die sie neben der Frauengarderobe wusste, wäre himmlisch. Doch erst mal musste sie Struktur in den Ablauf der Untersuchung bringen.

Das Bedürfnis, allein zu sein, wurde übermächtig. Ihre Gedanken mussten geordnet werden. Denn sie versprach sich nichts von der eingeleiteten Befragung. Die hatte symbolischen Charakter. Sie hielt sowieso keinen der Anwesenden für fähig und motiviert, dem Autoren ein Seil um den Hals zu legen und ihn vom Leben zum Tod zu bringen. Nein, dazu war keiner dieser Menschen in der FRG in der Lage, das hatte sie im Gefühl.

Vorstellbar wäre gewesen, dass André R. Leroschy und Harry Voss bei ihrem kurzen Aufenthalt hinter der Kulisse dem Mann ins Gewissen geredet hätten und der daraufhin Harakiri begehen wollte. Doch so war es nicht gewesen. Und wenn der Autor schon vor der Aufführung zu Tode gekommen war? Wer weiß, wer sich da auf die Bühne gestohlen hatte, um ihm behilflich zu sein. Und waren nicht aus den Scheinwerfern Birnen entwendet worden? Das war ebenfalls im Zeitraum zwischen der letzten Probe und der halben Stunde vor der Aufführung geschehen. Sie musste die Befragung ausdehnen. Und wo war der vom Beleuchtungsmeister vermisste „Osram" abgeblieben? Würde noch eine Leiche gefunden werden? Oder war der Beleuchtungsassistent der Täter und hatte das Weite gesucht? Das war eine Spur. Bis jetzt die einzig erklärliche, dachte sie und begab sich zurück, um den Beleuchtungsmeister zu befragen.

Sie hatte erst ein paar Schritte nach vorn, ins rastlose Gewühl auf der großen Bühne, gemacht, da überfiel sie Müdigkeit. Oder war es der massive Wunsch, sich anzulehnen und die Verantwortung abzustreifen und dabei ins Gesicht ihres Wassermannes zu blicken, der sie schon einmal gerettet hatte? Sie entschloss sich spontan, Linh Tran, die Mutter ihres jungen Retters, die sie so sehr an ihn erinnerte, zu bitten, ihr bei dem Gespräch mit dem Beleuchtungsmeister zu assistieren.

So kam es, dass Linh zu ihrer Verwunderung von einem RES-Mitarbeiter hinter die Bühne, in den Keller, vorbei an der aus den Angeln gerissenen Feuerschutztür, in die Frauengarderobe, geführt wurde. Linh nahm an, es habe mit André zu tun, und freute sich, zur Klärung hinzugebeten zu werden.

Vor der Garderobe zogen sich die Schauspielerinnen um, die ihre Personalien abgegeben hatten und entlassen waren. Sie rissen sich die Lumpen vom Leib und wischten mit ihnen die graue Schminke von der Haut.

In der Garderobe war es Osram, um den es ging. Frau Sönmez kenne den Mann sicherlich besser, schlug Linh diese an ihrer Stelle vor. Doch die RES-Chefin, der man die ausgestandenen Strapazen aus der Nähe ansah, wollte sie gern als Mitdenkerin dabeihaben.

Sie saßen zu dritt in der übelriechenden und heißen Garderobe und wollten beginnen, als ein RES-Mitarbeiter erschien und das Ende der Suche nach dem Störsender meldete: ohne positives Ergebnis. Das Gerät befinde sich außerhalb des Gebäudes, vermutete er. Immerhin hätten solche Teile eine Reichweite von 150 Metern.

„Und hier ist der Tascheninhalt des Toten. Ich hab ihn ungern berührt. Er fühlte sich so zäh und fest und ausgekühlt und irgendwie fischig und schrecklich leblos an."

„Leblos? Ja, das ist das Fatale an dem Zustand, in dem er sich befindet", ließ sich Tana zu einem Scherz auf Kosten des Mitarbeiters hinreißen. Seine Beschreibung hatte sie abgestoßen.

Der Mann schmunzelte. Einer mit Humor, dachte Tana erleichtert. Er war auch schon dabeigewesen, als sie den Toten im Gewirr der Seile hatten baumeln sehen und dann heruntergelassen hatten. Noch nie hatte sie einen Suizidfall mit Sonnenbrille gehabt. Keiner sah sich veranlasst, die Brille abzunehmen.

Der RES-Mann legte einen Plastikbeutel mit den wenigen Habseligkeiten auf den Tisch.

„Mir fiel der Vergleich mit einem Fisch auch nur ein, weil seine Haut so trocken war, staubtrocken. Das passte nicht", sagte er.

„Ja. Dem passte wohl alles nicht mehr", bremste sie den Redseligen und sah auf die Uhr. Noch eine halbe Stunde bis zur Rettung, bis zum Aufschluss – hoffentlich.

Sie hatte das Bild des Erhängten vor sich. Merkwürdig, wie er sich an herabhängende Seile daneben geklammert hatte, als wollte er sich höherziehen. Und sie spürte noch die Kälte des Toten in den Fingerspitzen, die Kälte seines Halses, an dem sie nach der Halsschlagader getastet und kein Lebenszeichen wahrgenommen hatte. Die Scheu, ihn zu berühren, war auch in seiner absurden Maske begründet. Es lag da Salvador Dali. Bleich. Die gezwirbelten Enden des Schnurrbartes waren unversehrt. Und dann, das machte sie endgültig fassungslos, dann hatte da eine halbgerauchte Zigarette im Mundwinkel gesteckt ...

Der Beutel wurde ausgeleert. Ein abgegriffenes Portemonnaie, eine Packung Papiertaschentücher, Notizheft, Kugelschreiber, Kastanie, Schlüsselbund, Handy, ein silberner PEZ-Nostalgiespender. Letzteres merkte der RES-Mann sachkundig an.

„Kostet bei Auktionen an die 130 Euro. Ich sammle die Dinger auch. Lang schon. Seit im Film *E.T.* in einer Szene so was vorkam."

Tana schob die Sachen auseinander. Da klingelte das Handy. Alle sahen darauf.

„Das funktioniert. Wie kann das sein?", fragte der RES-Mann, „die Sperre ..."

Dreimal hatte es geklingelt. Tana hatte aufs Display gesehen und dann das Gerät ans Ohr gehoben.

„Ja?"

Sie wartete.

„Nichts", sagte sie. „Abgebrochen." Sie sah wieder aufs Display. „Anonym."

„Wir können feststellen, wer angerufen hat", sagte der Mitarbeiter.

„Machen wir. Später. Ist vielleicht der Täter gewesen."

„Er hat die Sperre durchbrochen", gab ihr der Mann recht, „er spielt mit uns."

Sie schickte den Mitarbeiter wieder nach vorn zur Vernehmung und sah den Beleuchtungsmeister nachdenklich an.

„Wenn Sie jetzt von mir was über diesen Osram wissen wollen ...", fing der an.

„Warum heißt er so?"

„Das ist traditionsgemäß der Name des zweiten Beleuchters, weil er auch für die Leuchtmittel zuständig ist. Und eigentlich heißt der jetzige Andi Gerewan."

„Und dieser Andi Gerewan fehlt ausgerechnet heute?"

„Keine Ahnung, wieso. Am Nachmittag war er noch anwesend. Hat nicht Bescheid gesagt."

„Was wissen Sie von ihm?"

„Also, wenn Sie meinen, Osram könnte den Autor ...dass er ... Nee, ein Mörder ... kann ich mir nicht vorstellen."

„Seit wann ist er am Theater?"

„An die zwei Monate. Und da war nie was. Ich weiß auch nichts über ihn. Er war mehr der Typ Einzelgänger. Ohne Frau, ohne Kinder. Hat im Männerheim gewohnt, Schönwalde Süd, glaube ich."

„Aha." Tana merkte, dass ihr die Auskünfte gleichgültig waren. Sie war erschöpft. Die Verhörerei jetzt war doch reine Beschäftigungstherapie. Das müsste viel gründlicher laufen. Dafür fehlte jetzt die Zeit. Doch sie saß immerhin weit weg von der hochkochenden Unruhe im Zuschauerraum. Sie befragte den Techniker weiter über dessen Verhältnis zu seinem Kollegen, war aber halb nur bei der Sache. Kämpfte ihre Enttäuschung nieder. War sie nicht auch in die FRG gekommen in der Hoffnung, hier auf hochgesinnte Menschen zu stoßen, auch ohne dass sie an Bestrafung durch ein astrales Wesen glaubten. Menschen, die sich an rechtsstaatliche Prinzipien hielten, Menschen, die ihren Verstand benutzten zur Überwindung der Selbstsucht. Aber was war? Da missbrauchte jemand sein Hirn, um sich grausam über andere zu erheben oder auf Rache zu sinnen.

Weil sie schwieg, setzte Frau Tran die Befragung fort, wollte wissen, wovon dieser Andi Gerewan während des Dienstes erzählt habe. Der Beleuchter druckste herum, Linh griff jede Andeutung auf. Sie machte das geschickt. Für sich nannte Tana sie nur Linh. Hatte sie doch einen engen Bezug zu ihr, seit sie den Roman über Leroschys Ankunft in der FRG, seine detektivische Arbeit für die Bürgerschaft und seine Liebesbeziehung zu eben dieser Linh kannte. Sie hatte das Buch gelesen, schon bevor sie die Stelle hier zugesprochen bekommen hatte. Und dieser wunderschönen Frau dann in Wirklichkeit zu begegnen war wie ein Eintauchen ins Phantastische. Und dann auch noch ihren Sohn kennenzulernen – da geriet sie selbst fast in einen sich entfaltenden Roman.

Sich dem zu entziehen, dafür war es zu spät. Weil es genau das war, was ihr lang schon fehlte, nämlich eine Poetisierung ihres Lebens. Danach hatte sie sich gesehnt, merkte sie jetzt.

Nach einer Weile entließ sie den Beleuchter, nachdem sie ihn für den morgigen Vormittag wiederbestellt hatte. Wenn sie bis dahin schon befreit wären, hatte sie lächelnd den Termin in Frage gestellt. Linh bat sie zu bleiben.

Sie bemühte sich um harmlose Sätze, die die Frau mit den schönen Augen in ein Gespräch zogen, ohne dass die Absicht deutlich wurde, dass sie einfach auch nur ihre Nähe suchte, die ihr ein wenig Nähe auch zu Will ermöglichte, ihrem Helden. Und wodurch sie selbst sich wieder finden konnte, wie sie annahm. Das ging fünf Minuten. Als sie aufstanden, umarmte Linh sie. Tana ließ sich in diese Umarmung fallen. Ihr wurde dabei bewusst, dass sie nur Eines haben konnte: aufrechte Freundin dieser bewunderten Frau zu werden oder Liebhaberin ihres Sohnes. Linh würde es gewiss nicht dulden, dass sie als Verheiratete die Potiphar für ihren Sohn machte. Und sie selbst aber würde auf keinen Fall Nein sagen können, wenn sich etwas entwickelte. Entmutigt löste sich Tana aus der Umarmung. Sie würde nichts unversucht lassen und mit Linh reden, wenn es soweit war.

„Danke!", sagte sie. Linh nickte.

Vorn angekommen, hatte Tana Mühe, in das ausgebrochene Tohuwabohu zurückzufinden. Sie brauchte nicht die Arme zu heben, der Verfolger nahm sie ins Visier. Und wieder, erstaunlich genug, wurde es still.

„Drei Punkte möchte ich mitteilen. A – wir stehen am Anfang der Ermittlungen im Fall des Verstorbenen. Das wird dauern. B – Ab sofort haben wir eine Chance, dass man sich von außen her einen Zugang zu uns verschafft. C – Um das zu beschleunigen, schlage ich vor, dass das Trommeln an den Türen von allen im gleichen Rhythmus erfolgt, und zwar morsen wir SOS. Drei kurze, drei lange, drei kurze Schläge.

Fangen wir an!" Sie gab den Rhythmus vor: „Kurz, kurz, kurz, laaang, laaang, laaang, kurz, kurz, kurz. Pause. Und Wiederholung. Immer wieder."

Die Schläge erfolgten jetzt tatsächlich synchron. Alle schienen gepackt von den wuchtigen gemeinsamen Schlägen, die sie der Erlösung näher bringen würden. Etwas wie Euphorie griff um sich. Heribert Osswald konnte seinen Blick nicht losreißen von der schwarz und leicht bekleideten Galionsfigur, die über den Köpfen zu schweben schien. Insgeheim übertitelte er seinen Bericht zu diesem Abend mit „Wir danken dir, Tana!" Er glaubte zu wissen, was alle empfanden. Die FRG hatte einen neuen Leitstern.

Einer der an der vordersten Tür Beschäftigten schrie plötzlich: „Stopp!". Alle stellten die Morseschläge ein. Es wurde still.

„Ich dachte, ich ... da ...", sagte er. „War wohl nichts."

„Sie haben recht", griff Tana das auf. „Morsen Sie dreimal SOS, dann legen Sie eine längere Pause ein. Wir hören sonst nicht, falls es eine Reaktion gibt."

Wieder schlug man gegen die Türen. Jede Bewegung war in dieser Hitze und in diesem Gestank eine Qual. Die Leute bearbeiteten das Holz verbissen. Danach Pause. Das setzte sich fort. Bei jeder Pause stieg die Spannung. Es hielt die Menschen nicht auf ihren Plätzen, traubenweise standen sie um die Türen.

Inzwischen, war sich Tana sicher, müssten ihre Mitarbeiter den Eingangsbereich betreten haben. Es sei denn, schoss es ihr siedendheiß durch den Kopf, außerhalb hätte es eine weitere Aktion gegeben, die ihre Leute lahmlegte. Sie verbot sich den Gedanken.

Nach der ersten SOS-Serie geschah es. In die Pause hinein erfolgte von außen ein Schlag gegen die Mitteltür. Und auf den einen Schlag erfolgten drei lange Schläge sowie ein einzelner langer, ein kurzer und wieder ein langer.

„O.k. heißt das", schrie einer, das heißt o.k. Die morsen zurück."

Ungläubiges Stillschweigen herrschte. Das Getrommle wurde eingestellt. Es blieb entsetzlich ruhig. Viele stöhnten. Man tröstete sich, man fand Gründe, warum sich die Befreiung verzögerte. Bis von außen wieder Geräusche zu hören waren. Hämmernde Schläge, Metall auf Metall. Dann bohrte sich ein breiter, vorn gekerbter Eisenzahn, oberhalb des Schlosses, zwischen die Türhälften.

„Ein Kuhfuß, eine Brechstange!", schrie einer. „Sie stemmen die Tür auf." Klatschen und Johlen waren die Reaktion.

Wirklich verzog sich eine Türhälfte. Es gab mehrere vergebliche Versuche. Das Eisenteil ruckte rauf und runter. Dann wieder Stillstand. Das Eisenstück steckte fest und war dennoch ein tröstlicher Anblick. Draußen bemühte man sich um ihre Befreiung.

Mit Getöse fraß sich dann nach langen Minuten ein zweites Brecheisen zwischen die Hälften, dieses Mal unterhalb des Schlosses. Die stahlharten Zähne zuckten vor und zurück. Das Holz bog sich. Es knirschte. Die Zähne drangen weiter vor. Es knirschte und splitterte. Eine Türhälfte sprang auf und wurde augenblicklich weit aufgerissen. Ein RES-Mann erschien und riss auch die andere Hälfte auf. Licht fiel herein. Licht! Luft!

Einen Augenblick standen sich die Männer draußen und innen die geblendeten Theaterbesucher mit ihren Tüchern vor den Gesichtern starr gegenüber. Es fiel kein Wort. Dann aber erhob sich ein Sturm, Stimmen überschlugen sich, und die Ersten schoben sich panisch hinaus. Von allen Seiten drängte man zu dieser Tür. Mit den ausgedienten Brecheisen in den Händen sahen die RES-Mitarbeiter entsetzt auf das Knäuel schweißnasser und halbnackter Männer und Frauen mit verschmierten schwarzen Augenhöhlen, auf Untote, herausgerissen aus einer bösen Hieronymus-Bosch-Vision.

Es waren die Älteren, die zurückblieben, um andere zu beruhigen. Auch die RES-Mitarbeiter, die im Saal postiert waren, suchten das Geschiebe und Gerangel und den Gliederwust der Drängenden, aus dem ängstliche Schreie kamen, zu entzerren. Vergeblich.

Tana stand mitten im Raum. Sie war erschöpft. Um sie scharten sich Harry und seine Freunde. Mitgenommen sahen sie aus. Sie dankten ihr für ihre Kaltblütigkeit und die getroffenen Maßnahmen. Man schüttelte ihr die Hand, man klopfte ihr auf den Rücken, man nahm sie in die Arme. Alles Weitere morgen!, hieß es. Ja, bis morgen! Und wie erlöst strebten die letzten Besucher aus dem Raum.

Erendira hatten die Torturen wenig ausgemacht. Ihr Naturell ließ sie immer Schlimmstes erwarten, um so erleichterter war sie, wenn es so nicht eintraf. Sie beschäftigte sich auf der Bühne und behielt Harry im Auge. Esther, seine Frau, hatte sich bei ihm eingehängt. Er bemühte sich, den Anschluss an jene Schwarzhaarige mit ebensolcher Tochter nicht zu verlieren, deren Nähe er, wie zu beobachten war, öfter gesucht hatte. Da musste es eine Verbindung geben, die von Esther gebilligt war. Viel zu wenig wusste Erendira von ihm.

Dass Esther die Leiterin der Frida-Winckelmann-Schule war, das hatte sie herausgefunden. Und ihr Freund und Malerkollege Gunnar Luvegk hatte ihr zu einer Idee verholfen. Sie würde sie aufsuchen, diese Esther, hatte sie beschlossen, und ihr ihre Mitarbeit bei einem schulischen Projekt anbieten. Das würde ihr die Tür öffnen. Dieser Wunsch trieb sie an. Sie würde zur Stelle sein. Wollte nichts zerstören, nur einfach da sein. Ihrer exotischen Anziehungskraft konnte sie sich sicher sein. Damals hatte sie ihn gebraucht, und er war für sie da. Jetzt wollte sie für ihn da sein.

Nur das technische Personal, die RES-Mitarbeiter und Tana und die Dramaturgin warteten noch darauf, den Ort der Folter verlassen zu können. Dilhan Sönmez gab kurze Anweisungen bezüglich der Klimaanlage und dass man den Hausmeister herbeitelefonieren solle. Den Einwand, noch immer seien die Handy-Verbindungen gestört und das Festnetz unbenutzbar, ließ sie nicht gelten. Man solle eben draußen ein paar Meter gehen. Und der Hausmeister setze alles Notwendige in Gang. Sei das veranlasst, sehe man sich morgen um 10 wieder.

Eine Ansage, die wohl auch ihre Mitarbeiter, die sich gegenseitig über die Geschehnisse informiert hatten, von Tana hören wollten. Sie tat ihnen den Gefallen. Wenn der Leichnam abtransportiert sei in die Uniklinik, dann sei für heute hier Schluss.

Sie selbst allerdings, entschloss sie sich, wollte auf den Hausmeister warten und in Erfahrung bringen, wie der Gestank in die Klimaanlage gelangt war.

Jetzt lief alles wie am Schnürchen. Einer der RES-Männer hatte anscheinend von sich aus bei der Klinik angerufen, der Rettungswagen fuhr vor, der Autor wurde sorgfältig abtransportiert. Tana begleitete die Leiche zum Wagen. Sie informierte die Sanitäter über ihre Erkenntnisse. Die klare Nachtluft war eine Wohltat. Am Steuer sah sie schemenhaft einen dicken Fahrer. Unbeweglich, mit buschigem Bart und Baseballcap. Ein Ellenbogen lag lässig auf dem Türholm. Offenbar war da einer überraschend aus dem Bereitschaftsdienst abgerufen worden. Ohne Blaulicht entfernte sich das Fahrzeug, behutsam, es eilte nicht mehr. Der Fahrer hob sogar die Hand zum Abschied. Hier brachte die Leute nichts aus der Ruhe.

Auch Dilhan Sönmez verabschiedete sich. Tana suchte eine Sesselgruppe im Foyer auf und beschäftigte sich mit dem sichergestellten Handy des Autors. Die Nummern der vorgenommenen Anrufe mussten überprüft werden. Wenn sich der Verdacht, der ihr inzwischen gekommen war, bestätigte, würde der Fall eine neue Wendung nehmen. Reden würde sie darüber aber erst, wenn sie der Anrufer und Angerufenen wegen Gewissheit hatte. Sie las die empfangenen und versandten SMS. Alles ohne Belang. Der Autor war ein vorsichtiger Mensch. Unter den gespeicherten Adressen waren diejenigen von Harry Voss, André R. Leroschy und Dilhan Sönmez, was nicht verwunderlich war. Erstaunlich aber, dass auch ihre Privatnummer sich in der Liste befand. Wie war er da drangekommen? Aber das war wohl weniger die Frage als die: Warum hatte er sie gespeichert?

Beschäftigt wie sie war, hatte sie nicht bemerkt, wie sich jemand genähert hatte. Erst als er vor ihr stand, blickte sie auf. Will. Zur Abwechslung mal bekleidet. Er lächelte sie an. Frisch, als sei er gerade aus seinem feuchten Element gestiegen. Aber wie sah sie aus? Der Eindruck war bestimmt verheerend. Das zu denken, war unter ihrer Würde, ermahnte sie sich. Sie war sie, wie auch immer sie aussah. Basta! Und wenn das jemandem missfiel, sollte er verschwinden. Fast wurde sie böse auf den jungen Mann, der nur dastand und lächelte und sich zu freuen schien, sie in diesem Zustand zu sehen.

Sie war verunsichert.

„Und?", fragte sie möglichst abweisend.

„Ich hab alles gehört von Linh. Sie ist total fertig."

„Und was willst du dann hier?"

„Was ich will? Die über sich hinausgewachsene und bestimmt völlig erschöpfte und doch so anziehende Frau, von der die Rede war, will ich in den Arm nehmen."

Sie musterte ihn. Was wollte er? Hier in der Öffentlichkeit? Gedankenloser Kerl! Klar, ihm war das egal. Lieber Kerl! Woher wusste er, dass sie genau das wollte? Aber sofort. Nein! Was bildete er sich ein? Etwa dass sie ihm um den Hals fiel? Er roch so gut. Er hatte etwas Unzerstörtes und Unzerstörbares. Sie erhob sich und schwankte. Er fing sie auf, umschloss sie. Sie spürte seinen Körper und sein Atmen. Flüchtig dachte sie, dass der Gestank der letzten Stunden an ihr hing und dass sie sich verschwitzt und klebrig anfühlte, vergaß das aber, vergaß es völlig und fühlte sich geschützt bei diesem Arglosen, diesem Unverwüstlichen, geschützt wie lange nicht mehr.

Als sie sich losmachte, war das wie ein leichtsinniger Verzicht.

„Warum fährst du nicht nach Hause? Du musst todmüde sein", fragte er.

„Bin ich."

„Ich kann an deiner Stelle warten. Auf wen auch immer."

Sie sah in sein dunkles, offenes Gesicht.

„Ja, könntest du ... auf den Hausmeister."

„Ich kann ihm zum Beispiel sagen, er soll abschließen. Oder was sonst soll ich sagen?"

„Spuren müssen gesichert werden. Die Klimaanlage muss ich ... die Quelle des Gestanks ... kann morgen zu spät sein. Und ein Handyblocker muss irgendwo versteckt sein."

„Was dagegen, wenn ich dir Gesellschaft dabei leiste?"

„Mein guter Ruf ..." Sie streichelte schnell sein Gesicht. „Aber wenn du wirklich den Hausmeister abfängst ... und ihm sagst, ich käme gleich, und wenn du ihn bittest, erst mal die Telefonanlage imstandzusetzen, dann könnte ich mich für einen Moment unter die Dusche stellen. Ich sterbe, wenn ich mich nicht gleich wasche. Spüre überall den Gestank an mir haften. Von Kopf bis Fuß usselig, so würde mein Mann das nennen. Bei den Garderoben unter der Bühne gibt es eine Dusche. Wie neugeboren werd ich mich fühlen."

„Neugeboren? Hört sich unheilvoll an. Alles Frühere ist vergessen? Nein, geh schon!"

Sofort war sie verschwunden. Untergetaucht im halbdunklen Zuschauerraum, aus dem immer noch beißender Gestank drang. Er machte es sich bequem.

Keine zwei Minuten dauerte es, und der bullige Hausmeister, Herr Mauss, stampfte herein. Jeder in der Republik kannte den Theaterverwalter. Vermutlich war er schon als Hausmeister geboren worden. Er sah sich um.

„Ein Mal ist man nicht da, und schon steht alles Kopf", schnaufte er. „Und wo ist sie jetzt, die Schutzfrau, von der alle sprechen?"

„Gerade zu den Garderoben gegangen. Drei Bitten von ihr soll ich ausrichten: Die Netztelefonverbindung wieder herzustellen. Möglichst einen Handyblocker außer Kraft zu setzen. Und alles sicherzustellen, im Bereich der Lüftungsanlage, was den Gestank hervorgerufen hat. Frau Ulmens kommt gleich zu Ihnen."

„Und du, du bist doch Linhs Junge?"
Will nickte.
Der Hausmeister tippte mit dem Zeigefinger an den nicht vorhandenen Schirm einer nicht vorhandenen Kappe.
„Sag ihr, nach spätestens einer Stunde bin ich wieder weg. Morgen ist auch noch ein Tag."
Und wieder dauerte es nicht lang genug, als dass sich Will hätte fragen können, ob das wirklich eine gute Idee war, hierher zu sausen und nachzusehen, ob sich hinter dem Namen Tana, den Linh so achtungsvoll aussprach, seine Tana, die er den Fluten abgerungen hatte, verbarg, und er ihr nicht wieder beistehen musste. Sein Handy klingelte, sie war dran.
„Dieser Herr Mauss", sagte sie, „ist perfekt, hat in seiner Station sofort den Störsender entdeckt und abgeschaltet und mich informiert. Gut, dass ich rangegangen bin, wollte gerade zu duschen anfangen. Gut deshalb auch, weil ich kein Handtuch habe. Möglich, dass welche im Handmagazin liegen, gleich links, wenn du auf die Bühne kommst. Ein winziges Kabuff ist das mit dem Tagesbedarf an Requisiten. Sei so lieb, schau nach und bring mir was! Und verirr dich nicht im Keller, da gibt's jede Menge Gänge. Richte dich nach den Schildern."
Abgebrochen. Er hatte seine Aufgabe und ging in den stinkenden Zuschauerraum und auf die Bühne. Sah sich um, dachte sich den weit oben zum Bühnenhimmel aufgestiegenen und für immer verstummten Autoren. Keine gute Vorstellung. Was mussten die vorhin alle gelitten haben.
Schnell fand sich das Handmagazin, das Licht ließ sich einschalten, und er suchte nach etwas zum Abtrocknen. Ein weinroter Bademantel schien geeignet. Den nahm er und drang immer weiter vor in die Tiefe der Bühne. Bis er, eine Treppe tiefer, und zwei Gänge weiter, Brausen und Wasserplätschern hörte. Die Tür des kleinen Duschraums war angelehnt. Will trat zurück. Er wollte nicht, dass Tana ihn für einen hielt, der durch den Spalt spähte. Nach einer Weile endete das Prasseln.
„Ich hab was zum Abtrocknen", meldete er sich.

„Schön. Bin bald soweit. Noch einseifen."

Es war still.

„In manchen Filmen", sagte Tana, „ist das der Moment, wo die Frau bittet: Würde es dir was ausmachen, mir den Rücken einzuseifen?"

„Das kenne ich", sagte er nur.

„Und?", fragte es hinter der angelehnten Tür. „Würde es dir was ausmachen? Ich bin heute so ungelenk. Traust du dir zu, mich einzuseifen?"

Er wurde nervös. Aber wenn er ehrlich war, hatte er auf so ein Wunder gehofft. Die offenstehende Tür allein schon hatte in ihm solche Hoffnungen aufflackern lassen.

„Wenn du meinst ...", sagte er cool. Aber seine Stimme bebte, merkte er. Er schob die Tür auf. Und da stand sie, die Schöne, die aus der Antikensammlung des Museums ausgerückt war, um schlichte Herzen wie seines zum Stolpern zu bringen. Müde sah sie nicht aus. Wirklich nicht. Ihre Augen sprühten vor Übermut. Ihre Haut dampfte. Das Gesicht leuchtete. Von den Brüsten fielen Tropfen herab.

Ich weiß, ich hab ein paar Gramm zu viel auf den Rippen, dachte sie, als sie seinen Blick auf sich spürte. Aber es war ein rührender Blick. Bewunderung lag darin, Zuneigung und Begehren. Sie war weich wie Wachs unter diesem Blick.

„So darfst du aber nicht hier rein", bestimmte sie. „Müsst ich mich ja sonst schämen. Zieh dich schnell aus!"

In Sekunden war abgestreift, was ihn am Betreten der Kabine hinderte. Und gleich stand er ihr gegenüber. Sie atmete tief ein und aus.

„Schön ...", brachte sie nur heraus, „schön, dass du da bist", sagte sie. Ihre Stimme war auf einmal tiefer. War wärmer. War wie die Wärme, die ihre Nähe in ihm heraufbeschwor. Sie drückte ihm eine Plastikflasche mit Seife in die Hand und wandte ihm den Rücken zu.

„Walte deines Amtes!", sagte sie und schmiegte sich erst an ihn und hielt dann wieder Abstand. Er verteilte Seife auf Nacken, Schultern, Armen und Rücken. Durch und durch ging es ihm, als sich seine Finger ihrer auf diese Weise bemächtigten. Es fühlte sich an, als gehöre ihm, was er berührte. In diesem Moment. An der Hüfte angekommen, zögerte er.

„Da ist noch mehr ..."

In ihrer Stimme knisterte es. Folgsam verrieb er das glatte Gel auf ihren Pobacken. Und als sie ihre Beine auseinanderstellte, strich er auch ein Stück weit zwischen die Backen. Sie wand sich genussvoll.

„Ja", seufzte sie, „trau dich ..."

Seine Hand bebte, als sie sich weiterschob. Als er ihr feinbehaartes und volles Geschlecht zu fassen bekam, lehnte sie den Kopf an seine Schulter. Er konnte nicht anders, als seine Finger leicht zu bewegen. Ein Lächeln lag auf ihrem Gesicht. Dann griff ihre Hand nach seinem Glied.

„Wenn du jetzt in mich kommen willst ...", flüsterte sie und atmete heftig und verstärkte seine Aufgeregtheit. Sie wartete keine Antwort ab, wandte sich ihm zu und drehte die Dusche wieder auf. Die Wasserstrahlen hüllten sie lauwarm ein. Ihr Gesicht war erhitzt, ihre Augen verschwommen, als sie ihn auf den Hocker niederdrückte. Die Seifenflasche fiel zu Boden. Sie setzte sich auf seine Oberschenkel. Er umarmte sie. Das Wasser strömte in gleichmäßigem Fall.

„... aber ich weiß nicht, lieber Wassermann, ich weiß nicht, sei nicht böse ... ob ich damit klarkomme ... ich verfalle dir."

Das flüsterte sie, er hörte es, verstand aber nichts, denn sie rückte näher und strich mit seinem Glied, das sie nicht aus der Hand ließ, über ihre Scham, und kam noch näher und ließ in ihrer Glut verschwinden, was sie hielt. Mit geschlossenen Augen saß sie und bewegungslos. So will ich ewig bleiben, dachte er. Der Wasserschauer machte ihr Gesicht noch weicher. Oder es war etwas anderes.

„Ach, Will ...", sagte sie und löste sich ebenso langsam, wie sie sich auf ihn gesetzt hatte und beugte sich zu ihm und legte ihre Lippen auf seine. Sie ließ sich viel Zeit. Und als ob nichts gewesen wäre, zog sie ihn hoch und gab ihm einen Klaps auf den Hintern.

„Jetzt aber los!", sagte sie unvermutet forsch, „wir haben noch ein Date mit Herrn Mauss!"

***

Nach wenigen Minuten war die Ursache des infernalischen Gestanks geklärt. Druckluftbehälter, aneinandergekoppelt, leiteten ihren Inhalt per Schlauch ins Lüftungssystem. Herr Mauss drehte die Verschlussschrauben zu.

„Das hat jemand installiert, als ich um 19 Uhr wegging."
„Ein Insider?"
„Auf jeden Fall. Der an meine Schlüssel kommt und Kopien anfertigen lassen kann. Einer aus der Stammbelegschaft. Hier tauchen sie alle mal auf. Von Frau Dr. Sönmez bis sonst wem."
„Der zweite Beleuchter ist verschwunden, unabgemeldet."
„Osram?"
„Und mit ihm ein Teil des Lichtes, inklusive Ersatzbirnen. Er muss auch die Sicherungen manipuliert haben."
„Sauerei! Aber das regle ich", versprach Herr Mauss. „Und der Beleuchter ... Er ist noch nicht lang hier. Ich weiß nichts über ihn. *Der Eigner schweigt*, hat er öfter gesagt. Und dann schwieg er auch."
„*Der Eigner*? Versteh ich nicht."
„Ich auch nicht."
„Wie dem auch sei, wir machen morgen klar Schiff. Für jetzt hab ich genug."

Sie verabschiedete sich von einem zufriedenen Hausmeister. Auch seine Arbeit war fürs Erste erledigt. Vor dem Theater hielt Tana Wills Hand.

„Ich spür dich noch in mir. Montag ... am Strand?", fragte sie schließlich.

Er nickte. Sie stieg in ihr RES-Auto. Lautlos fuhr es davon. Sie war zum Platzen glücklich und bedrückt zur gleichen Zeit. Warum bedrückt, fragte sie sich. Sie war nicht bis zum Äußersten gegangen, verteidigte sie sich gegen unsichtbare Ankläger. Aber sie hätte es sehr gewollt. Sie war so ausgehungert nach der unsicheren Zärtlichkeit dieses jungen Apoll, der gar nichts von seiner Schönheit wusste. Nein, ein schlechtes Gewissen musste sie nicht haben, versicherte sie sich. Ihr Verzicht darauf, vorhin mit diesem jungen Mann, dessen Anbetung sie spürte, auf einen und noch einen und noch einen Gipfel zu stürmen, wusch der sie nicht rein? Aber dass sie fest vorhatte, genau das noch zu erleben, auf jeden Fall, und dass sie nur verzichten hatte können, weil sie aufschob, weil sie wartete – das müsste sie doch bedrücken, oder?

Trotz des inneren Aufruhrs fuhr sie in mäßigem Tempo durch die nächtlich leere Stadt. Sie hatte den Platz der Freiheit hinter sich gelassen, und das Elektroauto schnurrte am Ryck entlang. Schnurrte wie eine glückliche Katze. Ihr war auch nach Schnurren.

***

Wenn einer jemandem verfallen war, vom ersten Moment an, dann war er es, dachte Will. Der Frau verfallen war er, dieser unerwartet von der See in sein Leben gespülten. Dieser Schönen, die tat, was sich kaum vorstellen ließ und die unzählige maßlose Wünsche in ihm wachsen ließ. Er kroch ins Bett und hörte schon nicht mehr, wie André nach Hause kam.

***

Die Fahrt zurück nach Rügen verlief schweigsam. Erst in der Bahn, dann im Auto. Das Motorgeräusch schläferte ein. Sie hatten den Gestank mitgenommen. Robin glaubte, dass Till eingeschnappt war, weil Phili wieder in Greifswald hatte bleiben wollen, um mit alten Freunden zu klönen.

Hatte sie gesagt. Er habe sich die Reise hierher ein bisschen anders vorgestellt, war Tills Antwort.

„Hattest du heute nicht schon genug Babylon?", hatte er vorwurfsvoll hinterhergeschickt. Das war töricht von ihm. Aber dass er morgen am Vormittag schon wieder die Strecke fahren sollte, um sie für die Rückfahrt abzuholen, und auch um die Spezialwünsche des verwöhnten Phili-Sohnes zu erfüllen, das schmeckte Till bestimmt auch nicht, hatte Robin das Gefühl. Aber er wollte dabeisein, wenn Chawa und Bella gegen Mittag losfuhren. Vielleicht konnte er sich vorher nützlich machen. Bella hatte umdisponiert. Das hatte sie vorhin beim Abschied mitgeteilt. Chawa staunte. Sie würden von Hamburg aus zurückfliegen. Und im Herbst würden Björnarne und Lasse mit der *Dakota* von Greifswald nach Spanien segeln, in die Nähe von Alicante. Und da überwintere das Schiff unter der Aufsicht von Chawas Opa El Lobo. Und im nächsten Jahr könne man von da aus endlich durchs Mittelmeer schippern. Nach Kreta vor allem.

Was Robin im Auto beunruhigte war die Vorstellung, dass er immer auch an den Gestank denken würde, wenn er sich daran erinnerte, wie er und Chawa sich den Abend unter seiner Jacke versteckt hatten. Aber das würde bedeutungslos sein. Immer wollte er sich Chawa ganz nahe vorstellen können.

In Gedanken ergänzte er die Liste all dessen, was er außer Chawa so überwältigend fand, dass er immer wieder daran denken mochte. Schön war es, wenn Phili, nach Hause kam. Oder wie Sasso, sein Hirtenhund, sich gefreut hatte, wenn er von der Schule gekommen war. Sasso konnte sich aber nicht mehr freuen, er war von einem Auto überfahren worden. Schnell dachte Robin an etwas anderes, zum Beispiel, wenn er durch Tante Veras unberührte Gartenwildnis streifte. Schön war es auch, an einem sich durch Wiesenkräuter schlängelnden Flüsschen dem Rieseln und Gluckern und dem Summen von Regenlibellen zuzuhören und das Flitzen von Fischen im klaren Wasser zu beobachten. Schön war es, in Garmisch dem hohen und weiten und stummen Flug eines Adlers zwischen Kramer und Wank und Alpspitze mit den Blicken zu folgen. Schön war das im Wind sich biegende Schilf am Ufer des Steinhuder Meeres. Schön war es, mit Orhan um den Maschsee zu radeln, bis sie nicht mehr konnten. Und schön war es, unheimlich schön sogar, das wusste er jetzt, die Hand Chawas zu halten und ihr Lächeln abzukriegen. Ein Lächeln, das nur für ihn da war. Auf geheimnisvolle Weise veränderte sich damit alles ringsum. Besonders er.

Obwohl er so glücklich war, nickte er ein und erwachte nur kurz, als Till meinte, jedes Großstadt-Theater wäre neidisch auf das Wahnsinnsspektakel vorhin.

„Das werd ich so schnell nicht vergessen", meinte Till. Er auch nicht, dachte Robin, bestimmt nicht, und wollte noch fragen, was er mit Babylon gemeint habe, zu Phili. Aber da fielen ihm wieder die Augen zu. Er hörte wie von fern Till vor sich hin reden. Vielleicht nicht für andere Ohren bestimmt. Liebe sei das Einzige, was wachse, wenn man es verschwende, hörte Robin. Aber man liebe kein wirkliches Wesen, sondern eines, das man sich selbst ersinne. Da sei das Scheitern vorprogrammiert. Tills Stimme entfernte sich immer weiter.

***

Nein! Bella hatte auch nicht mehr mit Harry und Esther im *Alten Fritz* gemütlich zusammensitzen wollen, um zu vergessen oder im Gespräch Erklärungen zu finden. Nur noch in ihre Koje wolle sie.

„Und du, Chawa, was willst du?", fragte sie.

Die Angesprochene fühlte sich verschaukelt mit dieser unehrlichen Frage. War doch klar, dass sie mit dem fremden Plötzlichgroßvater nicht stundenlang in einer Kneipe sitzen wollte – nach dem Abend. Genauso wenig wie Bella mit ihrem Plötzlichvater. Und jetzt sollte sie es sein, derentwegen aus dem gemütlichen Beisammensein nichts werden würde. Schade, sie war zu angefüllt mit Robin und war auch zu erschöpft, sonst hätte sie dem ewigen Skipper die Stirn geboten und das gemütliche Treffen bejubelt.

Nach dem Duschen im Hafencenter verkroch sich Chawa in ihrem Schlafsack. Und Bella, die vorhin was von Koje gegakelt hatte, was tat sie? Klappte ihr Notebook auf und chattete. Chawa drehte sich zur Wand und schlief sofort ein.

Rodewald Stoeberlin war online.

„Bin da", hatte er angezeigt. Da für sie? Dass sie nicht lachte! Der Unmensch machte ernst, war nicht zu greifen. Zu begreifen auch nicht. Aber sie durfte jetzt nicht ihren Ärger über die verpfuschte Ehren-Aufführung für Harry an Rodewald auslassen. Alle hatten gelitten. Und wer weiß, was alles sich in Rodewald angesammelt hatte, das ihn so scheu sein ließ.

„Bin auch da", tippte sie.

„Für Harry tat es mir leid", schrieb er.

„Mir für den Autor", musste sie kontern. „Gibt sein Leben, damit sein Stück mehr sein kann als nur eine flüchtige Elendsschau."

„Wenn er nicht ermordet wurde. Aus Rache, Hass, Überdruss, Neid ..."

„Das passt nicht in die Republik."

„Und was ist mit den Stasimorden vor ein paar Jahren, die André aufgeklärt hat? Die passten auch nicht."

„Das kam von außen."

„Vielleicht versteckt sich unter uns Gästen ein Mörder? Ich zumindest war es nicht!", betonte er. „Und du guter Mensch vermutlich auch nicht."

„Jetzt Süßholz raspeln, aber vorhin keinen Mut haben, zu mir zu kommen ..."

„Fast wäre ich. Aber du warst ja völlig mit Harry beschäftigt."

„Du flunkerst."

Das liest sich versöhnlich, dachte Rodewald Stoeberlin.

„Nur ein bisschen. Vor allem weißt du ja, wieso ich das Unkonkrete jetzt für wichtig halte. Die Sehnsucht soll ins Unendliche wachsen."

„Das ist doch gesponnen. Liegt dir denn gar nichts an mir?"
„Bist du verrückt!!??!!"
„Ich hab so ein Flackern und Brennen in mir, wenn ich an dich denke. Eine knisternde Unruhe. Da wäre eine beruhigende Hand überaus und überall hilfreich."
„So gehts mir doch auch", bekannte er, fürchtete aber, dass sie ihm das nicht abnahm. Oder hoffte er es? Weil er selbst so sehr an seinen Worten zweifelte. Er wollte auch klarstellen, dass sie einander doch vor allem romanhafte Figuren seien und das bleiben sollten, denn eine Chance zur Verlebendigung hätten sie nicht, so wie sie lebten, in vieler Hinsicht getrennt.
„Wann lauft ihr morgen aus?", wechselte er das Thema.
„Wir fliegen. Das Boot bleibt hier. Lasse und Björnarne hatten die Idee, damit nach Spanien zu fahren."
„Dann bist du ja morgen Abend wieder in Visby. Das gefällt mir. Seefahrt beunruhigt mich."
„Das Boot ist narrensicher."
„Sieht auch sicher aus."
„Ach, du hast es angesehen. Das hast du dich getraut?"
„Aus der Ferne. Und du warst nicht da."
„Mann, das ist zum Verzweifeln mit dir. Oft bin ich nahe daran, die Männer zu verachten und zu hassen."
„Das hast du Strindbergs Julie abgelauscht."
„Weil es allgemeingültig ist. Aber trotzdem umarme ich dich. Chawa schläft schon selig. Sie war immer mit dem spanisch aussehenden Sohn von Phili zusammen. Es war schön, zu sehen, wie vorsichtig die beiden miteinander umgingen. Alles ist zerbrechlich, und sie wissen es und hüten es. Bin ein bisschen neidisch. Aber andererseits – mir ist ja ein menschenscheuer Bücherhöhlenbewohner vergönnt. Für den ich ein Gedicht habe. Neugierig?"
„Natürlich."

*„Bella kommt
mit haufenweise Worten
Fetten Schenkeln
Kleinen Titten
Und sehr viel Liebe* – und jetzt schlaf gut!"
„Danke für den lyrischen Erguss. Ich lass ihn einwirken. Schlaf du auch gut!"
„Ich küsse dich!"
„Ich – ich dich auch."
„Ich dich mehr. Ununterbrochen!", schrieb sie.
Er blieb eine Antwort schuldig. Hatte er nicht genau das geschrieben, was sie sich geschrieben wünschen könnte? Oder stammte es aus ihm? Oder empfand er mehr noch die Unruhe, in die sie ihn so lang jetzt schon versetzte, zunehmend als zerstörerisch? Als etwas, das sein Leben aus den Fugen brachte? War es nicht so, dass er begeistert und verwirrt verfolgte, wie sie in Worten nachholte, nachholen wollte, was sie früher vielleicht hätte erleben wollen. Er auch. Ausschweifungen. Die ihn jetzt aber überforderten. Deren Überschwang ihn in einen erotischen Strudel riss, in eine Henry-Miller-Abseitigkeit. Warum vermochte er ihrer wiederentfachten Lust, die nachholen wollte, nicht zu folgen? Die Irrealität des Nachholens machte ihm selbst das Träumen unmöglich.

Was ihm sonst keinen Gedanken wert war, plötzlich spürte er es: Er war alt. Steinalt. Und da war permanent die Angst, nicht zu genügen. Das höhlte seine Freude an ihr aus, die ihn mitreißen wollte. Und war er es überhaupt, mit dem sie sich im Traum vergnügte? Mit ihm, wie er jetzt mit Vorliebe war, vorsichtig nämlich und gedankenlastig, mit diesem Stoeberlin konnte sie vermutlich nichts anfangen. Sie, die ihm beängstigend jung erschien, explosiv geradezu und verschlingend. Wie Medea, in ungezügelter Liebesleidenschaft brennend. Aber was, wenn diese Medea, wie bei Jason, nicht auf gleiches Lodern stieß? Würde sie ihn, den enttäuschenden Alten, in wütendem Rasen vernichten?

Er schaltete das Gerät ab und verkroch sich im Bett. Er, dieser klägliche Haufen Gräten, zähes Fleisch und aufgetriebener Bauch und Faltenhaut. Einer, der den Verfall seines Körpers beobachtete. Der Verlust von maximal 100 Haaren am Tag war akzeptabel. 7 Abwinde waren akzeptabel. Er misstraute seinem Körper. Nein, keinem war dieser Rodewald Stoeberlin zuzumuten. Mit diesem Wissen dämmerte er ein.

***

„Und Phili?", fragte er.
„Noch nicht da. Hat einiges mit Johan zu klären."
„Kann ich mir vorstellen."
„Wenigstens das soll nicht danebengehen", murmelte Esther ins Kissen hinein.
„Wenigstens das?"
„Bella ... Du musst ihr Zeit lassen."
„Hab ich Zeit? Sie hat mich kein einziges Mal angelächelt."
„Harry, was für weinerliche Töne? Du hast jede Menge Zeit."
„Zeit? Die hatte unser wortgewaltiger Freund plötzlich auch nicht mehr. Jetzt dieser traurige Abgang."
„Vergiss die missglückte Veranstaltung!"
„Ich weiß nicht: war sie missglückt? Hebt sich nicht die Kunst gewordene Anklage von Unmenschlichkeit durch den Opfertod des Autors überdeutlich hervor? Der Erzeuger beugt sich der Gewalt des Erzeugten. Ohnmacht wird zur Macht."
„Opfertod? Gewaltmystik? Bist du betrunken?"
„Hm."

***

Linh hüllte sich in die Decke. Von allen Seiten wollte sie gewärmt sein. Dass Heide für die Nacht ihre Betty mitgebracht hatte, war genau das Richtige. Die sonst so forsche Betty war zitternd eingetroffen. Linh hatte eine Wanne vollaufen lassen und Betty hineingesetzt. Stockend erzählte die, wie sie zwischen den Lumpenwesen im Gestank eingepfercht gelegen und den Erhängten über sich gewusst habe und einem hysterischen Ausbruch nahe gewesen sei. Was es mit dem Erhängten auf sich hatte, würde Tana herausfinden, versprach Linh.

Ob Will ein Auge auf sie geworfen hatte? Er hatte sich ihren Bericht angehört, auffällig interessiert an allem, was die RES-Chefin anging. Will verstellte sich nie. Und gleich danach wollte er, der schon halb im Bett war, noch mal los. Voller Unruhe war er plötzlich. Sie hatte eine Ahnung. Wenn die zuträfe, wäre das ein Geschenk des Himmels: Diese Frau wäre gut für ihren Jungen, der sich von Frauen bisher ängstlich ferngehalten hatte. Ihr würde sie ihn anvertrauen. Mit Tana bekäme er einen Einblick in die weibliche Seele, ohne je den Respekt zu verlieren.

Sie drehte sich auf den Bauch. So konnte sie einschlafen. Wie gut, dass keiner ihre Gedanken lesen konnte, dachte sie.

***

Sie waren das letzte Stück unter den finsteren Kronen der Alleebäume gemeinsam gegangen und standen jetzt ratlos in der Diele des Gästehauses. Bis Brugge hastig erklärte, er habe vorhin ein paar Flaschen Grauburgunder im Kühlschrank des Fernsehzimmers verstaut – man habe sich doch wohl einen Gute-Nacht-Trunk verdient. Dirk Landor, Samir Dange, Mania Wakowiak, Gert Fermann und Parsifal Brugge saßen dann um den Tisch und stießen an. Auf den armen Autor!

„Der arme Hund!", sagte der Redakteur Brugge mitleidvoll, sogar betont mitleidvoll. Er war eben ein anderer geworden, seit er Gewissheit hatte und seit dem Endzeiterlebnis eben. Wenn diese neu erwachte Empathie, dieses Mitleid mal nicht pures Selbstmitleid war, denunzierte er sich selbst in stummer Schonungslosigkeit. Er stand neben sich.

„Da muss ein Drama stattgefunden haben", spekulierte Dirk Landor, „wieso sollte man sonst einen Menschen, von dem man nichts weiß, umbringen. Man kennt nur seinen Namen. Und einige Pseudonyme. Und ein paar nicht gerade weltbewegende Stücke."

„Vielleicht war es der russische Geheimdienst? Weil er Stalin beleidigt hat", überlegte Samir Dange.

„Nie im Leben!", stritt das Mania ab. „Denn jetzt werden er und das Stück erst so richtig überregional bekannt. Das wäre doch kontraproduktiv!"

„Wenn keiner ein Motiv hat ... Vielleicht hatte der Autor eines. Kann doch sein, dass er ein ausgeklügeltes Verfahren gefunden hat, sich selbst da hochzuziehen."

„Der Bühnenmeister sagte, das sei ausgeschlossen. Allein? Niemals!", sagte Mania.

„Stoßen wir an auf das Leben!", sagte Brugge in überwacher Euphorie, „auf ein langes und angstfreies und buntes Leben!"

Man stieß an, dann schwiegen alle. Brugge schmatzte, wenn er trank. Der Wein schien ihm zu schmecken. Seine Gesichtsröte vertiefte sich.

„Ich weiß nicht", sagte er zögernd, „man kommt zusammen, man gaukelt sich was vor. Nähe und so. Einer tötet sich. Andere entdecken sich neu. Und dann geht man wieder auseinander. Aber wenigstens bleibt diese Wahnsinnsrepublik hier sich treu."

„Ich für meinen Teil, ich freu mich jetzt auf eine Dusche", sagte müde Dirk Landor, „ich stinke bestialisch."

Mania schnupperte an ihm. „Ich rieche nichts." Alle prusteten los, weil sie das Gesicht dabei heftig verzogen hatte.

„Jetzt wäre es schön, ins Meer zu springen. Das tilgt die widerlichsten Gerüche", stellte Gert Fermann fest. Es war das Erste, was er beisteuerte.

„Brrr, lieber die warme Dusche", wiederholte Dirk Landor und erhob sich entschlossen.

„Dann schließ ich mich an. Ich meine: als Nächster!", meldete Brugge seinen Anspruch an.

„Ein Sprung in die Ostsee? Klasse Idee!", sagte Mania. „Wir könnten mit dem Taxi nach Freest und von da mit meinem kleinen Boot rausfahren und tauchen und die Morgensonne aufgehen sehn ..."

„Wie romantisch!", kommentierte das Dirk Landor säuerlich. Es hörte sich an, als wäre er gern dabeigewesen.

„Mal sehn!" Mania erhob sich und prostete Brugge zu. „Danke, Ritter Parsifal! Hat gemundet, Euer Trunk! Vergessen wir, was gewesen ist, und schaun wir nach vorn!" Den Ingenieur forderte sie auf: „Gert, nimm warme Sachen mit und was zum Abtrocknen."

Der sagte nichts dazu. Mit einem knappen Gruß verließ er hinter ihr den Raum.

„Am besten, wir fahren zur Oie und tauchen da", hörte man Mania draußen sagen.

„Gut ..."

***

„Komm zu mir!", schlug Hendrikje von ihrem Bett aus vor, „wärmen wir uns."

Lucette kroch ins breite Bett.

„Und Papa?", fragte sie.

„Das dauert. André und Phili ... Er hat die beiden ewig nicht mehr gesehn."

„Wie ist das für dich: Phili und er ...?"

„Da ist ein Band zwischen den beiden, ich weiß."

„Ich wäre eifersüchtig."

„Muss ich nicht sein. Wie Zwillinge gehören die beiden zusammen, auch wenn sie sich jahrelang nicht sehen. Und es ändert nichts an seiner Liebe zu mir und zu dir."

„Du erklärst dir das so, dass du ruhig sein kannst. Das muss ich auch lernen."

Das war das Letzte, was von ihr zu hören war. Sie hatte sich angekuschelt. Hendrikje schossen viele Szenen durch den Kopf. Auch die, wie sie ganz nah von hier, auf Hiddensee mit Johan das erste Mal zusammen war, mitten in einem Rosengarten, wo dieser friedlich atmende und wunderschöne Mensch neben ihr entstanden war.

***

André hatte es zum kleinen Hafen am Ryck gezogen, dort war die klare Seeluft am ehesten ahnbar. Johan und Phili, links und rechts, vertrauten ihm, im Dunkel der Nacht gangbare Wege zu finden. Sie kamen an den ankernden Schiffen vorbei, die da mit eingeholten Segeln vor sich hin dümpelten. Dunkelheit auch hier. Alles schlief. Nur aus einer Kajüte fiel schwaches Licht. Das Glucksen an den Schiffswänden unterstrich die Friedlichkeit.

„Noch mehr Aufmerksamkeit kann das Theaterstück nicht kriegen", sprach Johan leise das aus, was auch die anderen dachten, „es wird auch meinen Bericht über die Ehrung Harrys dominieren. Den wird die Pariser Presse gern übernehmen. Die mögen die kleine Republik, erinnert sie an ihre Commune."

Sie liefen am Wasser entlang, Richtung Wieck.

„Er muss verzweifelt gewesen sein", vermutete Phili.

„War er. Sofern man seiner maskierten und damit zweifelhaften Gegenwart etwas ablesen konnte ... 15 Jahre? Oder wie lang habt ihr euch nicht mehr gesehn?"

„So lang, wie meine Kinder jetzt alt sind", meinte Johan.

„Und noch neun Monate drauf", präzisierte Phili.

„Und hätte ich euch nicht zwischendurch aufgestöbert mit meiner Fragerei ...", sagte André.

„... gäbe es deinen Babylon-Bericht nicht", sagte Phili, „und ich hoffe, es dauert noch lang, bis Robin ihn entdeckt."

„Ich hab das Buch im Keller. Da kommt Lucette nicht so schnell ran. Hab ihr ausgemalt, es gebe Unmengen Spinnen da drunten. Das schreckt sie bislang ab", sagte Johan. „Als sie es hier in der Auslage einer Buchhandlung gesehen hat, ließ sie deinen Namen und den Titel auf der Zunge zergehn. Henni hat sie aber gleich abgelenkt."

„Ich mag Henni", bekannte Phili.

„Wenn ihr uns besucht, werdet ihr euch kennenlernen, darauf freue ich mich."

Unter den Sohlen knirschten Kieselsteine. Die Wolkendecke riss auf. André hielt an und deutete nach rechts.

„Hier gehts zu uns", sagte er, „wollt ihr noch mit reinkommen?" Er fragte das aus Höflichkeit, die Antwort kannte er.

„Also ...", zögerte Johan.

„Wir ...", zögerte Phili, „wir könnten noch ein Stück weitergehen und den gleichen Weg zurück. Da finden wir uns zurecht, was meinst du, Johan?"

Er stimmte sogleich zu.

Zu Hause angekommen, konnte André noch nicht gleich zu Bett gehen. Linh würde ihm guttun wollen, sich in ihn hineinfühlen und wissen, wonach ihm wäre. Doch auch er wollte für sie da sein. Das aber ging jetzt noch nicht. Er stand am Wohnzimmerfenster und sah hinüber zu den machtvollen und düsteren Baumriesen im Friedhof.

Das Stück hatte dem Autor sehr am Herzen gelegen, wusste er. Viele Gespräche hatten das deutlich gemacht. Die zunehmende Unzufriedenheit des Autors war nicht zu übersehen. André hatte es gar nicht mehr gewagt, mit seiner Idee an ihn heranzutreten, in einer Szene, als Carola Neher vor den zerlumpten Frauen, in ihrer glänzenden Vergangenheit Schutz suchend, das Liebesgedicht ihres Mannes vortrug, leise im Hintergrund Chormusik einzuspielen. Das wäre ein kitschiges Pendant, wie Brecht oder Fassbinder es gemocht hätten, wollte er argumentieren. Es wäre nebenbei auch eine Gelegenheit gewesen, hatte André erwogen, den Klang junger Stimmen einzusetzen, fern von allem erniedrigten und kläglichen Menschsein, mit einem Gloria von Vivaldi zum Beispiel. In dem Fall hätte er den St. Francisco-Girls-Quire vorgeschlagen. Er dachte an das feine Beben in den Stimmen. Es rührte ihn. Weil es kein gekünsteltes war, sondern ein hauchfeines Zerbröseln des Klangs. In solchen Gedanken begab sich André zu Bett.

***

Johan und Phili waren weitergegangen. Langsam, als seien sie dabei, das Gehen zu vergessen.

„Wie schade, dass André endlich gegangen ist", sagte Phili, „und jetzt ist mir kalt."

Er legte den Arm um sie.

„Findest du nicht, dass es sehr dunkel ist?", fragte sie.

„Wieso?"

„Ich meine, dunkel genug?"

„Wofür?"

„Um Worte auszugraben. Gedanken, die wir unter der Sonne nicht bloßlegen würden."

„Welche meinst du?"

„Du traust dich sogar im Dunklen nicht."

„Hm."

„Ich hab nie aufgehört, dich zu lieben und zu begehren", gestand sie.

Er schwieg. Das hatte sie auch nicht anders erwartet. Sie gingen weiter. Mehr würde sie nicht sagen.

„Wir haben nie über die eine Nacht in Paris gesprochen", sagte er.

„Am nächsten Morgen warst du verschwunden."

„Ich war ..."

„Hendrikje ... Ich weiß. Du hast es mir gesagt. Du warst in ihrem Bann."

„Und in deinem. Und war total durch den Wind. Dass unsere Sehnsucht auf Lust ins Unendliche wachsen muss... Dein großer Liebesentwurf, deine Idee – das hat dich unerreichbar gemacht. Hendrikje war einfach da."

„Ich weiß."

„Und doch, als ich kam, um dir das zu sagen, hast du mich ... Ich hab gar nicht ..."

„Wenigstens wusste ich, dass ich schwanger werden würde und dass das der einzige Augenblick in meinem Leben war, dass ich es von dir werde."

Und dann ist er bei Henni geblieben, dachte sie zum tausendsten Mal, weil die Frau geradeheraus ist. Und ich bin unberechenbar gewesen, weil ich meinem Vorsatz zu verzichten untreu geworden bin.

„Du hast mich verführt ..."

„Ach. Und Hendrikje? Von dir aus wäre nichts von allem geschehen, das ist wahr. Robin gäbe es nicht. Ein Kind der Liebe. Er ist Liebe. Er ist mein Glück."

Meines auch, dachte er. Wie Lucette.

„Die Wolken hier sind anders als in Paris, wilder sind sie", sagte er, als sie umkehrten. „Seit ich dich wieder gesehen habe, drängen auch wilde Gedanken an die Oberfläche."

Wenn sie eingestand, dass es auch ihr so ging, gab es kein Halten mehr, fürchtete sie. Für sie jedenfalls nicht. Es war wieder so eine Nacht.

Weiterzugehen fiel ihr schwer. Was sie nur immer wieder hatte träumen können, könnte wahr werden. Aber so wollte sie es nicht. Sie würden sich noch weiter in den Schatten zurückziehen und sich küssen, wie nur sie es verstanden, und mit ihren Händen einander in Besitz nehmen, und natürlich würde sie ihn in sich spüren wollen.

„Wilde Gedanken?", sagte sie heuchlerisch, „die müssen Sie ein bisschen zügeln!" Sie küsste ihn, ließ ihre Lippen über seine wandern, langsam, ganz langsam. Wie ein magisches Berühren war das. Fortfahren könnten sie, wo sie vor 15 Jahren begonnen hatten, als sich ihre Vorsätze einfach verflüchtigt hatten, vielleicht weil die laue Luft und sein Geruch und die Stimmen und die Musik aus dem Café gegenüber sie damals in Paris alles hatten vergessen lassen.

Aber jetzt waren keine Musik und keine Stimmen zu hören, nur das leise Geräusch des strömenden Wassers. Sie lösten sich voneinander.

„Lassen wir das lieber", sagte sie.

„Ja", sagte Johan, „darin haben wir ja Übung."

***

Noch in der Nacht und aufgewühlt, machte sich Heribert Osswald an seinen Artikel für die Montagsausgabe der *Greifswalder Nachrichten*. Er schrieb in einem Zug.

Kukuli verbrennt nicht
oder
Wir danken dir, Tana!
Es hat sich herumgesprochen, das Schauerdrama vom Sonnabend. Im Stadttheater fand die Uraufführung des tragischen Stückes Kukuli verbrennt *statt. Genauer müsste es heißen: Das Stück SOLLTE uraufgeführt werden. Über seinen Anfang aber kam es nicht hinaus. Und so wissen wir nicht, wie die einst gefeierte deutsche Schauspielerin Carola Neher 1942 – nach vielen Jahren grausamer Haft – in dem kasachischen Foltergefängnis in Sol-Ilezk unter Qualen zu Tode kommt. Wir*

erfahren aber, wie die Zuschauer von heute in Greifswald unter Qualen zwei Stunden im Theater ausharren müssen, bis sie befreit werden. Und noch mehr erfahren wir.

Was ist geschehen? Kukuli, liebevoll hatte der Dichter Klabund seine Frau Carola so genannt, Kukuli also ist noch nicht verbrannt. Dafür sorgte der Autor des Stückes selbst. Vermutlich. Denn um die Zuschauer in eine dem Theatergeschehen ähnlich schreckliche Lage zu versetzen, verriegelte er (?) alle Türen und demolierte Scheinwerfer und manipulierte die Luftanlage des Theaters so, dass ätzender Fäkalgestank und glühende Hitze den Zuschauerraum in eine Hölle verwandelten. Mir fehlt die Phantasie, wie das alles zu bewerkstelligen ist. Doch am eigenen Leib haben wir die üblen Auswirkungen erfahren: Es stank wie in einem nie gereinigten Schweinestall, und es wurde glühend heiß. Der gesamte Theaterraum wurde Schauplatz. Die Zuschauer rissen sich die Kleidung vom Leib und rangen nach Luft und fielen in Ohnmacht, und die Schauspieler waren außerstande, über die Anfangsszene hinauszukommen. Verständlicherweise. Chaotische Szenen spielten sich ab. Da trat die neue RES-Chefin Dr. Tana Ulmens ins schwächliche Rampenlicht, eine ebenso ansehnliche, wie beeindruckende Erscheinung, und brachte Ordnung in den Tumult. Es kam sogar dahin, dass sich einige Darsteller des Ensembles aufrafften, ihr Spiel fortzusetzen. Ihnen gelang eine erschütternde Szene, die die Willkür des sowjetischen Strafvollzugs entlarvte. Doch ein Schrei unterbrach erneut die Vorstellung. Im Schnürboden des Theaters war der Autor des vermutlich sehr brisanten Stückes gefunden worden: erhängt. Man war außer sich. Wilde Spekulationen setzten ein. Suizid? Mord? Auch hier behielt die RES-Chefin den Überblick. Der Tatort wurde gesichert. Erste Vernehmungen fanden statt. Immer wieder informierte Dr. Ulmens das verstörte Publikum. Eine Transparenz, die in unserer Republik gute Gewohnheit ist und bleibt, wenn die RES-Chefin ihr Amt weiter so kompetent ausübt. Auf ihr Betreiben versuchte man jetzt auch, der Außenwelt die elende Situation zu signalisieren.

Das Stück aber, Kukuli verbrennt, *kam letztlich, wie gesagt, nicht zur Aufführung, was bedauerlich ist. Es ist zu hoffen, dass es im Aufführungsplan bleibt. Ich will es sehen.*
Wir sind betroffen, erschüttert, zornig, traurig. Was für ein Abend!
Heribert Osswald

***

Mania staunte. Wie alt oder wie jung war der Mann mit dem muskelzähen Körper eigentlich, der sich da in der aufgehenden Sonne aus dem Neoprenanzug schälte? Sie waren, wie geplant, von Freest aus losgetuckert, der Flaute wegen mit Motor. Die Zeit war ihnen nicht lang geworden. Er hatte Tauchgänge an der Berbera Coast vor Somaliland geschildert, die gewaltigen Korallenriffe und leuchtend bunten Fische. Sie hatte ihn eingeweiht, seit Jahren entdecke sie auf dem Grund der Ostsee Reste aus dem Großen Nordischen Krieg, Anfang des 18. Jahrhunderts. Unweit der Oie habe sie das Wrack einer Bombardiergaliote gefunden, Mörser und Kanonen und Hinterlassenschaften der Matrosen, von Gürtelschnallen bis zu Esslöffeln. Noch habe sie sonst niemandem davon erzählt.

Gegen drei waren sie an der Nordseite der kleinen Insel, die Gert Fermann, dem alles neu war, merkwürdigerweise besonders interessierte. Sie ankerten und bereiteten ihren Tauchgang sorgfältig vor. Der große Mann passte nur mit Mühe in den Ersatzanzug. Die Sauerstoffflaschen waren gefüllt. Um vier gingen sie runter. Das Wasser war nicht sehr trüb, die Lampen stark, gut vier Meter Sicht. Der Ingenieur schwamm in weitem Bogen, als wolle er sich einen Eindruck von der Bodenbeschaffenheit verschaffen. Hin und wieder kamen sie an Wracks vorbei, auf die sie Fermann aufmerksam machte. Alte Fangnetze umschwammen sie. Als ihr kalt wurde, ging es zum Schiff zurück. Und da staunte sie.

Dann saßen sie in Decken gehüllt und tranken Kaffee und sahen den Glutball der Sonne im Osten aufsteigen und das Wasser versilbern. Das Holzboot knackte. Das mochte Mania an ihrem Schiff, diese Geräusche. Es ächzte oder knisterte, je nach Seegang.

Sie fing an, den plötzlich Schweigsamen auszufragen. Noch kein einziges Kompliment hatte er ihr gemacht. Die meisten überschlugen sich diesbezüglich. Allzu vordergründig war das. Dieser Mann aber war völlig anders.

„Ist ein bisschen kühler als in Afrika", tastete sie sich heran.

Er nickte.

„Wo hast du da gelebt?"

„Südlich der Sahara, meist. Oft Mali, immer wieder Senegal, früher."

„Noch Kaffee?" Er schüttelte den Kopf. „Was hat dich an Afrika gereizt?"

„Vieles. Die Menschen auf dem Land leben in der Natur, sie sind eins mit ihr. Mit meiner Arbeit konnte ich Neuerungen anstoßen. Beim Brunnenbau zum Beispiel. Das wirkte sich aus. Dorfgemeinschaften wurden unabhängig von Konsortien, die Wasser verkaufen. Ich hab zur Selbstversorgung beim Energiebedarf beigetragen. Daran lag mir."

„Mit so einer Einstellung passt du auch hierher, aber so was von! Doch du vagabundierst wohl lieber durch die Welt?"

„Nicht unbedingt."

„Gert!"

„Ja?"

„Sitzt du bequem und sicher?"

„Wieso?"

„Weil ... jetzt kommt die Mutter aller Fragen: Was sagt Frau Fermann dazu, dass du so durch die Welt stromerst?"

„Nichts." Mehr wollte er wohl nicht preisgeben. Aber ihr reichte es nicht, auch wenn sie in ein Fettnäpfchen treten sollte.

„Weil es ihr nicht gefällt?"

Hatte er überhaupt zugehört? Er blickte auf die leicht wellige See. Sein Profil – wie gemeißelt. Sie gab auf. Sollte er ein Geheimnis daraus machen!

„Lust, noch mal zu tauchen?", fragte sie, „zur Abwechslung mal bei Tageslicht."

Er suchte ihren Blick.

„Sie ist tot, meine Frau."

Mania schwieg.

„Sie war Somalierin. Jaineba. In meiner Abwesenheit haben al-Shabaab-Milizionäre das Viertel von Mogadischu überfallen, in dem wir gewohnt haben. Jaineba ist umgekommen dabei."

Sie ergriff seine Hand. Er entzog sie nicht. Nur das ununterbrochene Murmeln des Bootes und das leichte Rauschen des Windes waren zu hören.

„Deshalb hab ich Afrika verlassen", sagte er, „für immer."

***

„Gestern kollidierten dramatische Kunst und ihre Darstellungsoptionen mit der Sozialverantwortung", erklärte Heribert Osswald dem Kreis Wissbegieriger im Foyer des Theaters, der sich um den Kultursachverständigen geschart hatte. In Hörweite standen der Regisseur Arsing und die Dramaturgin. Sie hatten sich nichts zu sagen.

„Eine anhaltend penetrante Kollision", sagte einer aus der Gruppe geringschätzig und deutete auf die offne Tür des Zuschauerraumes. Es war der Schauspieler, der gestern den Gefängnisarzt Pjotr Stepanowitsch Kwassow hätte geben wollen. *„Jedoch der Schrecklichste der Schrecken, das ist der Mensch in seinem Wahn"*, rezitierte er.

„Was darf Kunst?", grübelte Sinowjew, der Mann Nr. 27331, der als Sträfling in der Wanzenbox hätte stehen müssen.

„Foltern darf sie nicht!", begehrte die Krankenschwester Katja Maslowa auf.

Dilhan Sönmez fiel des Regisseurs Genuss-Phobie ein. Hatte er nicht zu guter Letzt gefordert, der Zuschauer solle leiden? Steckte doch dieser herausgeputzte Phantast hinter der gestrigen Tortur? Unauffällig betrachtete sie den Mann. Seine Miene war ausdruckslos.

„Der Wert der Kunst ist Behauptung", warf Ewgenja S. Krikyna ein. Das mussten die im Kreis erst verdauen. Keiner kommentierte es. Katja Maslowa sagte:

„Außerdem", und das Folgende brachte sie kaum hörbar und hinter vorgehaltener Hand vor, „außerdem fürchte ich, der Autor hat ein unmoralisches Spiel gespielt."

„De mortuis nihil nisi bene!", war Pjotr Stepanowitsch der Fürsprecher des eben erst Verstorbenen. „Wie das?", wollte er aber doch wissen.

„Gibt es da nicht das Gerede, er sei Jude?"

„Nein, es hieß, seine Vorfahren seien im frühen Mittelalter Juden gewesen", präzisierte Nr. 27331, „das hab ich ihn sagen hören, so nebenbei. Spielleute. Hausierer. Kleinhändler."

„Und wieso hat er das gesagt?", sinnierte Katja Maslowa, „wollte er was vom Märtyrerbonus der Juden abschöpfen?"

„Jedenfalls könnte er eine Affinität zum Moribunden gehabt haben", sagte Ewgenja S. Krikyna, „Ich habe sagen hören, er verdiene seinen Lebensunterhalt zeitweilig als Sargträger."

„Verdiente!", verbesserte Katja Maslowa, „hat verdient!"

„Sag ich doch!"

„Ah, da kommt sie, die Heldin." Pjotr Stepanowitsch wies auf Tana, die das Foyer betrat, eskortiert von vier RES-Prätorianern.

Sie kam direkt aus der armseligen Behausung, in der der Autor untergekommen war, einer umgebauten Wartburg-Garage aus den finsteren Jahren. Nichts Aufschlussreiches war gefunden worden. Es war aber auch nur eine Pro-forma-Durchsuchung gewesen.

Wie es ihre Art war, berichtete die junge Frau das sofort, registrierte Osswald wieder, Transparenz war eben ihr Credo. Und sie sah dabei so frisch aus, dass sich Harry, der langsam hinzutrat, fragte, was ihr Geheimnis war. Dem Blick des unverbesserlichen Frauenbewunderers entging nichts, schon gar nicht die Anziehungskraft dieses offenen und gewinnenden Gesichtes.

„In der Wohnung", teilte sie mit, „fand sich eine schriftliche Erklärung, in der der Autor sämtliche Rechte und Pflichten am und durch das Schaustück *Kukuli* an das Stadttheater der FRG überträgt."

„Das ist gut, wegen der entstandenen Kosten", meinte Katja Maslowa zu Pjotr Stepanowitsch.

„Erst mal muss der Mann aber anständig bestattet werden", forderte der. Und laut rief er:

„Das spricht für Suizid, oder?"

„So sieht es aus", antwortete Tana. Sie war in ihrem Kurzbericht über ein paar Einzelheiten hinweggegangen, etwa den irritierenden Umstand, dass der Autor keinerlei Pflegeartikel hinterlassen hatte. Er musste sie vorher beiseitegeschafft haben. Dafür aber hinterließ er ein zweites Paar seiner unsäglich abgenutzten Camelschuhe. Ein Fetischist? Und alles wirkte demonstrativ, demonstrativ ärmlich, so schmierig und verwahrlost, dass sie das dem Autor geradezu als Elendseitelkeit ankreidete.

Sie ließ die Anwesenden ihre Namen und Anschriften auf eine herumgehende Liste eintragen und eröffnete ihnen, der Fall des zu Tode gekommenen Autors sei der Klärung womöglich einen Schritt nähergekommen. Noch in der Nacht habe sie das sichergestellte Mobiltelefon des Erhängten untersucht und sei dabei auf den SMS-Austausch mit Herrn Ulf Hohm, dem Beleuchtungstechniker, gestoßen.

„Daraus geht hervor", sagte sie, „dass der Autor detaillierte Aufträge gegeben hatte, zum Beispiel zu Vorkehrungen für eine Gestanksattacke, zur Sabotage der Lichtanlage und den Einschluss der Zuschauer. Und für eine hohe Summe hat er ihm die Beihilfe für seinen Suizid, als finales

Fanal inszeniert, abgerungen. Herr Ulf Hohm wiederum hat seine kleine Wohnung in Schönwalde Süd fluchtartig geräumt, wie von Nachbarn zu erfahren war. Die Fahndung läuft."

Sie schloss ihre Ansprache und stand ohne Lächeln im verhaltenen Applaus der Männer und Frauen, über deren Gesichter Entsetzen und Erleichterung im Wechsel liefen.

Harry und André waren zu keiner Regung fähig. Die Dramaturgin tupfte mit einem Tuch Tränen weg, die geschminkte Augenumrandung schonend. Dass die Rechte des Stückes ans Theater gingen, erleichterte sie sehr, denn sie rechnete mit enormen Heil- und Sachkosten, die auf das Theater zukamen. Und dass Ben Arsing eine saubere Weste hatte, erleichterte sie ebenfalls.

Den verschwundenen Techniker zu verdächtigen, was ja eine noch unerhärtete Vermutung gewesen war, hatte sich demnach als Treffer herausgestellt. Bei der Zimmerdurchsuchung war man auf die entwendeten Glühbirnen gestoßen, sie lagen offen auf dem Tisch. Dankbar sahen die Anwesenden die Frage nach der Täterschaft als weitgehend erwiesen an. Ruhe durfte wieder einkehren in die Republik, man konnte sich wieder dem friedlichen Wirtschaften widmen und Kulturobsessionen nachgehen.

Zwei Freundinnen Esthers, Barbara Luvegk und Gela Terrich, dominierten eine Runde von Damen. Hier war man nicht einhellig der Meinung, der Autor habe ein erbarmenswertes Ende gefunden. Nein, dass er alle Register gezogen habe, um sich in den Vordergrund zu spielen, das sei würdelos und eine Verhöhnung der hier herrschenden Moralmaximen, beharrte Barbara Luvegk. „Kein Bedarf an Ich-Kult!", endete sie.

„Damit schießen wir übers Ziel hinaus", warnte Gela Terrich, „dem Autor ging es um sein Werk, also um den Appell an die Menschheit, nicht mit blutiger Gewalt politreligiöse Ziele durchzusetzen."

Keine der Damen wollte die oft gehörten Argumente weiter besprechen.

„Trotzdem ...", beharrte Barbara Luvegk.
Tana sah sich von anerkennenden Mienen umgeben. Entgegen dem äußeren Anschein war sie jedoch nicht zufrieden. Für sie war nichts erwiesen. Das Ableben des Autors gab weiterhin Rätsel auf. Ihr Gefühl ... zugegeben, ihr Gefühl war gerade anderweitig in Anspruch genommen, aber dennoch, da war was ...

***

Lucette las im Museum die Erklärung vor, weshalb die Bürger ihre Lieblingsbilder ausstellen wollten und konnten. Johan, Hendrikje und Lucette waren nicht allein. Der Sonntagvormittag lockte viele, sich die Exponate ihrer Nachbarn zu betrachten. Gelächter und anerkennende Rufe wurden laut. Es wurde palavert. Manche Eigentümer waren anwesend und versuchten sich an Erklärungen ihrer Bilder und stießen nicht selten auf Spott oder Widerspruch. Johan und Lucette hätten die Ausstellung gern rascher erledigt. Hendrikje aber hatte Gefallen am Prinzip der Auswahl und am Gehängten und lauschte den Gesprächen mit Vergnügen.
„Keine falsche Müdigkeit vortäuschen!", forderte sie erbarmungslos. Johan fügte sich. Lucette schmollte. Die beiden suchten nach einem Museumscafé. Es gab keines. Lucette fand Anschluss an einen gelangweilten Sohn einer Ausstellerin. Johan stand wie angewurzelt vor einem Feininger-Gemälde und stellte sich Phili darin vor, was nicht klappte.
„So, meine Lieben, bin durch", erklärte Hendrikje endlich den Wartenden. „Das musste ich haben, so ein ursprüngliches Kunsterleben. Meinetwegen können wir gehen."

***

Sie kamen zu spät. Robin rannte zum Hafen. Da warteten sie schon mit ihren Seesäcken auf ein Taxi. Die *Dakota Liberty* war für die Wartezeit gerüstet, die Segel in der Kajüte. Auch die Flaggen. Alles dem Hafenmeister anvertraut.

Er kam sich überflüssig vor. Was sie sagten hatte einen falschen Beiklang, fand er. Im Taxi war noch Platz. Sie umrundeten die Altstadt. Ihm war, als verabschiede auch er sich von ihr. Die Zeit war knapp kalkuliert. Der Zug stand bereit. Er bot seine Hilfe an, Bella und Chawa schafften jedoch alles allein in den Waggon. Beide umarmten ihn. Jedes Wort wog schwer. Wieder war es unmöglich, das richtige zu finden. Chawa lächelte, als freue sie sich, endlich davonzufahren. Ihm war umso trauriger zumute, doch zwang auch er sich zu einem Lächeln. Sie drückte ihm etwas in die Hand und schloss seine Faust darum. Dann stieg sie ein. Er sah wie sie sich einrichteten.

Hastig waren, von ihm und den Frauen nicht beachtet, von der Ostseite her zwei Männer herangekommen. Rodewald Stoeberlin und Dr. Zeh. Als der eine, Stoeberlin nämlich, sah, wer sich da anschickte, in den Zug zu steigen, hielt er abrupt an. Dr. Zeh musterte ihn erstaunt. Bella sah sich gerade um, als suche sie jemanden. Als ihr Blick auf die beiden Männer traf, die angehalten hatten, verweilte er einen Moment. Stoeberlin war wie vom Blitz getroffen. Doch sie blickte gleichgültig über ihn hinweg und wieder auf ihr Gepäck. Natürlich konnte sie nicht wissen, dass sie ihn vor sich hatte. Aber dass nichts an ihm ihre Aufmerksamkeit geweckt hatte! Wie er befürchtet hatte. Ihre Beziehung war als abstrakte möglich, real aber bot er keinerlei Anreiz.

Dr. Zeh ging weiter, hüftsteif und hastig, und Stoeberlin teilte ihm mit, ihm sei eingefallen, er habe noch was zu erledigen. Er fahre später.

„Alles fit!", bemerkte Dr. Zeh über die Schulter und verhielt den Schritt nicht mehr, denn der Uhrzeiger sprang auf die für die Abfahrt vorgesehene Minutenmarkierung.

Stoeberlin, der Schmierenkomödiant, so fühlte er sich, verschwand hinter der Ecke des Bahnhofsgebäudes und hörte, wie die Türen des Zuges sich schlossen und er sich in Bewegung setzte. Er hatte die Achtung vor sich selbst verloren und sehnte sich nach seiner Bücherhöhle, in der ihm alles angemessen war, in der selbst das Ticken der Uhren seinem Gefühl entsprach. In Wohn- und Arbeitszimmer tickten die Standuhren langsamer als sein Herzschlag, und er kam zur Ruhe, in Küche und Diele hatte er den gleichen Rhythmus, im Schlafzimmer herrschte Lautlosigkeit, die Wanduhr im Gästezimmer jedoch überrundete jeden Herzschlag. Man fühlte sich da ermuntert. Daran dachte Stoeberlin sehnsüchtig, weit entfernt. Er saß auf einer Bank und hatte Zeit, unerwünschte Zeit, und musste sich vorstellen, wie Bella sein Zögern vorhin bemerkt und er ihr leid getan hatte und sie es ihm leichter hatte machen wollen und weggesehen hatte.

Chawa hatte am Fenster gestanden und eine Hand dagegengedrückt und einen Kussmund gemacht. Robin war neben dem Zug hergelaufen, mit auflodernder Traurigkeit. Sein Körper schmerzte überall. Besonders im Bauch. So traurig war er.

***

Die Anfragen überstürzten sich. Printmedien und TV. Brugge fühlte sich mitten im Geschehen. Alle wollten einen typischen, einen bissigen Brugge-Bericht zu dem Skandal. Einer Eingebung folgend, suchte er am frühen Nachmittag die Räume der *Greifswalder Nachrichten* auf. Man bereitete schon die Montagsnummer vor. Heribert Osswald sah zerstreut hoch. Der da so höflich geklopft und auf sein *Herein* gewartet hatte, war tatsächlich der alerte Zeitungsmann aus dem Westen, der Hansdampf in allen Gassen. Und der blieb stehen und wartete. Irritiert bat Osswald ihn nach einer Weile, sich zu setzen und endlich zu sagen, was ihn herführe.

Brugge unterbreitete nun seinem erstaunten Gegenüber den Vorschlag, sie beide könnten doch einen gemeinsamen Artikel zu dem Geschehen verfassen und den übrigen Redaktionen in deutschen Landen übermitteln, von der *Süddeutschen* bis zu *BILD*, und denen in New York, Moskau und Stockholm, woher Anfragen gekommen seien. Und davon kämen mit Bestimmtheit noch mehr. Eine faire und politisch korrekte Darstellung der Geschehnisse solle es sein.

Vorgebracht wurde der Vorschlag so ernsthaft, dass der sprachlose Osswald nach einigem Überlegen nachfragte und das Warum und Wie und Was wissen wollte. Nachdem er des Kollegen Überlegungen, die eigentümlich seriös waren, kannte, verließ er seinen Schreibtisch, und beide gingen in die Kantine. Heribert Osswald war sich sicher, zweifellos unterbreitete dieser Brugge da einen vernünftigen Vorschlag, wollte aber doch wissen, was ihn zu den Parias führe. Der Kollege trank ruhig seinen Cappuccino und sagte nach einigem Nachdenken, auch für ihn sei es an der Zeit, klüger zu werden und nicht überall anecken zu wollen und das zu genießen.

Osswald wunderte sich sehr – und sah sofort die Vorteile dieser Kooperation. Sie vereinbarten ein Treffen in einer halben Stunde, um dann ihre bereits geschriebenen Artikel abzustimmen und sie um ein Porträt des Autors anzureichern. Das Ergebnis wollten sie dann hinausschicken. Warum letzten Endes dem alten Schlachtross Brugge an der gemeinsamen Arbeit gelegen war, blieb Osswald ein Rätsel. Doch es war sinnvoll. Und es ließ dem Autor Gerechtigkeit widerfahren. Also – warum nicht!

Kaum saßen sie zusammen und hielten ihre Beobachtungen und Beschreibungen nebeneinander und verabredeten und schufen ein ineinandergreifendes Konvolut einerseits und sahen anschließend die Abfolge jeweils anders gewichteter Sequenzen vor, da erhielt Osswald einen Anruf, der ihn beschwichtigende Handbewegungen machen und ungläubig nachfragen ließ. Brugge hörte auf, die Texte aufeinander abzustimmen.

„Was war?"

„Mein Kontakt zur MHG. Eben habe die RES-Chefin angerufen und sich nach den Erkenntnissen zum gestern Nacht eingelieferten Autor erkundigt. Und da habe sich ein Problem ergeben: Der Mann bzw. sein Leichnam sei niemals eingeliefert worden. Wenn mein Kontakt nicht total glaubwürdig wäre! Und er hat Einsicht in die Dateien!"

„Dann was?"

„Nein. Er sagt, es sei kein Todesfall … Erst um Mitternacht habe es eine Rettungsfahrt gegeben. Schwangerschaft. Aber eben kein …"

„… kein toter Autor." Brugge schüttelte den Kopf.

„Wer entführt denn einen Leichnam?", fragte sich Osswald.

„Illegaler Organhandel? Russenmafia?"

„Mumifizierung durch einen eingefleischten Fan?", spekulierte Osswald.

„Oder Erpressung, einfach Erpressung? Jedenfalls eine sensationelle Wendung", konstatierte Brugge. „Daraus schmieden wir einen Mehrteiler."

Osswald drehte sich mit seinem Stuhl zum Fenster. Das Grau lockerte sich auf.

„Sieht nach Sonne aus. Gehn wir zum Mühlentor, da gibts einen Biergarten. Wir müssen reden, über das Schweigen."

„Und wie ein toter Autor am Lack der FRG kratzt."

„Unsinn. Schatten verdunkeln nicht die Sonne."

***

Der Leichnam war also verschwunden. Sofort hatte sie äußerste Verschwiegenheit aller Beteiligten angemahnt. Zur Lachnummer sollten weder sie noch die FRG werden. Dass auf ihrem Dienst-PC die am Mittag eingetroffene Mail gespeichert war, der leblose Körper des dahingegangenen Autors (RIP) sei zum Zwecke einer unauffälligen Beisetzung in dessen Heimat verbracht worden, wollte sie vorerst für sich behalten.

Telefonisch hatte sie Harry Voss um ein Gespräch gebeten, als sie die Geschehnisse noch einmal durchdacht hatte. Wenig später betrat sie die Wohnung in der Käthe-Kollwitzstraße. Harry führte die japanische Teezeremonie durch.

„Sie hatten den längsten Kontakt mit dem ... äh ... zu Tode Gekommenen und kennen wohl auch entscheidende Details aus seinem Leben. Ich möchte mir ein Bild machen von diesem Menschen, von dem plötzlich alle Welt spricht", sagte sie.

Harry hatte sich zu jeder Auskunft bereiterklärt. Nun erhielt sie das Gerücht bestätigt, der Autor sei im Bestattungsgewerbe tätig gewesen. Auch!, müsse man sagen, denn nebenbei habe er eine Detektei betrieben, teilte Harry mit. Und anderes.

„Und wie und wo hat er gelebt?", wollte sie wissen, „man findet keine Adresse."

So sei es. Der Mann sei nicht sesshaft gewesen. Habe in einer Art Künstler-Kommune gelebt, und die sei mit Zirkuswagen und ähnlichem unterwegs.

Dann stellte sie die eigenartige Frage, ob der Autor Skulpteuren Modell gestanden habe, was Harry nicht ausschloss. Doch auf die Nachfrage, ob er hier einen Künstlernamen nennen könne, musste er passen.

Nachdenklich sah sie erst in ihre Teeschale und dann stumm auf ihn. Erwartungsvoll geradezu. Als gebe sie ihm Gelegenheit, in seiner Erinnerung zu graben und als traue sie ihm viel mehr Kenntnis über die Lebensgewohnheiten des Autors zu, woran er sie teilhaben lassen werde, warte sie nur geduldig genug.

Als aber Harry sich darin genügte, andächtig kleine Schlucke Tee zu nehmen, erhob sie sich und trat an seine farbstrotzende Nana-Figur, ein verkleinertes Imitat, heran, ein Erinnerungsstück aus seiner Hannover-Zeit, die sich neben dem Fenster im Nachmittagslicht spreizte. Interessiert musterte sie sie, glitt auch mit der Hand darüber, als liebkose sie die ausgelassene Tänzerin. Dann die Frage nach Duane Hanson, dem

Künstler, dessen Vinylacetatfiguren die Museen füllten. Faszinierende, lebensechte Kunstwerke. Sie habe in Stuttgart dergleichen gesehen. Oder Puppen aus Silikon bei Madame Thusseaud.

Zu solchen Nachbildungen sei er überfragt, gab Harry zu. Allenfalls wisse er von Galatea, die Pygmalion sich aus schneeweißem Elfenbein geschnitzt habe und die dann nach dem Willen der Venus des Künstlers real doll geworden sei.

Als Tana da am Fenster stand und von Galatea hörte, begann sie versonnen zu pfeifen. Unschwer war eine alte Melodie herauszuhören. Harry erkannte Sandy Shaws *Puppet on a String*. Von Zeit zu Zeit nippte Tana an ihrem Tee, wie um ihre Lippen zu befeuchten.

Da er sich beschäftigt gab mit der Wartung des angesetzten Tees, verstärkte sie die Signale. Zu allem Überfluss trällerte sie leise *I'll gladly be there like a puppet on a string* vor sich hin. Sie wollte partout, dass er wusste, was ihr durch den Kopf ging, dachte er. Das glaubte sie wohl ihrer Intelligenz schuldig zu sein.

Die Sachlage aber weiter offenzulegen, empfand sie wohl als unangebracht, der blamablen eigenen Rolle wegen. Er gab mit nichts zu verstehen, dass er ihre Andeutungen einzuordnen wüsste. Doch wuchs seine Bewunderung für diese unorthodox denkende und überaus kluge junge Frau.

***

Harry traf ein, wo Land und See ineinander übergingen. An seiner Lieblingsstelle. Vom Bad her flog ein Summen und Schreien herüber. Der Himmel verweigerte sich, es war diesig.

Als habe er hier nie auf Reede gelegen, war der altertümliche Kutter *Ajuscha* verschwunden. Das war nach Lage der Dinge keine Überraschung. Der Anruf gegen Mittag hatte es schnörkellos verheißen.

„Yes, Sir ... Zeit, zu neuen Ufern aufzubrechen. Es flüstern leise Märchen, um zu verführen mit tausend Listen. Die Zeiger der Kirchturmuhren rücken von Strich zu Strich. Amice, das Gastspiel ist zu Ende."

***

Der Montag versprach ein ungetrübter Tag zu werden. Der weiße Strand von Lubmin streckte sich hell und lag verwaist. Blaugrün schimmerte die See. Eine Möwe kreiste. Die niederen Wellen rollten heran, mit gläsernen Kämmen, spielten mit dem Sonnenlicht und verliefen sich.

Vom großen Steg her kam Will, er rannte nicht, obwohl ihm danach war. Die Läuferin war nicht zu übersehen. Stetig näherte sie sich, in die Morgenhelligkeit getaucht. Bis sie langsamer wurde, sogar anhielt und ihr Badetuch ablegte und, das war neu, eine vielfarbige Patchworkdecke ausbreitete, und ihm dann entgegenging. Ihr Gesicht leuchtete. Seine und ihre Schritte waren im Aufeinanderzugehen etwas Gemeinsames, empfand er.

Ende

Beteiligte des Romans

Harry Voss, 70, FRG, früher im Außenamt der BRD, Autor (Novelle *Es war Bathseba*), dann engagiert beim Aufbau der FRG, Ex-Bürgerbeauftragter, lebt mit Esther zusammen

Esther Leschke, 46, FRG, Sängerin und Schulleiterin, Partnerin des Harry Voss

André R. Leroschy, 54, FRG, Professor der Mediävistik, Autor des Kultromans *Im Takt von Babylon*, detektivisch erfolgreich in *Akte St. Nikolai*

Linh Tran, 40, FRG, Kulturbeauftragte, Partnerin von André, spielt eine Rolle in *Akte St. Nikolai*

Will Tran, 23, Student in Rostock, guter Schwimmer, besucht oft Mutter (Linh) und André

Bella Tronki, 44, Lehrerin, Tochter von Harry Voss (und El Lobo), lebt in Stockholm, Seglerin, chattet mit Rodewald Stoeberlin

Chawa Tronki, 15, Tochter Bellas, Stockholm, Schülerin, liebt ihren „Opa" El Lobo in Spanien, dem sie mal aus der Patsche geholfen hat

Heide Hattorf, 54, Leiterin der Hannoverschen Akademie für Konfliktforschung und Verständigung, Partnerin von Betty Roesch, biographisch notiert in *Elfenscherzo mit Unterbrechung*, Erbin des Margastschen Vermögens

Betty Roesch, 50, Hannover, Rapsängerin, Pianistin, Dozentin an der Hannoverschen Akademie

Phili Sehlen, 40, Hannover, Dozentin für Vergleichende Thologie und Französisch an der Hannoverschen Akademie, Essayistin, Mutter Robins

Robin Sehlen, 15, Hannover, Philis Sohn, Schüler, Vater: Johan Lavendel, Halbbruder Lucettes

Rodewald Stoeberlin, 68, Hannover, Autor (*Das Ich im freien Fall*) und Mitarbeiter der Hannoverschen Akademie, Freund des Harry Voss, ratlos verliebt in Bella Tronki

Johan Lavendel, 48, Journalist, Paris, Vater Robins und Lucettes, bekannt durch den Romanbericht *Im Takt von Babylon*

Parsifal Brugge, 64, Hannover und München, Feuilletonredakteur, plant Biographie des Harry Voss, erhält schicksalhafte Nachricht

Samir Dange, 48, Hannover, Inder, Dozent Soziopolitik in der Hannoverschen Akademie, Freund Johans

Hendrikje (Henni) Kunda, 44, Paris, Galeristin, Partnerin Johans, Mutter Lucettes

Finja, 45, Rügen, Lehrerin, Frau des Agroingenieurs Rick, Freundin Philis, Mutter von Henny und Timo

Bernd Torra, 93, FRG, Maler, seine Werke prägen das Stadtbild

Dirk Landor, 44, Hannover, Assistent von Heide Hattorf in der Hannoverschen Akademie

Dr. Waldemar Zeh, 62, Hannover, Professor der Germanistik, Buchautor, Spitzname „Fußnote"

Till Seeberger, 52, Hannover, Reiseschriftsteller, Journalist, Freund Philis

Lucette Kunda, 15, Paris, Tochter von Hendrikje und Johan, Halbschwester Robins

Dr. jur. Tana Ulmens, 32, FRG (im Dorf Wackerow), neue Chefin des Republikschutzes RES, verheiratet mit Hans Ems, Sohn Martin ist 2 Jahre alt

Ben Arsing, ca. 40, Berlin, Gast-Regisseur am Stadttheater, will Flair der Metropolen in die FRG bringen

Aida Valdes, 35, FRG, Köchin im Gästehaus am Karl-Marx-Platz, verheiratet mit Dr. Francisco Langa

Nele Blumbach, ca. 38, FRG, Vorschullehrerin und Leiterin des Gästehauses am Karl-Marx-Platz, Witwe

Dr. Mania Wakowiak, ca. 33, FRG, Dozentin für Film, Leiterin der Cinemathek, lebt dauerhaft im Gästehaus, Taucherin

Heribert Osswald, ca. 55, FRG, langjähriger Redakteur der Greifswalder Nachrichten (Feuilleton)

Dr. Dilhan Sönmez, 45, FRG, Dramaturgin am Stadttheater, frühere Bürgerbeauftragte, erfüllt auch Intendantenaufgaben

Gert Fermann, 50, wohnt derzeit im Gästehaus am Karl-Marx-Platz, Tiefbauingenieur, hat Erfahrungen in Afrika gesammelt, wurde für ein großes Energieprojekt gewonnen

Volker Völksen, ca. 50, FRG, Stellvertretender Bürgerbeauftragter, auch für Energiefragen zuständig

Erendira Hidalgo, ca. 50, Rostock, Malerin und Bühnenbildnerin, kennt Harry Voss von früher, sucht dessen Nähe

Barbara Luvegk, 55, FRG, Lehrerin, Freundin Esthers, Frau des Malers Gunnar Luvegk, hilft beim Organisieren

Gela Terrich, ca. 55, FRG, Lehrerin, Freundin Esthers, hilft beim Organisieren

Autor des Theaterstückes *Kukuli verbrennt*, Alter unbekannt, Namen unbekannt, Wohnsitz unbekannt, hat viele Pseudonyme, liebt die Maskerade, wird erhängt im Theater aufgefunden

Bühnenmeister, kümmert sich um seinen ohnmächtigen Techniker

Theo, junger Bühnentechniker, macht eine grausame Entdeckung

Beleuchtungsmeister, FRG, ca. 60, gehört schon lange zum Theater

Beleuchtungsassistent „Osram", der eigentlich Andi Gerewan heißt, ist seit zwei Monaten am Theater – und wird vermisst

Dr. Benno Mattison, 54, FRG, Untersuchungsrichter, Erster Bürgerbeauftragter, Rollstuhlfahrer

Anselm Wertmann, 69, FRG, Museumsbevollmächtigter, hat bürgernahes Kunstverständnis

Vittoria Kaunda, 40, FRG, Ärztin, Cousine von Hendrikje Kaunda

Björnarne und Lasse, Stockholm, ca. 40, schwule Freunde von Bella

Frau Judith Walla, FRG, Vertreterin des Baurats

Chris Reichert, ca. 45, FRG (Oie), Energieingenieur in Versuchslabor auf der Insel Oie, erforscht neue Energiequellen

Hans Hörrel, 65, Feldafing, Autor, Scout des Witschel-Verlags, an Buchrechten von Harry Voss' neuestem (gerüchteweise existierendem) Werk interessiert.

Hubert von Goisern und Zabine Kapfinger und die Alpinkatzen, RockjodlerInnen, die sich vor 20 Jahren als Gruppe aufgelöst haben, treten exklusiv für Harry Voss auf.

Zwei Feuerwehrmänner mit Sanitäterausbildung

Carl, 17, lebt in der FRG, Schüler der 11. Klasse der Frida-Winkelmann-Schule, monologisiert gelehrt

Herr Mauss, ca. 60, FRG, Hausmeister des Stadttheaters, versiert, stadtbekannt

Tim Mahler, ca. 20, FRG, Student bei Professor Leroschy

Dr. Francisco Langa, ca. 40, FRG, Zahnarzt, Ehemann der Köchin Aida Langa

Ava Wood, 44, für 2 Jahre FRG, Germanistin aus Neuseeland, Gastdozentin an der Uni, arbeitet mit André am *Nathan*-Projekt

4 junge Delegierte vom Arbeiterrat bringen Harry Voss ein Ständchen

Mehrere Republikschutz-MitarbeiterInnen

Die 54 SchauspielerInnen des Ensembles und der Schauspielschule der FRG

Ajuscha, ein musealer einmastiger Fischkutter, der außerhalb der Ortschaft vor Anker liegt